悪役令息になんかなりません！
僕は兄様と幸せになります！3

アルフレッド・グランデス・フィンレー
フィンレー侯爵家の長男でエドワードの義兄。エドワードに特別な感情がありに彼を守るために頑張っている。
エドワード・フィンレー
ふんわりした前世の記憶と共に転生した悪役令息……のはずだったが、いい子かつ家族仲も良好で物語からは逸脱した存在に。
人物紹介
Character

ハロルド＆
ウィリアム
エドワードと
アルフレッドの弟。
家族思いで
可愛い双子。
トーマス・
カーライル
エドワードの友人。
穏やかで可愛らしい少年。
ルシル・
マーロウ
物語の本来の主人公で
光の愛し子。
エドワード同様の転生者。
スティーブ・
オックス・セシリアン
エドワードの友人。
冷静で賢い少年。

十二の月が終わって新しい年がやってきた。

窓の外は真っ白の雪景色で、うっかり外に出ると腰の辺りまで埋まってしまうところもある。

これから三の月になるまで外の景色はほとんど変わらないんだけど、実はフィンレーではこの中で春小麦の種まきが始まるんだよね。そうして春になると、ずっと前に小高い丘の上から父様と見たような青々とした美しい麦畑が広がる。

すごく綺麗で大好きな、見ると元気が出て頑張ろうって思える景色なんだ。でも春はまだまだ遠くて、その前に僕はフィンレーから王都へ行く予定になっている。あともう少しで兄様と一緒に暮らせる。毎日兄様に会える。それをとても楽しみにしていたんだけど……

「大丈夫になった筈だったのにな……」

ポツリと漏《も》れた声は自分でもビックリするほど心細げなものだった。

僕の名前はエドワード・フィンレー。十二歳。四歳の時にフィンレー侯爵家の次男になった。養子になる前はハーヴィン伯爵家の子供だったんだけど、その頃についてはは専属侍女だったマリーの事以外はあんまり覚えていない。どうやら僕は実の両親から虐待をされていたみたいで、マリーと父様が助けてくれたんだ。

そして、怪我をしてハーヴィンの神殿にいた時、僕は僕の中に僕ではない誰かの『記憶』がある事に気が付いた。『記憶』の中の小説はこの世界にとてもよく似ていた。しかもその小説の中の僕は兄様を殺してしまう『悪役令息』だったんだ！

僕は『悪役令息』にならないように、何より絶対に兄様を殺さないようにって思いながら頑張ってきた。その途中で兄様が『転生者』に身体を奪われたり、奪い返したりする事があったけれど、兄様は僕の『記憶』の中の小説について知っている『最強の味方』になってくれたんだよ。

でも小説の中にあった『世界バランスの崩壊』と思われる出来事も少しずつ多くなってきて、僕達は二人で相談をして父様に『記憶』の小説の事を話した。父様はものすごく驚いていたけれど僕達の話を信じてくれた。

だから僕は大丈夫って思い始めてしまったんだ。

こんな風に僕の周りには僕の味方が増えているし、小説には出てこない双子の兄弟もいる。それに同じく小説の中には出てこなかったお祖父様《じいさま》も色々な事を教えてくださるし、お友達も沢山いるから、僕はもう小説のようにはならないんじゃないかって。小説とこの世界は確かに似ているけれど違う事も沢山あるから、このまま兄様と一緒に「やっぱり小説とは違っていたね」ってお祝いが出来るんじゃないかなって、そんな風に考えていた。

だけど……ついに【愛し子】が現れた。しかも小説と同じように村が襲われて【愛し子】一人だけが助かったんだ。僕は兄様が言っていた『強制力』という言葉を思い出した。

『悪役令息』にならないようにずっと気を付けてきたのに、【愛し子】はこの世界に現れてしまった。その事がこんなに怖いなんて思ってもいなかった。

だって、どんなに『悪役令息』にならないようにしてもそれは無理なのかもしれないって考えてしまったんだ。わけが分からないうちに『悪役令息』になって、不思議な力に操られるみたいに兄様を殺してしまったらどうしよう。そんな事はないって思っても、もしかしたらっていう気持ちはどんどん大きくなっていく。

嫌だ。殺したくない、死にたくない。『悪役令息』になんかなりたくない。

僕はとにかく怖くて、怖くて、たまらなくなってしまった。兄様とも学園に入学するまでは会わない方がいいのかもしれないって思った。でも自分でそう思ったくせに会えないって言葉に涙が出てきた。

そんな僕に兄様は何度も何度も大丈夫だよって言ってくれた。一緒に本を読んだり、お茶を飲んだり、すぐに不安になってしまう僕とずっと一緒にいてくれた。だから年が終わる頃にはそんな力に引きずられないように頑張ろうって思うようになっていたんだ。だけど……

「はぁ……」

何度目かのため息が落ちた。

王都に出発するのは五日。大丈夫だと思っていた気持ちは、年が明けて王都への出発が迫ってくると再び不安になり始めた。

学園に行けばきっと【愛し子】にも会うだろう。兄様だけでなく、【愛し子】に対しても『強制力』というものが発動して、いじめたり傷つけたりしてしまう事があったらどうしよう。ううん。それよりもまずは入学の前の兄様だ。やっぱり兄様の傍にいない方がいいよね。だって……

「エドワード様、窓の近くは冷えますので」

マリーに声をかけられて僕はゆっくりと窓辺を離れた。

「ミルクティーでもお淹《い》れしましょうか」

「ううん。大丈夫だよ。楽しみにしていた筈なのに、近づいてくるとやっぱりドキドキしちゃうね」

「さようでございますね。でもあちらの準備は整っておりますので、それはご安心ください」

「うん。ありがとう、マリー。少し早いけど、今日はもう休むよ」

「はい。それがよろしいかと。お風呂にゆっくりと浸《つ》かって温かくしてお休みくださいませ」

「そうだね。そうしよう」

こうして僕はマリーに言われた通りに温かいお風呂にゆっくり入って、いい匂いのするオイルをつけてもらって、少しだけ気を取り直してからベッドに入った。


なんだか苦しいような、どうしていいのか分からないような不思議な気持ちが溢《あふ》れてきた途端、よく知った声が聞こえてきた。

「やめるんだ、エドワード！」

それは確かに兄様の声なんだけど、僕が知っている兄様とは少しだけ違う気がした。だって兄様はいつも僕をエディって呼んでいる。それにどうして兄様はやめろなんて言うんだろう？　僕は一体何をやめればいいのかな。そんな事を考えていると僕の知らない声がそれに答えた。

「なぜですか？　世界が壊れるというのなら壊れてしまえばいいのです」

「どうして！」

「どうして？」

喉の奥から漏《も》れ落ちるような嗤《わら》い声を聞きながら、僕はサァーッと血の気が引いていく気がした。僕はこのやりとりを知っていた。正確に言えば読んだ事があるし、コミックスで見た事もある。嫌だ、誰か止めて。だって、この先は……

「今更この世界に救いなどいらないからですよ。はじめから救いなどなかった。僕は、そう思って生きてきました」

そうだ。エドワードはずっとそう思って生きていた。憎いから、全てが煩《わずら》わしいから、崩壊という歯車が回り出したならそのままにしておけばよいのだと。こんな世界を救う必要などない。バランスの崩壊を食い止める意味などないとそう信じていた。彼はこの世界を憎んでいたんだ。

「そんな事……」

「兄上だって本当はそう思っているのでしょう？　僕がいない方が良かったって。数年ぶりの会話がこれですからね。もうやめましょう。別に僕も、貴方も、救いなんて必要ない筈だ。そこを退《ど》きなさい。これ以上光の力が大きくならないうちに消してしまわなければ。僕の中で何かがそう囁《ささや》いているんです」

「やめるんだ！　エドワード。やめてくれ」

「今更！　今更だ！　僕はもう、こんな世界はたくさんなんだ。滅びてしまえばいい。全てのバランスが崩れてしまえばいい。闇に呑み込まれてしまえばいい！」

「エドワード……」

もうやめてほしい。こんなものを僕に見せないで。だけど僕の口はなんの音も発する事が出来なくて、僕ではない僕と、兄様とのやりとりを見ている事しか出来なかった。

「僕自身が歪《ゆが》みだ。だから何一つ手に出来ない。さぁ、もうくだらない話は終わりです。さようなら、兄上。きっと次々にご友人も後を追いかけていきますよ。僕は、絶対に【光の愛し子】なんて認めない！」

「…………クッ」

苦しげな声を出して兄様が火の魔法をエドワードに向けて放った途端、彼は鮮《あざ》やかな笑みを浮かべて「遅い！」と言うと、大きな闇魔法をアルフレッドに向けて打ち込んだ。

「エドワード‼」

やめて、やめて、やめて！　お願いだからこれ以上僕に見せないで！　あんな風に僕は絶対にならないから。だから……

けれど水色の瞳は僕の目の前で闇に、溶けた――…………

「いやぁぁぁぁぁぁぁーっ！」

「エドワード様！　どうされましたか！　エドワード様！」

ドンドンと叩かれるドアの向こうから聞こえてくる夜間の護衛騎士の声。ハァハァと上がる息。うまく空気が入らなくてヒクリと喉が引きつり、ドクドクと鼓動が早鐘のように耳の奥に響く。

何が起きたのか。今見ていたものはなんなのか。涙が溢《あふ》れて胸がギシギシと痛むのを誰か止めてほしい。ハクハクと声が出せないまま口だけが動いて、額の汗がポタポタと落ちる。誰か、誰か、助けて……

「エドワード様！」

マリーが部屋の中に飛び込んできた。

「どうされましたか!?　何が」

「だい……」

大丈夫の言葉が口に出来ずに、カタカタと身体が震えた。身体に触れた温かな手にこれが現実だとようやく信じられた。では先ほどのあれは夢だったのだろうか。今まで一度だってあんな光景を見た事はなかったのに。それなのにどうして。

「ぐぅ……っ」

「エドワード様！」

嫌な汗が流れ落ちたと同時に一気に吐き気が込み上げて、僕は背中を丸めて苦いものを吐き出した。マリーが背中を撫でてくれるのが分かった。そしてその途端。

「エディ！」

聞きたかった声が耳に飛び込んできて、僕は酷い顔のまま、夜着の上にガウンを羽織っただけの格好の兄様を見た。

「何があった？」

兄様がマリーに尋ねて、マリーが「分かりません。悲鳴が聞こえて……」と答えている。

「だい……じょうぶです。夢を…」

そう言っただけで、止まっていた涙が再びブワッと溢《あふ》れ出して、僕はもうどうしていいのか分からなくなってしまった。だって夢の中だとしても、本当の僕ではなかったのだとしても、『悪役令息』のエドワードが兄様を殺してしまうなんて。そんなものを見てしまうなんて！

「何か飲み物を。ああ、吐き気があるなら白湯《さゆ》の方がいいかな」

「畏《かしこ》まりました」

マリーが部屋を出ていった。

護衛騎士もそのまま下がって、部屋の中には僕と兄様だけになった。

「怖い夢を見たの？」

「……は、い……っ……」

「でももう大丈夫だよ。ほら夢は消えてしまった」

「……っう……うぅぅ……兄様……アル……に」

「エディ、落ち着いて。ああ、戻してしまったんだね。クリーンをかけよう」

たちまち僕もベッドも、僕がしがみついて汚れてしまった兄様も綺麗になった。でも僕はどうしても兄様から離れられなくなっていた。離れたら夢の中みたいに兄様が闇の中に消えていってしまいそうで、怖くて震えが止まらない。

「うん、熱はなさそうだね。そうしたらしばらくこうしていようか」

兄様は僕の額に手を当てて体温を確かめると、毛布を引き上げて肩にかける。そしてベッドの脇に腰かけてギュッと抱きしめてくれた。

「そんなに怖い夢だったの？　悪い夢は人に話してしまった方がいいって言うよ？」

「ううう……怖い……いや……もう……いや……」

「エディ、大丈夫だよ。大丈夫。もう怖くないよ」

トントンと背中を優しく叩いてくれる手。それでも僕の震えは止まらない。

「アルフレッド様、白湯《さゆ》です」

「ありがとう。エディ、ゆっくりでいいから飲めるなら飲んでごらん。無理をしなくていいからね」

「は……い」

震えてカップが持てない僕に、兄様が手を添えてくれて、やっと一口だけ白湯《さゆ》を口にして息をついた。

「うん。大丈夫そうだね。いいよ、マリー、しばらく僕が付き添うから」

「他のベッドを整えます」

「クリーンをかけたから大丈夫だよ。今から他に移って風邪をひかせてしまうと困るからね」

「畏《かしこ》まりました。では何かございましたらお呼びください。控えにおります」

「分かった。でも横になっていてね」

「ありがとうございます」

「ごめ……マリ……ありが……と」

「はい。エドワード様、おやすみなさいませ」

マリーが下がって、再び部屋の中は僕と兄様の二人だけになった。

「さぁ、ここにいるからエディも横になって？」

「いや、こわい夢を……またみるから」

「う～ん、どんな夢だったのかな。でもこのままではエディが風邪をひいてしまうよ。じゃあ、眠らなくてもいいから横になろう」

「や、いや。こわ、怖いぃ……」

もう絶対にあんな夢を見るのは嫌だった。それなら眠らないでいた方がいい。そう思って首を横に振る僕に、兄様は抱きしめる手に少しだけ力を込めた。

「このところ、また不安そうにしていたものね。大丈夫だよ、エディ。必ずお祝いをしよう。この世界と小説は違うって。約束したよ？」

耳元で囁《ささや》くように聞こえてくる声は限りなく優しい。うん。大丈夫って僕も思っているんだ。だけどあんな夢を見て、小説と同じように【愛し子】が現れた事がどうしても気になってしまう。しかもさっきの夢みたいに『強制力』というものが働いて、僕が僕でなく、『悪役令息』のエドワードになって、本当に兄様を殺すような事があったらどうしようって考えてしまうんだ。

「夢の中で……僕は声も出せなくて、僕ではないエドワードが、兄様を、殺してしまうんです」

「エドワードが？」

「はぃ……小説の中と同じように……ころ……ふっ……ぅぅぅぅ」

「ああ、泣かないで。ほら。目をこすったら腫《は》れてしまうよ。大丈夫。私はここにいるよ」

「でも！　ゆ、夢でも嫌……絶対に嫌！　『強制力』が働いて、僕が僕じゃなくなったらどうしよう。兄様を、ころ、殺しちゃったらどうしよう。『悪役令息』になっちゃったらどうしよう……」

「大丈夫。エディ、夢は夢でしかない。エディはもう『悪役令息』になんかならない。ううん。なれないよ。だってこんなに可愛い『悪役令息』なんていないもの。それに私も殺されたりしないよ。もう少しでそれが証明出来る。一緒にお祝いをするって約束したでしょう？　ねぇ、エディ。楽しい事を考えよう。学園には【愛し子】もいるけれど、エディの友達もいて、皆エディと一緒に通うのを楽しみにしているよ。もう一度言おう。エディは『悪役令息』にならない。そして私は殺されない。どんな魔法を使われたとしてもそんなに簡単に殺されるような事はないよ。それくらいは鍛えてきた。私を信じて？」

そう言って、兄様は泣いて腫《は》れている僕の瞼にそっと口づけを落とした。

「もう泣かないおまじない」

「………」

「そしてこれはもう『強制力』の事を考えないおまじない」

今度は額に口づけが落ちる。

「【愛し子】が出現したから不安になっているんだと思う。でもエディ、思い出して？　物語に似ているところと全く違うところがあるって私達は何度も何度も一緒に確かめた筈だよ。だから大丈夫。学園で色々な事を学ぼう。きっと楽しい出来事が沢山あるよ。棟は違うけれど私も一緒に通う。ねぇ、エディ。私はね、本当は少し……ううん。だいぶ浮かれているんだよ。この五年間は思うように会えなかったけれど、これからは同じところに住んで、同じところに通う。毎日顔を見る事が出来て、音の魔法ではなく話が出来る」

「………」

僕は嬉しそうな兄様の顔を黙って見つめていた。そんな僕を兄様もまた真っ直ぐに見つめたまま言葉を続ける。

「もちろん私はエディとお祝いが出来ると信じているよ。『強制力』なんていうものよりも、きっと私の期待の方が大きいと思っているんだ。だから大丈夫。どんな事があっても私はエディの味方だよ。怖くなったら私を信じて。一緒に、ずっと一緒にいよう。前にも言ったけれど私はエディの騎士で、エディは私の騎士だ、騎士の誓いは破られない」

「はい……はい、アル兄様」

兄様の腕の中は温かくて、トクントクンと心臓の音が聞こえた。そして兄様の声は優しくて、返事をしながら僕はほぉっと息を吐く。

「さぁ、少し休まないといけないね。まだ夜明け前だ。寒くない？」

「だい……じょぶ……でも兄様が……」

「ああ、うん。じゃあ、エディが眠るまでこうさせて？」

兄様はクスリと笑って僕の隣に潜《もぐ》り込んできた。

「おやすみ、エディ。今度は楽しい夢を見よう」

「……は……い。おやすみなさい。アル兄様」

結局僕は兄様にしがみついたまま眠ってしまった。兄様が言ったように怖い夢はもう見なかった。兄様は僕が寝入った頃、羽織っていたガウンを脱いで自分の部屋に戻ったのだとマリーに教えてもらった。僕はしがみついていた手をどうしても離さなかったらしい。

腕の中にしっかりと抱き込んでいたガウンを見て顔が熱くなった。だけど、もうこれからの事を不安には思わなくなった。

◇◇◇

体調を心配されて一日だけ出発を遅らせる事になった。僕は大丈夫だって言ったんだけど、父様も兄様も、そしてマリーもその方がいいって言ったから。

兄様の時は、僕が聖神殿に加護の鑑定をしに行く事になったので少しだけ早めに出発したんだけど、今回は特に予定もない。七日までに入学の最終手続きをすればいいから心配いらないよって言われて、六日に出発する事になった。体調が落ち着いていたら六日に手続きに行ってしまえばいいとも言われたよ。学園は休日の月の日でも開いていると聞いて少し驚いた。どうやら入学のシーズンはそういう事になっているらしい。

ちなみに兄様達在学生は八日から新年度が始まって、僕達新入生は九日に入学式がある。父様と兄様が入学式を見に来てくれるって聞いて失敗しないようにしようって緊張していたら、二人から大丈夫だよって言われてしまった。本当は母様も来たかったみたいだけど、そうすると双子達も来たがるからフィンレーで応援しているって。

僕はあの日以来、『悪役令息』になってしまった夢は見ていない。

兄様にしがみついてガウンを奪った事はさすがに申し訳なくて謝ったんだけど、兄様は楽しそうに「変な夢がガウンで上書きされたならいいんじゃないかな」なんて言うから、僕は夢について考えるとガウンの事まで思い出して恥ずかしくなってしまうんだ。

まぁ、でもそのおかげで怖かった夢は薄れて、今はまだ不安もあるけれど、【愛し子】の事も、学園の事も、『世界バランスの崩壊』の事も、自分の出来る事をしようって思えるようになった。

うん。そうするしかないものね。だって、『悪役令息』にはならないってずっとずっと思ってきたんだから。兄様のように期待と強い気持ちで『強制力』を上回っていくしかないもの！

そんな風に気合を入れて明日からの予定を自分の中で確認していたら……

「エディ兄様！」

ハロルドが部屋の中に飛び込んできた。ついでウィリアムが入ってくる。

「もう、ハリーってばいきなり走り出すんだもん」

「ふふふ、だって先に部屋に入りたかったんだもん」

「僕だって同じ！」

楽しげに？　言い合いをする二人に、僕はにっこりと笑って「はい、おしまい」と声をかけた。

「用事はなぁに？」

「お茶会のお誘いです。明日から王都に行かれてしまうので、母様と皆で家族のお茶会をしたいと思って」

ハリーの言葉に、僕は「わぁ、それはいいね！」と声を上げた。家族でお茶会なんて嬉しいな。

すると隣にいたウィルがニコニコ笑って「パンケーキを焼きました」と言う。

「ええ！　二人が？」

「もう、ウィル！　それは出してからだったでしょう！」

「あ、そうだった。えへへ。でもエディ兄様が驚いているからいいじゃない」

「ふふふ、ほんとにびっくりしたよ」

僕がそう言うとハリーはウィルから視線を外して僕を見た。

「それで、お願いがあるのです」

「うん？」

「温室で収穫出来そうな果物があったらいただきたいです」

「ああ、なるほど」

二人のお願いに、僕は「じゃあ、一緒に見に行こうか」と温室に向かった。

お祖父様《じい》がくださった大きな温室は、お部屋ごとに植えられているものが違う。僕達は果物が植えられている温室にやってきた。

「うう～ん。そうだねぇ。今はイチゴとか、あとは、リンゴとオレンジかなぁ」

「やった、イチゴ！」

嬉しそうなウィルに、僕は「真っ赤になっているのは全部採っていいよ」と言った。ウィルは「任せてください！」と張り切ってイチゴに手を伸ばしている。それを見ながら僕とハリーも木に生《な》っているオレンジやリンゴの熟しているものを採っていると、ハリーが小さく口を開いた。

「エディ兄様、この温室の管理はどうされますか？」

「ああ、マークにお願いしたよ。一応週末は帰ってくるつもりだから、今までよりは少し時間が空《あ》いてしまうけど、それくらいなら大丈夫かなって」

「あの、僕にやらせてもらえませんか？」

「ハリー？」

「マークの話を聞いてきちんとやります。収穫したものもエディ兄様が戻るまでマジックバッグに入れておきます」

緊張したような表情で一生懸命話をするハリーを見て、僕はふわりと笑みを浮かべた。ああ、いつの間にかこんなに成長していたんだなと思った。そして、もしかしたら兄様もこんな気持ちで僕を見ていたのかしらって少し恥ずかしい気持ちにもなった。

「収穫したのは美味しく食べて？　追熟した方がいいものもあるけど、それはマークやシェフに聞いてくれれば大丈夫だと思うよ」

「え、じゃあ……」

「うん。僕も一週間丸々空《あ》いちゃうのはちょっと不安なところもあったから、ハリーがそう言ってくれるならすごく嬉しい。同じ土属性だからよろしくね」

「はい！　頑張ります！」

ハリーは嬉しそうに返事をした。それを見て僕は笑いを堪《こら》えながら口を開いた。うん。やっぱり昔の自分を見ているみたいな感じがするね。

「そんなに張り切らなくても大丈夫だよ、ハリー。お祖父《じい》様と試している薬草もあるから、後で教えるね」

「はい！」

「おお〜い！　イチゴ採れたよ」

そんなやりとりをしていると、のんびりとしたウィルの声が聞こえてきた。こちらはあくまでもマイペース。本当に双子でも違うんだよね。

「ありがとう、ウィル。さぁ、こっちもこれくらいで、二人のお手製パンケーキを食べに行こう」

「はい！」

僕達は再び屋敷に戻った。

「あらあら、綺麗に出来た事」

ニコニコと笑う母様と「ほんとだね」と言う兄様。

「エディ兄様の温室でイチゴとオレンジとリンゴが収穫出来たので、フルーツで飾り付けをする事が出来ました」

「うん。綺麗だね。ウィル、ハリー、上手に出来たね」

アル兄様に褒められて、二人は嬉しそうに顔を見合わせて笑った。

「はい！　明日はお二人とも王都に行かれてしまうので、頑張りました」

「お茶は母様からアプリコットティーをいただきました」

「ふふふ、素敵なお茶会になったね」

僕がそう声をかけると二人は大きく頷いて、「はい！」って元気よく返事をした。

「ではいただきましょう」

母様の言葉で家族のお茶会が始まった。

残念ながら父様はお仕事で忙しくて、突然のお茶会には来られなかったけれど、まさかこんな風に二人が送ってくれるなんて思ってもいなかったからすごく嬉しい。

「うん。美味しいね。上手に焼けている」

「シェフがホイップクリームの作り方も教えてくれました」

「エディ兄様の果物があるから豪華になったよね」

「ちょうど収穫出来るのがあって良かった」

「はい。実は朝確認をしていました！」

「もう、ウィルってば、全部話しちゃうんだもん」

「え？　内緒だったの？」

そんな会話をしながらケーキを食べていると、ウィルが突然淋しそうな顔になった。

「アル兄様、エディ兄様、なるべく沢山帰ってきてくださいね」

「ウィル？」

いきなりの言葉に僕は驚いてウィルを呼んだ。するとハリーがムッとしたように口を開く。

「……それも言わない約束をしたじゃないか」

「だって、淋しくなってきちゃったんだもん！」

「我慢して、楽しいお茶会にしようって言ったでしょう」

「だって、果物を食べていたら悲しくなってきちゃったんだもん！」

「ウィルのバカ。そんな風に言ったら淋しくなっちゃったでしょ！」

「だって！」

「もう、言わないで」

「ハリー怖い」

「ウィルが約束破るから！」

「あらあらあら、なんだか思い出すわねぇ」

二人の言い合いに母様がコロコロと笑った。何を言われているのかなんとなく分かった僕は、少しだけ顔が熱くなった。

そう。アル兄様が王都へ行く前の日、僕はもうただただ淋しくて、悲しくて、お別れの予行練習みたいになってしまったんだ。結局一緒に王都に行く事になって、涙は止まったんだけどね。兄様も思い出したように小さく笑っている。

「母様、言わないでくださいね」

「ふふふ、何かしら？　何も言っていませんよ、ねぇ、アル？」

「そうですね。エディが可愛かった事しか覚えていないです」

「アル兄様！」

顔を赤くして小さく声を上げた僕に、ウィルとハリーはきょとんとしている。

「なんでもないよ、ウィル、ハリー。温室があるから、僕は週末には必ず帰ってきたいと思っているからね。今日のお茶会すごく嬉しかったよ。ありがとう」

にっこりと笑ってそう口にした僕に、母様は笑うのを堪《こら》えているような顔をして「エディもお兄さんになったわね」と言った。

◇◇◇

翌日、予定通りにフィンレーから魔法陣を使って、僕達は王都のタウンハウスにやってきた。

結局ウィルとハリーは転移の魔法陣がある部屋で少しだけ泣いていた。それでも「いってらっしゃいませ」と言えたのはえらかったなぁ。

すでに必要なものはタウンハウスに用意されているので、自分だけが移動すればいいんだ。魔法陣の順番は兄様と護衛、そして僕とマリーと護衛。今回父様は一緒じゃなくて、僕の入学式の日に来てくれる事になっている。ハーヴィンや【愛し子】の件で父様はとても忙しそうだ。

この前少しだけ会えた時は「きちんと話をするからね」と笑っていたけれど、ちょっと心配だな。でも母様に言ったら「お祖父《じい》様のポーションがあるから大丈夫よ」って笑っていた。ふふふ、母様はやっぱりすごいな。

そういえばお祖父《じい》様のポーションも美味しくしたいと思っているんだけれど、やっぱりなかなかうまくいかない。【愛し子】の事も『世界バランスの崩壊』の事も考えなければいけないし、ポーションだけでなくやりたい事は沢山ある。だけど急いでもうまくはいかないと思うから、とにかく一つ一つ頑張っていこう。それにまずはお祝いだものね。

「エドワード様、ようこそ王都へ。今日からどうぞよろしくお願いいたします」

タウンハウスの執事であるロジャーの挨拶を受けて、僕と兄様はリビングに向かった。とりあえずはお茶を飲んで、一息入れてからこれからの予定を確認する事にした。

タウンハウスの警備は加護の鑑定で来た時よりも厳重になっていた。護衛の数も多い。兄様と僕の二人分だからね。

来年からは僕一人になるのかなぁ。あ、なんだか淋しくなっちゃった。駄目駄目。まずは入学して、兄様が言っていたように一緒に通う事が出来る一年を楽しまないといけないよね。

メイド達がお茶とお菓子を出してくれて、僕と兄様はリビングのソファに座った。

「美味しい。この紅茶」

口にした紅茶がすごく美味しくてそう言うと、ロジャーが嬉しそうに「それはようございました」と答えた。紅茶は母様が好きで、小さい時から一緒に色々なものを飲んでいるから、結構舌は肥えているんだ。フルーツの入ったフレーバーティーも流行《はや》っているけど、これは本当に美味しいな。

「最近他国から入ってきた茶葉なのです。人気が出てきたので取り寄せてみました」

「わぁ、そうなんだ。ふふふ、母様も気に入りそう」

「はい。取り寄せた際に奥様にもお送りいたしました」

さすが。もしかして母様が王都の流行《はや》りのお菓子とかお茶に詳しいのは、タウンハウスの人達がこうして送っているからなのかもしれないな。

「お菓子はダグワーズという、最近奥様のお気に入りの店で売り出された新作です。バタークリームやラズベリーのジャムを挟んだものがございます」

「本当に美味しい。なんだかおやつを食べに来たみたいになっちゃったな」

「今日は特に予定を入れてはいないからそれでもいいよ」

兄様は笑って紅茶を口にした。でもさすがにお茶ばかりを飲んで休んではいられないから、ちゃんと予定を確認しなきゃ。

僕がそう言うと兄様は「じゃあお茶を飲みながら話をしよう」と答えた。

「明日は学園に入学の最終手続きをしに行くね」

「はい」

「他の手続きは全て終わっているけれど、どうしてもエディが自分でサインをしなければならないものがあるんだ。学園内での約束を守る事に同意をするという署名だから、特に内容に問題はないけれど、きちんと読んでから署名するように」

「はい」

「それから改めて説明されると思うけれど、学園内では爵位による差別を禁じる規則がある。だけど、どうしても平等にはなれない。貴族ばかりの学園だからね、最低限の決まり事というか、貴族としてのマナーは必要とされるんだよ。下位の者がいきなり上位の貴族に声をかけるような事は出来ない。けれど爵位を笠に着る行いは注意を受ける。まぁエディに関しては全く心配していないけれど、上の爵位の者が居丈高《いたけだか》な態度を取ったりするようであれば教師や私に相談をしてほしい。反対にあまりにも弁《わきま》えない下位の爵位の者がいたらそれも報告をしてね」

「はい」

僕が返事をすると兄様はニッコリ笑った。えっと僕は侯爵家の子息だから、上は公爵家と王家だけだよね？　僕の学年には王族はいらっしゃらない筈だから、何かあるなら公爵家か。あとは侯爵家の中でも順位みたいなものがあるそうだけど、フィンレーは侯爵家の中でも高位だから、そちらは特に心配しなくてもいいかもしれないな。

「確か同じ学年にはオルドリッジ公爵家の方がいらっしゃいましたよね。あとは初等部の三年に二公爵家の子息がいると聞いています」

「うん。そうだね」

兄様が短く答えた。王族は兄様と同じ学年の第二王子だけだから、気を付けなければいけないのはとりあえず公爵家の三人になるのかな。ああ、でも【愛し子】の事があるから第二王子とも接触しないようにしよう。

きっと兄様が心配しているのはこの件だけでなく、僕の加護について探ろうとする動きや、近づいて取り込むために親に何かを言われている子供との接触なんだろうなと思った。

「初等部に通う公爵家の事も、フィンレーとあまり……その……親しくない貴族達の事も、テオから聞いているので関わらないように気を付けます」

少し硬い表情でそう言うと、兄様はふんわりと笑った。

「そうだね。でもそんなに緊張しなくてもエディの周りには友達が多いから、悪意を持つ人間が簡単に近づく事は出来ないと思うよ」

その言葉で、僕はウィルとハリーのお披露目《ひろめ》会の事を思い出した。確かに兄様が傍にいない時にはお友達の皆が近くにいて、僕に話しかけようとする人達を自然に遠ざけてくれたんだ。

「そうですね。なんだかちょっと安心してきました。皆と一緒にいるようにします」

「うん、そうして。高等部の方は別棟だからなかなか顔を合わせる事は出来ないけど、何かあれば急ぎの魔法書簡のやりとりくらいは出来るから」

「え？」

「ああ、知らなかったよね。学園内では基本的に魔法の使用は禁じられているんだけど、届け出をしておけば緊急用の魔法は認められているんだ。確か明日の手続きの書類に書かれている筈だ。ただし、攻撃魔法の使用は認められない。使用が許可されている実技の講義以外で使用すれば罰則が科せられる。魔法の発動はすぐに検知し、痕跡から誰のものか追えるので誤魔化す事も出来ない。それで学園内は護衛が付かないんだよ。もっとも貴族しかいない学園だから一人一人に護衛が付いていたらとんでもない事になってしまうしね」

「そうですね」

なるほど、じゃあ学園内ではそんなに害意に対して心配はいらないのかもしれないな。

「エディ、この後は自分の部屋の中を確認して、足りないものがあればマリーに伝えるように。とりあえず今日はゆっくり過ごそう」

「はい」

「明日は朝食をとって落ち着いたら学園に向かう」

「はい」

「私も一緒に行くから心配しないで。手続きをしたら初等部を案内するよ。入学者の事前見学は認められているからね」

「え！　よろしいのですか？」

僕は思わず声を上げてしまった。だって兄様と一緒に学園の中を見られるなんて、そんなご褒美《ほうび》みたいな事があってもいいのかしら。なんだかすごく楽しみになってきたよ。

「もちろん。エディと一緒に学園内を回れるのは嬉しいよ」

「ぼ、僕もです！　わぁ！　すごく楽しみです」

「ふふふ、私も楽しみ。エディ達が使いそうな場所を確認してから帰ってこよう。ああ、そうだ。帰りにどこか立ち寄りたいところがあったら先に教えて？」

「大丈夫です。特にないです。ああ、でもアル兄様のお勧めの場所があったら教えてください」

「分かった。じゃあそちらは考えておくね」

「はい。よろしくお願いします」

そうして僕達は紅茶とお菓子を楽しんでから、それぞれの部屋へ向かった。


部屋に入ると僕の荷物はすっかり収められていた。部屋はフィンレーに比べると少し狭いけれどそれでも十分な広さがあって、机の上には兄様からいただいた文箱とウィルとハリーが贈ってくれた羊のぬいぐるみが置かれていた。

「ふふふ、これからよろしくね」

そう言って僕は羊達の頭にちょんちょんと指で触れた。

小物用の棚にはフィンレーから僕が持ってくる事を選んだものがきちんと並んでいる。スティーブ君にお誕生日の贈り物でもらった珍しいダイオプサイトという美しい緑色の石、それから最初の冬祭りで買った小鳥の宝物入れ。これには兄様からいただいた水色のリボンの替えが入っているんだ。

自分の色を贈る意味については母様やテオから教えてもらったけれど、でも兄様が贈ってくださるうちは兄様の色のリボンをつけていたい。ずっとずっとそうしてきたから、今更他の色のリボンをつける気持ちになれないし、なんだかその色をつけられなくなったらすごく悲しい気持ちになると思うから。

「この色じゃないと、僕が僕じゃなくなる気がしてしまうよ」

呟きながら僕は宝物入れをパタンと閉じて棚の上に戻した。いつか……いつか兄様は他の誰かに自分の色のものを贈るのかな。そうしたら僕にはもう水色のリボンをくださる事はなくなるのかな。色を贈るというのは、本来はきっとそういう意味なんだよね？

何も分からないまま好きな色を尋ねられて兄様の瞳の色を答えた幼かった自分を思い出して、僕はギュッと目を閉じてブンブンと首を横に振った。今はそんな事を考えている場合じゃない。とりあえず、兄様がリボンをくださるうちは、つけていていいって思えばいいし、兄様が誰かに自分の色の物を贈ったたって聞いたら、そっと外せばいいんだ。

「まずは学園に入学するまで気を抜かないようにしないとね！」

ガウンの思い出で上書きされたあの夢みたいにならないようにと改めて気合を入れて、僕はもう一度部屋の中を見回した。

うん。さすがマリー。完璧だ。

それから用意をされている制服と、一緒に置いてある兄様からのバッグも確認。

「ふふ、嬉しかったなぁ……」

留め具に使われているアクアマリンの飾り石。

「ありがとうございます。大事にします」

僕はそう言って水色の石にそっとそっと指で触れた。

◇◇◇

翌朝、朝食をとった後、兄様は父様と魔法書簡でやりとりをしていた。何かあったのかしらって思ったけれど、「これから出かけますっていう報告をしていただけだよ」って。だからその後は予定通りに馬車で学園へと向かった。

僕と兄様が乗る馬車が一台。護衛の馬車が前に一台、そして両脇と後ろは騎乗した護衛が付いている。なかなか物々しいけれど仕方がない。これからの送り迎えの予行も兼ねているんだって。

ちなみに学園に通う時は、馬車は一台で護衛は前後の二人だけになるそうだ。何台もの馬車になると馬車回しが混んでしまうからね。

学園に着くと、護衛の一人が門番とやりとりをして馬車回しの方に通してもらった。そして馬車回しで降りると受付までは歩いていく事になる。護衛は基本的には学園の校舎内には入れないので護衛用の詰所みたいなところで待たされるらしい。でも今日は一人なら同行が認められているそうで、ルーカスが来てくれる事になった。

兄様とルーカスと一緒に受付を済ませて、僕達は手続きをする部屋に進んだ。兄様が言っていたように僕自身が書かなければならないのは学園内の約束を守りますっていう署名で、破ると罰則がある。これは魔法による誓約の署名だから、約束に抵触すると警告が来て、完全に破ると学園から追放されてしまうんだって言われたよ。貴族にとって貴族の学園から追放されるというのはとても不名誉な事で、家を出されてしまう事もあるんだとか。怖いな。まぁ、約束を破らなければいいだけの話なんだけどね。

「はい。確かに署名を確認し、受理いたしました。魔力の登録もいたしましたので学園章は明後日《あさって》、入学式にてお渡しいたします。式は予定通りに行いますが、当日は馬車回しが特に混み合いますのでお気を付けください」

「ありがとうございます。よろしくお願いいたします」

係の人にお辞儀をして、僕と兄様は学園の中を一緒に回るために初等部の廊下を歩き始めた。

「懐かしいな」

ポツリと呟いた兄様と並んで歩きながら、僕はそっと口を開いた。

「高等部と初等部は結構違うのですか？」

あまりにもギリギリの日だったからか、それとも学園内を見学する人が少ないのか、辺りには誰もいなかった。だからそれほど大きくない僕の声がよく響く。

「う〜ん。造り的には高等部の方が教室が狭くなって、その分、実技用の場所が増える感じかな。高等部になると将来に向けてそれぞれに取りたい講義が違ってくるからね。実践的で専門的なものが増えるんだよ。だから専科になってさらに細かく分かれてくるんだ」

「え？　どういう事ですか？」

僕が尋ねると兄様は「例えば……」と言葉を続けた。

「卒業して領地経営を手伝う事が決まっているとすれば、領主として必要な内容を学びたい。でも経営に関わらない者にしてみればそれはあまり必要がない。知らなければ困るくらいの知識さえ身についていればいい。嫡男ではなく家から出て自分で身を立てていく者にしてみれば、剣術を磨いたり、使える魔法を増やしたり強くしたりする方が重要だ。または領地なしの貴族でどこかの領の役人になろうとするならそのための知識や、どの領がどんな人材を必要としているのかという情報が欲しい。一律に同じ勉強をしていても仕方がないからね。高等部になるとそれぞれがそれぞれに必要なものを選び取っていく事が鮮明になる感じかな」

「なるほど」

だとすると、僕は次男だからいずれは家を出るのかな。高等部に上がる頃には自分がどうしたいのかも考えなきゃいけないんだな。そんな事を思っていると兄様が小さく笑った。

「アル兄様？」

「エディ、これから初等部に入学するんだからそんなに難しい顔をしないで？　それに卒業後の事は父上とも十分に話し合わないといけないからね。自分だけで決められるものではないよ」

「そうですね。ふふふ、どうしたらいいのかなって考えちゃいました。うん。まずは入学して、初等部の講義の取り方を兄様に教えていただくのが先ですね？」

「そうだね。相談をしてほしいな」

僕達は長い廊下を歩いて大きな扉の前に来た。

「ここが大講堂。入学式や卒業式を行うところだよ。ちょうど学園の中心となる場所に建てられているんだ。大雑把に言えばこの建物のこちら側が初等部。あちら側が高等部だ。初等部の入学式は明後日《あさって》の午前中に、高等部は午後に行われる」

兄様は言葉と一緒にゆっくりと扉を押し開いた。

「わぁ！」

中はとても明るくて、木の素材が多く使われているホールだった。

石で造られている学園の中にこんな風に木をふんだんに使っている場所があるのは、なんだか予想外で驚いてしまう。

天井は少し丸みを帯びていて、中央正面には舞台のようなところがある。ずらりと並んでいる作り付けの椅子も木製。周囲の壁もアクセントに木を使い、上部にある大きめの飾り窓からは日の光が射し込んで眩しいくらいだ。

「すごく綺麗。優しい雰囲気ですね」

「ここに生徒とその親達や関係者が集まると結構壮観だよ」

「なるほど……」

「ちなみに今年の一年生は百名いないそうだからクラスは二つだね」

「皆と一緒になりたいけど、確率的には四人ずつかなぁって話していました」

「うん。そんな感じかな。でも一年のうちは合同の講義も多いからそんなに心配はいらないよ」

「はい」

良かった。皆一緒の学年なのに、顔を合わせる機会がなかったら淋しいものね。

「食堂もあるんだよ、エディ。もっとも今日は休みだけど、場所を知っておくのもいいかもしれないな。行ってみる？」

「はい！」

「ああ、でもうちのご飯を食べているエディにはあんまりお勧め出来ないかも」

「ええ？　どうしてですか？」

僕の問いかけに兄様は楽しそうに笑って口を開いた。

「うちのご飯の方が圧倒的に美味しいから」

「ああ、そうなのですね。ではアル兄様はどうされていたのですか？」

「結局自分の家から食事を持っていくようになったね。食堂で食べる事は滅多になかった」

「そうですか。ちなみに食堂はやっぱり高等部と分かれているんですよね？」

「うん。建物が違っているからね」

「そうですよね」

がっかりしている僕の頭を、兄様はポンポンとした。

「行きは一緒だから馬車の中で色々話をしよう」

「はい！」

「帰りは多分エディの方が早いから、待たずに帰ってね。心配だから」

「分かりました」

「でもフィンレーに帰らなくても毎日エディに会えるのはいいね」

「……っ！」

兄様がニコニコ笑ってそんな事を言うから、つい胸を押さえてしまった。本当に兄様はどうして僕の考えている事が分かっちゃうのかな。というか、同じ事を思っていたんだってドキドキした。嬉しいな。兄様も毎日会えると嬉しいって思ってくれてすごく嬉しい。

「やっぱり最初は結構落ち込んだんだよ？　思っていたよりも帰れないし、課題は多いし、余計な付き合いはあるし」

「余計な付き合い……」

「私の学年は王族がいるからね。そちらの関係で結構呼び出しがあったんだよ。でもエディは大丈夫。そういう面倒な事はきっと父上が手を回してくださるから。もちろん私も協力をするよ」

「ありがとうございます」

そうか、やっぱり同じ学年に王族の人がいると色々大変なんだね。そういえば小説の中でも『チーム愛し子』の人達が確か第二王子の側近みたいな感じになっていたよね。社交に関しては、僕は年に二回のお茶会以外はほとんどしていないけれど、兄様は嫡子だから色々と大変なんだろうな。

「エディ、こっちだよ」

大講堂を出て、またしばらく廊下を歩いていくと分かれ道に出た。あれ？　さっきはどっちから来たんだっけ？　って思っているうちに声をかけられて今度は階段を上《のぼ》った。わ～ん、覚えるまでは本当に誰かと一緒に行動しないと迷子になっちゃうかもしれないな。そんな僕の心配をよそに兄様は僕の顔を覗き込むようにして笑った。

「はい、ここが食堂」

「広い！」

「それと、ああ、ここからなら見えるな。あそこが魔法練習場。それからあっちは剣術のための訓練場。そして乗馬用の場所はその向こう。乗馬は高等部と合同だね」

「え！　そんな授業もあるのですか？」

しかも高等部と合同？　という事はもしかして……

「うん。魔道具を作ったりするのも高等部と合同。乗馬は自分達の領で出来るし、魔道具よりも魔法を使える方がいいと思う人間が多いから実はあまり人気がないんだ」

「そう、なんですね」

「ふふふ、でもエディが取るなら合わせて取ってみようか。まぁ時間割次第になるけどね」

「……わぁ！」

僕は嬉しくて声を上げてしまった。

「アル兄様と一緒の講義が受けられるなら受けたいです！」

だって、そんなのってご褒美《ほうび》でしかないでしょう？　絶対に無理だって思っていたのに、同じ講義を受けられる可能性があるなんて。

「うん。エディの時間割が出たら一緒に考えよう。私も取れるように調整するよ。さぁ、じゃあ最後に一年生が使う教室を見て帰ろう」

「はい！」

僕達はさっきとは違う階段に向かった。そこを下りると一年生の教室らしい。でもその前に兄様が立ち止まって少し先の教室を指さした。

「あそこは合同の講義で使う事が多いよ。大きな部屋なんだ」

「……はい」

ううう、覚えられる気がしないよ。絶対に皆と一緒に移動しなきゃ。

「エディ、心配しないで。階段の位置さえ覚えてしまえば簡単なんだよ。それに一年は迷いやすいから、分かりやすい場所に配置されているんだ」

「はい、頑張ります」

少し強張った顔で答えると、兄様が「はい」と手を差し出した。

「え？」

「手を繋いでいこう。エディが迷子にならないように」

「えええ！　だだだ大丈夫です」

「誰もいないから恥ずかしくないよ。ほら。行くよ」

「はわわわ」

兄様に手を取られて僕は目の前の階段を下りていった。

「エディ、見て。こっちが最初に入ってきた受付があった方」

「は、はい」

言われて僕はそちらを見た。確かに向こうの方に受付をしたところが見える。

「それで、一年はこっち。受付から来た道を右に曲がるんだよ。このまま真っ直ぐに行くと最初に見た大講堂に着いちゃうからね」

「はい！」

ちなみに今下りてきた階段は左側。つまり左の二階の突き当りに食堂があって、合同の講義がある大きな教室は二階の右側……うん、やっぱり皆と一緒に行動しよう！　僕は胸の中で強くそう思いながら、もう一度グルリと周りを見回した。う～ん、やっぱり僕達以外誰もいないね。

「見学をする人はあんまりいないのですね。こんなギリギリの日に手続きをしに来る人は少ないのかもしれませんね」

「そうかもしれないね。でも私はエディと二人でゆっくりと学園の中を回る事が出来て楽しかったな」

「！　はい！　僕もアル兄様と一緒に見て回れて嬉しかったです。ありがとうございます」

兄様と手を繋いだまま最後に到着したのは一年生が最初に入る部屋だった。

「ここがクラスごとの部屋になる筈だ。こちらが青のクラス。一つ先が白のクラスの教室だよ。一年生はこの教室を使う事が一番多くなると思う。クラスはまだ分からないけどね」

「はい。頑張って覚えます」

「うん。分からなくなったらまた案内をするからね」

兄様がそう口にして笑った途端、兄様の胸のポケットの辺りがチカッと光ったような気がした。

「ごめんね、エディ。父上からの知らせが入った。ここで少しだけ待っていて」

「分かりました」

兄様はそう言って空《あ》いている部屋に入っていった。

僕は後ろを付いてきているルーカスと顔を見合わせて小さく笑った。

「ふふ、なんだかやっぱり緊張するね」

「大丈夫ですよ。お友達もいますし、私も送り迎えはご一緒いたします。慣れるまでしばらくの間は詰所におりますので」

「ありがとう。ルーカス」

そう言ってもう一度笑った瞬間。

「エドワード・フィンレー……」

「……っ!」

聞き覚えのないその声は、先ほどの僕の声みたいに静かな廊下に響いた。

ルーカスが即座に目の前に立って僕の身体を背中で隠して身構えた。僕はドキドキとする胸を右手でギュッと押さえて声の方に顔を向ける。

「……だ、誰?」

振り返った先には銀色にも見える金髪に、透けるようなアメジスト色の瞳の少年がいた。見た事のない顔だった。でもどうして彼は僕を知っているのかな。というか、あの髪と瞳の色って……え?

でも……ええ?

「僕はルシル・マーロウ」

「……え」

ちょ、ちょっと待って！　どういう事？　ルシル・マーロウって！　えぇぇ!?

「エディ、お待たせ……ルーカス、何があった？」

兄様が僕とルーカスを見て、鋭い声を出した。

「それが、あの少年が……」

「ア、アル兄様」

僕はルーカスの言葉を遮《さえぎ》り兄様を呼んだ。すると前方にいた少年が驚いたような声を上げた。

「ちょっと、なんでアルフレッドが生きているの？　っていうかなんでエドワードがこんなに可愛くなっちゃっているわけ？」

「――――！」

僕と兄様は近づいてくる少年を信じられない気持ちで見つめた。

「……君は？」

兄様が険しい表情を浮かべながら口を開いた。

「ルシル・マーロウ」

兄様の問いかけに彼は先ほどと同じ名前を名乗った。

「…………」

うん。兄様も黙り込んじゃうよね。でもやっぱりこの髪とこの瞳。間違いなく……

「……【愛し子】？」

すると今度はルシルの方が驚く番だった。

「！　ちょっと来て！」

「え⁉」

「エディ！」

「エドワード様！」

「ルシル様！」

ルシルと名乗った少年は素早く手を伸ばすと、ルーカスの後ろにいた僕の手を取って引き寄せた。その行動に兄様が僕を抱き込むようにして、ルーカスがルシルを押さえる。さらにルシルの護衛が慌てて僕達の方に駆け寄ってルシルを止めようとしたから、僕達は廊下で団子のような状態になった。

「アル兄様！　話を聞きます」

「エディ」

「大丈夫です。きっとそうした方がいいと思います」

「……それなら私も一緒だ。そうでなければ認められない」

「うん。僕はなんでもいいからとにかく話をしよう。とりあえず手を離すね。だからえっと、そちらの護衛の人も手を離してもらえるかな。あ、君はここで待っていて。言っておくけど、ここであった出来事を伯爵とか他の人間に言ったら、きっと君、困る事になるよ」

「ひぃ！」

えぇ⁉　何それ。その言い方本当に【愛し子】なのかな。僕が呆然としている隣で、兄様は相変わらず険しい表情のまま、ルーカスに「誰もここに来ないようにしてくれ」って指示を出した。

僕と兄様と多分【愛し子】？　は空《あ》いていた部屋に入ってドアを閉めた。すると兄様はすぐに遮音の魔法を展開する。

「アル兄様、魔法を……」

「大丈夫。遮音は届け出てあるんだ。校内でも色々聞かれたくない話があるからね。ただし誰かを傷つけるような事をしたらペナルティが科せられる」

「そうなんですね」

それなら良かった。でもそうか、こういう風に魔法の届け出を出せばいいんだな。いくつくらい届け出が出来るのかな。そんな事を考えていたらルシルと名乗った少年は焦《じ》れたように喋り出した。

「僕が【愛し子】って分かるって事は、『転生者』なんだよね？　それとも誰かから僕について聞いているのかな。でも僕はそんなに沢山の人とは会っていないし、僕の事を【愛し子】って分かっている人は限られているんだ。フィンレーの当主にも会っていないし。だとすると、やっぱりエドは『転生者』なんじゃないの？　エドの中の人の記憶はどこまであるの？」

「な、中の人？」

「え？　だってエドって『転生者』だよね？　違うの？　ここが『銀セカ』の世界だって知っているんだよね？」

エド……。言っておくけれど、僕は彼に『エド』なんて愛称で呼ぶ事を許してはいない。一応僕は侯爵家の次男で、ルシルはマーロウ伯爵家に保護をされた子供だ。でも今はちょっとだけ我慢。

「『銀セカ』って……ああ、うん。そう、なんだけど、そう言い切れないところも沢山あるよね？　だって、その……君、男の子だよね？」

そうなのだ。僕が知っている『記憶』の中の小説の主人公は、男の子じゃなくて女の子なんだよ！

するとルシルは少し困ったような顔をして再び口を開いた。

「あ～、君の中の人は結構初期の頃の人なのかな」

「初期？」

「そう。僕の頃はね『銀セカ』はアニメどころかゲームにもなっていて、主人公の性別が選べたんだよ。それで、一部の腐女子に絶大な人気を得て、公式からR十八指定のBL版も出たんだ」

「ゲーム……ふじょし……あーる十八？　びーえる版？」

情報過多な上、よく分からない言葉が次々に出てきたからか、僕は軽い眩暈《めまい》を感じつつ隣にいる兄様を見た。

「わか、分からないです。アル兄様」

「いや、私もちょっと……」

それを聞いてルシルは一瞬だけ「ん？」っていう顔をしてから、改めて話し出した。

「うんとさ～、エドの時は小説だけしかなかった？」

「え……えっとコミカライズ？　されたばっかり？」

「あー、その頃なのか。う～ん、結構転生の時期が異なるんだね。えっとね、私は前世では腐女子……ああ、ええっと……まぁ、同性同士の恋愛を見て楽しむ？　そんな感じの人だったの。工藤《くどう》みのり。二十五歳。君は？」

え!!　女の人だったのに、男の子になったの？　それにどどどど同性同士？　えええ！　どういう事なの!?

「ねぇねぇ、エドの『記憶』の人はなんていう人なの？」

「し、知らない！」

そう、僕は違う世界で生きていた『記憶』はあるけれど、『記憶』の持ち主の名前は知らない。二十一歳の男性で、この小説や漫画が好きで、アル兄様が好きだったっていう事は分かっているけど、その他の『記憶』はかなり曖昧《あいまい》なんだ。

「知らない？　え？　どういう事？」

みのりという女の人だったっていうルシルは、驚いたような声を出した。

「知らないっていうのはそのままだよ。僕は最初から僕で、エドワードだったもの。死にそうになった時に違和感？　みたいなものがあって、神殿で治療を受けて気付いたら、僕とは違う『記憶』があった。それでここがその『記憶』の中の小説『愛し子が落ちた銀の世界』に似ている事と、僕がアル兄様を殺してしまう『悪役令息』だって事が分かったの」

「へぇ、そんな風に完全に元の人格に取り込まれる？　というか重なる？　う～ん……落ち着くっていうのが近いのかな。そういう転生もあるんだね。私は完全に私の人格が元のルシルの人格を弾いたか押しのけた。または元のルシルの人格は死んでしまったのかもしれない」

「ひえっ！」

「ルシルの記憶はあるけど、今この身体は完全に私」

にっこりと笑ったルシルに僕は改めて顔が引きつった。

「そそそそうなんだ。ルシルとして生きてきた記憶はあるけど、自我は完全にええっと、クドウミノリさん？」

「そうそう」

それを聞いて、僕は心の底から兄様がこのタイプの『転生者』でなかった事に感謝した。兄様が兄様でなかったら、きっと僕は絶望死してしまったよ。

「アル兄様も僕に近い『転生者』だよ？」

「え!?　アルフレッドも『転生者』なの？　なんなのそれ！　マジ聞いていない！　あ〜、それで二人して完全に死亡フラグと悪役フラグをへし折ったんだ？」

ルシルはそうして「あちゃ〜」と言いながら僕達を見た。

「フ、フラグ？って」

「え？　フラグはフラグよ」

「よ、よく分からないけど、僕は悪役なんて出来ないし、やりたくない。何よりアル兄様を殺すなんて絶対に出来ないもん！」

よし、言えた！　そう。そんな事をするくらいなら僕が死んだ方がいいって思うから。兄様には怒られたけれどそう決めていたんだ。

「んん～……なんかおかしいと思ったんだよね。起きる筈のイベントがいくつも起きなくて」

「イベント？」

ああ、また分からない言葉が出てきたよ。僕がそう思っていると、ルシルは幼い子を諭《さと》すような口調で言った。

「そう。私がこうして男の子のルシルになっているって事は、この世界は小説でなくて、ゲームの『銀セカ』なんだよ」

「ゲーム？」

「うん。そう。多分ＢＬ版」

「びーえる版……」

「あ～、『記憶』の中にはないのかぁ。つまり男同士の恋愛が可能な世界です」

「え!!」

僕がものすごく大きな声を上げると、ルシルと兄様がそれぞれに顔を顰《しか》めた。

「声が大きいってば。ああ、でも遮音？をしているんだっけ。まぁ、そういうわけで【愛し子】の周りには攻略対象者がいます」

攻略対象者って何？え？どういう事？びーえる？男同士？さっきも同性同士の恋愛って言っていたよね？えっと……えぇぇぇぇっ？

「エディ……」

大混乱を起こして頭を抱えてしまった僕を見て、兄様が口を開いた。

「話をしてもいいかな」

「あ、はい」

ルシルは改めて兄様の顔を見て、コクリと頷いた。

「あの小説は悪役と呼ばれるような者達の陰謀を暴いたり、溢《あふ》れ出た魔物を倒したり、『世界バランスの崩壊』に向かって進む歯車の動きを食い止めて、元に戻していく話だと思っていたけれど、君の言うゲーム？　はそうではないのかな？　まぁ、アニメやコミックも小説とは異なる内容があったように思ったけれど、ゲームはまた別の話なのかな？」

兄様が質問すると、ルシルは「いやいや」と言って首を横に振った。

「別じゃないよ。もちろん貴方が言っているように、アニメもコミックスも元の小説とは若干変わっている部分はあるけど一緒。ゲームにもちゃんと悪役や魔物を倒したり、『世界バランスの崩壊』を止めようとしたりする流れはあるよ。なかったら『銀セカ』のゲームじゃなくなっちゃうじゃない？ゲームはポイントを稼がないといけないから、もっとエグイ感じの部分もあるしね。ああ、じゃあアルフレッドの中の人はアニメまでは知っているんだね」

「…………君の話を聞くとそうみたいだね」

「ふーん。そうなんだ。でもまさか同じ世界からの『転生者』がこんなにいるなんて思わなかったなぁ。えっと、話を戻すけど、小説でも【愛し子】が仲間を集めていくでしょう？　貴方の友人達とかね。ゲームではそこが友情とか恋愛とかになっているわけ。クエストをこなしてポイント……

点数や評価みたいなものを上げて攻略していくっていうのは分かるかな。要するに友達のままなのか、恋人になるのかで先のストーリーが違ってくるんだよね」

「………恋人？　君と？」

「そう、僕と」

兄様はそのまま黙り込んだ。僕はもう何がなんだか分からなくなっていた。主人公は男の子になっているし、男同士の恋愛があるとか、イベントとか、攻略とか、一体何を言っているのか全然分からない。

「で……でも……恋人って言っても、僕達の気持ちは点数を溜めていけばそういう風になるようなものではないよね。だって僕達は今生きているし、ここは物語や、ゲーム？　の中じゃないもの」

僕がおずおずとそう言うと、ルシルは難しい顔をした。

「うん。それは分かる。僕もそこを間違えたくはないんだ。小説やゲームの世界と信じてざまぁされる主人公の話も沢山読んだしね。まぁ、全員と恋人になるっていうハーレムエンドもあるんだけど、さすがにそれはゲームの中だけかなって思っている。それに僕の推しは決まっているし」

「へ？」

ま、また知らない言葉が出てきた。

「エディ、大丈夫？」

「だ、大丈夫ではないけど、大丈夫です」

ヨロヨロしながらそう答えると、兄様は小さく笑って僕の身体をそっと支えてくれた。

「………随分と仲がいいんだね。まぁ、この世界が『銀セカ』と同じ世界観である事は確かだろうけど、もうすでに結構違うなって感じているところもあるし、エドやアルフレッドも設定とは随分違っているものね。どこがどう違っているのか、きちんと調べないといけないなって思っているよ。じゃないと恋愛なんてほど遠いしさ」

「で、でも同性同士で恋人って……」

僕の言葉にルシルは今度こそ目を剥《む》いた。

「何を言っているの？　え？　もしかして知らないの？　この世界って同性婚は可能でしょう？今だって嫡子じゃなければ問題ない筈だよね。それにもうじきマルリカの実が見つかるから跡継ぎの問題もクリアだよ。この世界って元々男女比がおかしいから、いずれはそうなるんだよ！」

「………は？」

何を言っているのか分からない！　全然分からないよ！　【愛し子】って、【愛し子】ってこんな感じの人だったの？

「……アル兄様、僕、何を言われているのか全然分かりません……」

「うん、エディは分からなくていいんだよ。むしろ分かる方が怖いからね」

「はい……」

「大丈夫。私がちゃんと聞いておくから、エディは必要になった時に必要なところだけ分かっていればいいよ」

「はい」

涙目になっている僕の背中を兄様がいつものようにトントンと叩いた。それを胡乱《うろん》な目で眺めて、ルシルは「ふ～ん」と声を漏《も》らした。そして。

「小説にも書かれていたよね？　今は五対三くらいの割合で女性の方が少ないんだ。これから世界のバランスが大きく崩れると一気にそれが進むよ。最終的には三対一くらいになる」

「君が言っているのはもしかしたら『エターナルレディ』の事かな」

「なんだ、知っているんじゃない。そう。多分去年辺りからいきなり増えているでしょう？　これからは病気だけじゃなくて女の子の出生率が著《いちじる》しく下がるよ。ん？　これって課金すると見られる裏設定だったかなぁ。まぁいいか。とにかくマルリカの実があれば男同士でも子を成す事が出来るからさ」

あ、また変な話が出た気がする。でも兄様がちゃんと聞いてくれているから、僕はこれ以上考えるのはやめよう。せっかくだし、もっと色々聞きたい気持ちもあるんだけど、何かもう無理っていう気がするんだ。だから伝えたい事だけ伝えておこう。

「ルシル君、あのね。申し訳ないんだけど、とにかく僕は死にたくないし、アル兄様を殺したくないので『悪役令息』にはなりません。大人しく物語の隅っこの方にいるので、君は好きなように生きてください」

「ええ？　待って待って、百歩譲って君が悪役にならないとしても、君が嫌がらせとかしないと進まないイベントとかもあってね」

「今の僕が嫌がらせをしても、皆、何かあったのか、誰かに強要されているのかと心配するだけだと思います」

　というか、自分が嫌がらせをされる事が分かってそれを受けている振りをするって、僕からしたら相当気持ちが悪いし、おかしい感じがするんだけど。嫌だよそんなの。

「そ、そんな」

「無理です。気持ち悪いです。そんな事はしたくないです」

「うわぁ……」

　頭を抱えるルシルに兄様が口を開いた。

「とりあえず、一度話し合いをしよう」

「話し合い？」

「そう。私の中に現れた記憶持ちは高校生で、例の小説がアニメというものになった頃までの『記憶』を持っていたけれど、元の小説に関してはところどころが曖昧《あいまい》で、しかも完結していなかった」

「……なるほど」

「私達は君の持っている『記憶』の中の小説の詳細や、君の言うゲームというものが知りたい。それがどこまでこの世界と同じなのかは分からないけれど、流れを知っておくのは重要だからね」

「ふーん。そうだね。それで、それを教える僕のメリットは？」

　ルシルは真っ直ぐに兄様を見た。小説のイメージとは違って、物事のやりとりがきちんと出来る大人のような雰囲気があった。

「先ほど君が知りたいと言っていた小説の世界との異なる点は調べているので、それを渡そう。君が一つ一つ確認をするよりも効率がいいだろう」

「……確かに。でもちょっと物足りないな」

「そこは相談だね。お互いに必要なものは異なるだろうから」

「ふーん……」

ルシルは兄様をまじまじと見つめた。

「なんかさ、僕が思っていたアルフレッドとは違うな」

「ありがとうと言っておくよ。伊達《だて》に十七年間も貴族の嫡男としての教育を受けてきたわけじゃないからね」

兄様とルシルは黙ってお互いを眺めていた。そしてしばらくしてからルシルがゆっくりと口を開く。

「分かった。でも今の状況で僕がフィンレーと接触をするのはあまり良くはないよね」

「そこは父と相談する。君との連絡方法についてもね。マーロウ家のタウンハウスにフィンレーが書簡を出すのは難しいからね」

ルシルは一瞬だけ考えるようにして、にっこりと笑った。

「明後日《あさって》入学式があるでしょう？　エドが僕にこっそり返事を渡してくれてもいいけど？」

「えええええ！　僕が!?」

「だってそれしかないでしょう？　アルフレッドの言う通り、マーロウのタウンハウスにいきなりフィンレーから書簡が送られてきたら伯爵家は中を確認するよね。そしてそこに話し合いについて書かれていたら色々と面倒だと思うんだ。先ほどアルフレッドが遠回しに言ったけど、フィンレーと書簡のやりとりがあるという事を面白く思わない人間だっているだろうし」

言っている意味は分かるし、受け答えを聞いていると頭の回る人だなって思った。でも僕が渡すのはなんだかやっぱり気が乗らないというか、関わりたくない気持ちが大きい。それに僕が何かをこっそり渡しても気付く人は気付いてしまうよね。僕は兄様を見た。

「アル兄様……」

「今は答えられない。私だけで決められる話ではないな。君は私の友人とコンタクトを取りたいと思っているんだから、そちらの方向で考えるように父に進言してみよう」

「分かった。じゃあ、そういう事で。でもさ、意外だね」

ルシルは小さくため息をついてから、僕と兄様を見た。そして再び口を開く。

「まさかエドワードとアルフレッドがそんな関係になるなんて」

でも、なぜか僕の耳を兄様が両手で塞いでしまったので、僕はルシルがなんて言ったのか聞こえなかった。どうして兄様がそんな事をしたのか分からなかったけど、兄様がそうした方がいいと思ったのならそれでいいのかな。だって本当に僕はもういっぱいいっぱいだったから。

「…………過保護」

「なんとでも」

ルシルはそのまま部屋を出ていった。離れていく後ろ姿を確認しながら、兄様は僕の耳を押さえていた手をゆっくり離して遮音の魔法を解いた。

「さあ、帰ろう。エディ」

僕はその声を聞いてホッと息をついてから「はい」って返事をした。

◇◇◇

朝食を食べた後、学園の制服に着替えた。今日は入学式。ついに王都のルフェリット王国学園に入学する。と同時に、僕は呪いのようなそれから解き放たれるんだ。

『悪役令息のエドワード・フィンレーは学園に入る前に義兄であるアルフレッド・グランデス・フィンレーを殺してしまう』というシナリオが消える。僕にとっては待ちに待った始まりの日だった。

支度を終えて僕は鏡に映る自分を見た。

「ふふふ、今日から本当に学園生だね。支度ありがとう、マリー」

「ご立派ですよ。エドワード様」

マリーの言葉に照れながら、僕はもう一度鏡の中の自分を見る。

ペリドット色の瞳。肩甲骨の辺りまで伸びた、精霊樹の色と言われるミルクティー色の髪。少し癖があるけれど柔らかそうなその髪は、肩よりもやや下で水色のリボンでまとめられている。白いワイシャツにグレーとブルーを基本にしたシンプルなネクタイ。濃紺ですっきりとしたテーラードジャケットとスラックスパンツのツーピース。兄様からいただいた、留め具にアクアマリンが埋め込まれているベージュブラウンのバッグももちろん持った。

「うん。完璧」

「はい」

マリーと一緒にふふふと笑った。

窓の外は綺麗な青空だ。クラス分けはどうなるかな。なるべく沢山のお友達と同じクラスになれたらいいな。そんな事を考えた途端、教室の前で会った【愛し子】を思い出した。

一昨日《おととい》、入学の手続きと下見をしている時に遭遇した【愛し子】は、僕が思っていたのとは全く違う印象の人だった。しかもルシル・マーロウは小説では女の子だったのに、目の前に現れたのは男の子。別に女の子が良かったわけじゃないけれど、ルシルの事は何から何まで想定外で、僕は途中から何を言われているのか全く分からなくなってしまったんだ。

兄様は大丈夫だよって言ってくれたけど、ちょっと落ち込んでしまった。理解出来ない言葉も多かったし、早口だし、変な話もしていた気がするけど、とにかく分からなかったとしか言いようがなくて、父様への説明は兄様がしてくれる事になった。

僕も一緒にって思ったんだけど、兄様が自分だけで大丈夫だって言ってくれたし、兄様だけの方が父様も分かりやすいかなって。だって本当に何がなんだか分からなかったんだもの。

でも一番びっくりしたのは、やっぱりルシルが僕と兄様と同じ世界の『記憶』を持っていたって事かなぁ。もちろん【愛し子】が異世界からの『転生者』だっていうのは小説の中でも書かれていたから知っていたんだけど、その小説が書かれた世界からの『転生者』だなんて普通は思わないよね？

だって、もしも僕が小説のままの『悪役令息』だったら、ルシルをいじめたり、殺そうとしたり、ダニエル君達が仲間になるのを邪魔したりするんだけど、それを全部知っているって事なんだよ？　知っていて、わざとそうされるんでしょう？　それってやっぱり気持ち悪い。そんなお芝居みたいな事をして楽しいのかしら。

それにイベントがどうとか、邪魔してくれないと困るなんて事も言っていたような気がするし……

いじめられると知っていてそんな事を言うなんて、それっていじめられたいって言っているのと同じだよね？　うん。やっぱり分からない。関わりたくない。

僕は最初に決めた通り、物語に関わらずに僕が出来る事をしてひっそりと暮らしていく方がいいな。魔物の事を調べたり、ポーションが美味しくなるように考えたり、あとは……

「エディ、支度は出来た？」

コンコンコンとノックの音がして兄様の声が聞こえた。

「はい」

返事をするとドアが開く。

「そろそろ出発するよ。ああ、よく似合っているね」

兄様がにっこり笑ってそう言ってくれた。

「ふふふ、アル兄様達の制服姿を覚えているので、自分が同じものを着ているのが不思議です」

「そうだね。でもすごく可愛い」

「ええ!?　か、可愛いですか？」

「うん。とても可愛いよ」

兄様はニコニコしながら頷いてギュッとしてくれた。それは嬉しいんだけれど、兄様達が着ていたのを見た時はカッコいいって思ったのに、可愛い？　う～ん……

「ああ、そうか。こういう時に『写真』というものがあればいいのか」

「写真、ですか？」

「そう。エディの『記憶』にはない？　絵ではなく、姿をそのまま写したもの。ふふふ、魔道具で考えてみるのもいいかもしれないね。さぁ、じゃあ行こうか。父上もいらしているよ」

「はい」

僕は兄様と一緒にリビングに向かった。

「おはようエドワード。入学おめでとう。うん。よく似合っているね。とても可愛い」

「ありがとうございます」

や、やっぱり可愛いなのか……う～ん……

「エディ？　眉間に皺が寄っているよ？　心配しないで。ルシルとは関わらないでいいからね。父上と相談してルシルへの手紙はダニエルが渡してくれる事になったから」

「ダン兄様が？」

僕が聞き返すと今度は父様が話し出した。

「ああ。ハワードのところはマーロウ伯爵家と知り合いだし、村に助けに入る時にも助言をしているしね。フィンレーが関わるよりもその方がいいんじゃないかという事になった。とりあえず話し合いはメイソン子爵家のタウンハウスで明々後日《しあさって》の休日に行う予定になったよ」

「分かりました」

「エディ、今日は出来る限りお友達の皆と一緒にいてね」

「はい、アル兄様」

「では、出かけようか」

父様の声で僕達は馬車に乗り込んだ。学園までそんなに時間はかからないけれど、今日は入学式で普通の時よりも道も馬車回しも混むそうだからね。

兄様は父様と一緒に入学式を見に来てくれるって言っていた。他学年の家族はその日の講義は免除されて、入学式の出席が認められているんだって。とても嬉しい。でも学園って入学式の日にも普通に講義があるんだな。すごいなぁ。

ちなみに入学式は学長のお話を聞くだけじゃなくて、学長から学園章をいただくんだよね。

「学園章で学園の出入りのチェックが出来るようになるからね」

「受付の時にもそう聞きました。個人を識別出来るんですよね」

「ああ、誓約の署名で魔力を流しただろう？　それで登録されているんだ。要するに学園と紐づけされたという感じかな。学園内で事件が起きないように、学園側も色々と手を打っているって事だよ。さぁ、もうすぐ着くよ」

父様の言葉を聞きながら、僕は窓の外に見えてきた石造りの大きな建物を見た。特徴的ないくつもの尖塔。入口を中心に左右対称に建てられている荘厳な建物は重厚でとても美しい。六年間、無事に過ごす事が出来ますように。僕はそう思いつつギュッとバッグを抱きしめた。


学園に到着すると、父様と兄様はそのまま大講堂へ向かった。

今日は特別に護衛がクラスの前まで一緒に行ってもいい事になっていて、入口で渡されたクラスが書かれた紙を見て教室の中に入るんだ。

「えっと僕は青のクラスだからこっちか」

この廊下を真っ直ぐ進んで階段の少し先を右。兄様と見学をして良かった。

「はい。ではどなたかご友人の方がいらっしゃるまでご一緒させていただきます」

「うん。ありがとう」

どれだけ守られている学園内でも一人になるのは怖いから、ルーカスと一緒に廊下にいると見知った顔がやってきた。

「エディ！」

嬉しそうに近づいてきたのはミッチェル君だ。スラッとした身体に制服がよく似合っている。

「ミッチェル君。良かった。クラスは？」

「白のクラス」

「あ、違っちゃった……」

「え？　そうなの？　残念」

「二クラスしかないのに一人だったらどうしよう」

「それはないと思うけど。教室の中を見た？」

「まだ」

「中に誰かいるかもよ？」

「うん、でも一人で入るのは嫌だから」

「ああ、そうだよね。誰か先に入っていないかな」

ミッチェル君はそう言って青のクラスを覗き込んだ。そして「こっちだよ」と呼ぶ。誰か中にいたのかなって思っていたら教室から見知った顔が出てきた。

「おはようございます。エディ様、中で待っていたんですよ。良かった。青のクラスですか？」

現れたのはスティーブ君だった。うん。スティーブ君の制服姿もカッコいいね。

「うん。スティーブ君も青？」

「はい、よろしくお願いします」

「こちらこそ。良かった」

「一覧が貼り出されていれば誰と一緒か分かりやすいのにね。とりあえずスティーブが一緒なら大丈夫かな。じゃあエディ、また後で」

「うん。ミッチェル君、ありがとう」

そうしていると今度はレナード君がやってくるのが見えた。

「おはようございます。エディ、クラスの色は？」

「青だよ」

「良かった。同じですね」

「わぁ！　レナード君も青のクラスなんだ、良かった。ルーカス、三人になったから中に入るよ」

「分かりました。では護衛の詰所におります」

「うん。ありがとう」

ルーカスと分かれて僕とスティーブ君とレナード君は教室の中に入った。

教室の中は階段状で、後ろに行くほど高くなっている。机と椅子は一つずつセットになっていて三セットが一ブロック。一段には三ブロックあってブロックの間には通路がある。

要するに同じ高さの段に三人ずつ九人が座れるようになっていて、七段あるから最大で六十三人座れるって事かな。

教室には半分くらいの生徒達がいた。皆なんとなく顔見知りと一緒にいるみたい。

「お元気そうで良かったです」

「うん。レナード君も。変わりはなかった？」

「はい。おかげ様で」

「スティーブ君は？」

「私の方も特に変わりはなかったですね。ただ冬祭り前後はどうしても慌ただしくて」

「ああ、そうだよね」

スティーブ君のお父様はフィンレーの官僚なので、冬祭りの時はとても忙しいって聞いた事がある。領主の父様も忙しいけれど、その準備をする人達も多分すごく大変なんだよね。

「あ、エディ、ほら。四人目みたいだよ」

言われて顔を入口に向けると軽く手を上げたユージーン君が入ってくるのが見えた。

「馬車が混んでいて遅くなってしまいました。おはようございます」

「おはよう、ユージーン君。同じ組で嬉しいな」

「はい、私もです。他は白組ですか？」

「それが全員の貼り出しがないから分からないんだよね」

「ああ、確かに。自分の組しか分からないんですよね」

ユージーン君が苦笑しながらそう言った。うん。ユージーン君もとても制服が似合っていてカッコいいな。なんとなく一年生には見えない感じ。

「ミッチェル君は白だったよ」

「私は先ほどクラウスと会いました。白でした」

「クラウス君は白かぁ。やっぱり大体半々なのかな」

「そうかもしれませんね。……ああ、こちらの方が多かったみたいですね」

そう笑ったユージーン君の視線の先には少しだけ不安そうな顔をしたトーマス君がいた。

こちらを見つけて嬉しそうに入ってくる。

「おはようございます、エディ君！　皆様！　良かった。一人だったらどうしようかと思っていました」

「おはよう、トーマス君」

「遅くなってしまったのでドキドキしました。途中で一緒になったエリック君は白だったから余計に心細くて」

「エリック君は白か。じゃあ五人と三人に分かれたんだね」

「そうみたいですね。でもエディ君と一緒のクラスで心強いです」

トーマス君がニコニコ笑いながら嬉しそうにそう口にした。トーマス君も制服が似合っている。

うん……可愛い。そうか、皆が可愛いって言っていたのはこういう事だったのかもしれないな。

「エディ君？」

「あ、うん。僕もトーマス君と一緒で嬉しい。よろしくね」

「はい」

そんな話をしていると教師らしい大人が入ってきて教壇に立って声を出した。

「はい。席はどこでもいいので一度座ってください」

僕達は入口に近い真ん中辺りの二段を使って二人と三人で座った。

「おはようございます。青のクラスの担当になりましたチェスター・アトキンスです。入学おめでとうございます。これから入学式に参ります。入学式では学長から学園章のバッジが渡されますので、名前を呼ばれたら立ち上がってください。バッジが襟につけられます。バッジは毎日必ずつけてください。学園への入出のチェックをしています。式の後はこちらに戻ってきてください。明日の話をいたします。それが終わりましたら本日は解散です。馬車回しは大変混雑する事が予想されますので、本日に限り護衛の迎えを認めています。詰所に待機している護衛には連絡が入っているので安心してください。では大講堂に移動します。順番はバラバラで構いませんが、クラスからは離れないようにお願いします」

三十代くらいのアトキンス先生に言われた通りに僕達は教室を出て、クラスでまとまりながら大講堂へ移動を始めた。

「エディ様、これでクラスに誰がいるのか分かりますね。下手に貼り出しをしない理由は自己紹介をさせないという意図があるのかもしれません」

「あ、そうか。うん。そうかもしれないね」

こそりとスティーブ君がそう言って、僕は頷いた。

名前を呼ばれて学園章と呼ばれるバッジをつけるという事は、スティーブ君の言う通り自己紹介を不要としている可能性がある。名前を言うだけでもそれなりに時間はかかるし、紹介をする事で自分をアピールしようとする子もいるかもしれないしね。

学園への入学で交友関係を広げたいと思っている家にとっては一つのチャンスなのだろうけれど、新しいお友達を作るというのは家の事情にも関わってくる。僕の場合は特にそう。色々と隠しておきたい事もあるから僕は基本的には今のお茶会メンバーとしか付き合うつもりはないんだ。父様もそれでいいって言っていた。

それにいくら爵位による差別的なものはないようにする学風でも、それなりに貴族のルールがあるって兄様も言っていたから、僕自身が相手に自己紹介をして相手の紹介を受ける以外は、僕の家よりも爵位が高いか、僕の知り合いの伝手《つて》を頼って紹介を受けるって事になる筈だ。

ここにいる皆は自分でお茶会を開いたり、他のお茶会にも参加したりしていたから知り合いもいると思うけど、その友人を僕に紹介はしてこない。よく分からないけどそれが暗黙の了解みたいなものらしい。

とにかく僕は、学園では静かに穏やかに過ごす事を第一にして、あとは自分の出来る事をしていこうと思っているから、学園の配慮はとてもありがたいなって思うよ。

「エディ君、ちょっとドキドキしますね」

「うん。保護者の間を通っていくしね。転ばないようにしなきゃ」

「確かに！　僕も気を付けます」

並びながらこそこそとトーマス君と話をした。大講堂に入ったら僕達は前の方に用意をされている席に着くんだって。そこに行くまでに今日来てくださっている父兄の間の道を通っていくんだ。

開いた扉。動き出した列。あ、父様と兄様がいた。

ふふふ、なんだかちょっと恥ずかしい。でも前を向いて、さっき話していたみたいに転ばないように歩かなきゃ。途中で兄様と目が合って小さく手を振られて、思わず振り返しそうになってしまったけれどちゃんと我慢をしたよ。

そうして無事に着席してから、皆でルフェリット王国の神様にお祈りをして、学園に入学した事をご報告。それから学長のお話を聞いて、学園章の授与。

最初は白のクラスから。名前を呼ばれたら返事をして、立ち上がってバッジがつけられたら座る。

ミッチェル君とクラウス君とエリック君が立ち上がった時はなんだか僕もドキドキしてしまった。

そして、【愛し子】は白のクラスにいた。要注意のオルドリッジ公爵子息も白。

他にフィンレーとあまり仲が良くないと聞いていた貴族達も白。うん？ 何か意図的なものがあったのかな。そんな事はないよね。それとも学園の方で揉め事がないように配慮とかしたのかなぁ。でもちょっと安心した。だって合同の講義以外は教室内で話しかけられたり、何か変な視線を感じたりする事がないって事だものね。

次に青のクラス。やっぱり親が来ている子が多いからか、高位の爵位の家の子から呼ばれていく。

僕は一番目だった。

「エドワード・フィンレー」

「はい！」

ドキドキしたけれどちゃんと声も出せたし、椅子も鳴らさずに立ち上がれたよ。

返事をした途端、魔法で僕のジャケットの襟に学園章のバッジがつけられた。良かった。

こうして式は何事もなく進み、皆の学園章の付与が終わった。僕のクラスには特に気を付けなければいけない人はいなかったけれど、女の子が少ないなって改めて思った。

五分の二に少し足りないくらいかな。「これからもっと少なくなる」っていうルシルの言葉が浮かんできて、僕はせめて謎の病気の薬だけでも早く出来たらいいのになって考えた。

式が終わって僕達は先ほどの教室へ向かっていた。ぞろぞろと皆と一緒に歩くから道を間違えようもない。あとは明日からの事を確認したら終わりだ。

時間はそれほど長くはなかったけれど、初めてで緊張していたせいか、やっぱりちょっと疲れたかもしれないな。そう思っていると後ろから声がかかった。

「エドワード様！」

「……っ！」

廊下の向こうからニコニコ笑って小走りにやってきたのはルシルだった。

え？　なんで？　なんで来るの？　話し合いのお手紙はダニエル君が渡すっていうのを聞いていないのかな。いやだ、こんなところで呼び止めないでほしい。というか呼び止めたら駄目だよね。

僕がそう思った瞬間。同じクラスのお友達四人がさっと僕を囲った。

「！」

それを見てルシルが驚いたように立ち止まる。そしてミッチェル君が近づいてルシルに何かを言った。

「教室へ行きましょう」

「う、うん」

レナード君の小さな声に頷いて、僕達はそのまま教室に向かって歩き出す。

「お知り合いですか？」

トーマス君が珍しく眉根を寄せて尋ねてきた。

「あ……顔と名前は知っている。一度話した事はあるけど」

「いくら学園では爵位にこだわらないと言っても、友人ではない下位の爵位の者がいきなり名前を口にして呼び止めるというのは考えられないですね」

「確かハーヴィンで保護されたルシル・マーロウですね。こんな目立つ場所で呼び止めるなんて……」

ユージン君とスティーブ君が少し呆れたように言って、トーマス君も硬い表情のまま口を開いた。

「爵位にとらわれないっていうのを真に受けてしまったのかもしれないけど、こんな場所でしかも名前を呼ぶなんて、変な反感を買う可能性もありますね」

「え？　トーマス君、それってどういう事？」

「ああ、その……多分、入学をきっかけにエディ君と話をしたいなって考えている人は結構いると思うんだ。それなのにこんな風に呼び止めるなんて悪目立ちというか、反感を買うっていうか」

「…………そうだね。そうなっちゃうよね」

「けれど、レイモンド家の子息が彼に声をかけていたので助かったと思いますよ。ミッチェルは家で何かを言われているのかもしれないな。彼を窘《たしな》めたのがミッチェル・レイモンドだと分かれば、平民から貴族になったばかりの彼の後ろ盾の一つにレイモンドがいるかもしれないと考えるから。ああ、メイソン家もですね」

レナード君にそう言われてそっと後ろを見ると、ルシルのところにダニエル君が近づいていくのが見えた。

「メイソン家がマーロウ家と交流がある事は知られていますからね。さぁ、我々が最後になってしまいそうです。急ぎましょう」

「う、うん」

スティーブ君に急《せ》かされるようにして僕達は教室の中に入って先ほどの席に座った。幸い最後ではなかったみたい。だけど、どうしてルシルはあんなところで声をかけてきたんだろう。僕はいじめるような事はしないっていってはっきり言った筈なのに。ダニエル君との連絡がうまくいっていなかったのかな。でもそういう連絡を僕がこんな目立つところで渡すわけがないのに。それに一昨日《おととい》ルシル自身もフィンレーと接触するのはあまり良くないと言っていたと思うんだけどな。

アトキンス先生の言っている事を書き留めながらも、僕の思考はついつい先ほどの件に飛んでしまう。

（とりあえず父様と兄様に話をして、もう一度相談しないといけないな）

「では明日からはクラスごとでのオリエンテーションです。遅れないように。まずは校舎内の説明と学園内での基本的な約束事を確認します。そして講義の大まかな内容と必修の科目についても順次話していきます。選択科目や自由に取る事が可能な講義もありますので、こちらも順番に説明する予定です。そして一週間後には受ける講義を決めて提出していただきます。初等部の一、二年は必修が多いのでそれほど迷わないと思いますが、全てのオリエンテーションに出席した方が良いでしょう。尚《なお》、出席数が足りないと留年する事もありますので注意してください。ではこれで解散いたします」

サバサバとした雰囲気の先生はそう言って教室を出ていった。僕達も広げていたノートを片付けて帰りの支度を始める。

「エディ、先ほどの件、どう対応していくのか教えてくれると助かるな」

レナード君が小さな声でそう言った。

「父様に確認をします。決まったら皆に書簡を送るね」

「分かりました。お待ちしています。全員が同じ対応を取った方がいいですからね」

にっこり笑った眼鏡の下の目がちょっぴり怖いよ、スティーブ君。

それにしても………

「さっきは皆がものすごく早く反応したからびっくりしちゃった。ふふふ、ありがとう。王都でもまたお茶会をしようね」

僕がそう声をかけると皆は笑って「はい」って答えてくれた。なんだか『チーム愛し子』ならぬ『チームエディ』だねって思って、僕はおかしくなってしまった。

その後は何もなく、「また明日」って言って僕の学園初日は終わった。兄様はそのまま高等部の講義に出る事になっていたから馬車回しのところで待っていた父様と合流をしてタウンハウスに帰ってきた。馬車の中で今日の話をすると父様は難しい顔をして、話は休日にするから出来るだけ関わらないようにしていればいいと言っていた。手紙にもそれと同様の事が書かれているから大丈夫だって。一応ハワード先生にも話をしておくそうなのでちょっと安心したよ。

皆の話もしたら笑いながら「感謝をしないといけないね」と言っていた。もちろんフィンレーからそれぞれの家に僕を守るようにという話をしているわけではないから、危険があれば臨機応変に身を守ってほしいとも言っていたよ。もっとも学園内では攻撃魔法が使えないようになっているらしいから、身を守るような事はないと思うけどね。

なんだかドキドキしたり、ワクワクしたり、そうかと思うとびっくりしたり、忙しかったな。

父様はお仕事があると言って、タウンハウスで僕だけを下ろしてそのまま出かけてしまった。僕は制服を着替えて明日の準備をしてから少し遅めの昼食をとった。

とにかく、学園ではお互いに関わらないように過ごせるといいなぁ。何を言っているのか分からない事が多いから怖いんだよね。クドウさん。

きっと、今日もさすがに「エド」はまずいと思って「エドワード様」って呼んだのかな。でも、あんなところで呼ぶのは駄目なんだよ。困ったなぁ。ダニエル君からもらったお手紙でちゃんと分かってくれるといいんだけど。


なんとなく落ち着かなくて中庭の手入れを手伝わせてもらっていたら兄様が戻ってきた。どうやらダニエル君が話をしたようで兄様は入学式の後のやりとりを知っていた。

「元は平民だし、以前のルシルの記憶はあっても、その辺りの事が分かるようになるには時間がかかるかもしれないね」

兄様が困ったようにそう言った。

「でも廊下とか目立つところで『エドワード様』って呼ばれると、僕がルシルと仲がいいのかって勘違いする人が出てくるかもしれないですよね。そう思ってルシルに近づく人もいるかもしれないし、反対にフィンレーがルシルを取り込もうとしているって思う人も出てくるかもしれないし」

「そうだね。それは考えなければいけないね。元は二十五歳なんだからもう少し大人しくしてほしいところだよね」

兄様の言葉に僕は思わず笑ってしまった。

「エディ？」

「すみません。でも確かに二十五歳のえっと、ふ、ふじょし？　でしたっけ。どういう意味かは分からないですけど、もう少し分別があってもいいかなって。ただ僕もそうだったけど、身体の方に引っぱられる部分もあるから一概には言えないかもしれないですが。僕は二十一歳の記憶がありましたけど、言葉も体力も四歳児以下でした。考える力もだんだん身体の方に寄せられる感じでしたから」

「そうなんだ？」

「はい。最初はアル兄様のお名前を言う事も出来ませんでした」

「ああ、確かにそうだったね」

兄様がクスリと笑った。僕は「あれは別にお芝居とかではなくて本当にそうだったんですよ？」と言い訳のような言葉を口にした。

「うん。お芝居には思えなかったよ。あまりにも可愛くて、必死で」

「…………僕の事はもういいです。話し合いは明々後日《しあさって》でしたよね」

「そう。もしも会いたくないなら私と父上だけで行ってくるよ？」

「ううん。大丈夫です。それにルシルが探していた薬草についても聞きたいし、あの小説がどうなったのかも知りたいから」

「うん。分かった。一緒に行こう」

兄様はコクリと頷いた。そして。

「エディ」

「はい」

「明日からの件は父上が帰ってきてから決める事にして、とりあえず、この話は一旦おしまいにして約束していたお祝いをしない？」

「！　そ、そうでした！　僕が兄様を殺さなかったお祝いですね！」

僕が勢い良くそう言うと、兄様は噴き出すようにして今度こそ声を上げて笑い出した。

「アル兄様！」

「ごめん、ごめん。だってそのまま言うから。うん、そうだよ。エディが『悪役令息』にならなくて、私が殺されなかったお祝いだ」

「だって、本当に怖かったんです」

「そうだよね。私は絶対にありえないと思っていたけれど、エディはずっと心配していたんだものね。無事に今日が迎えられて良かった。エディ、これからもよろしくね」

兄様の言葉が嬉しくて僕は思わずしがみついてしまった。本当に良かった。今日を一緒に迎える事が出来て良かった。これからもちゃんと一緒にいられて良かった！

「ありがとうございます。アル兄様がいてくださって良かったです。これからもよろしくお願いします」

　ふふふって笑いながら、なぜだか分からないけれどちょっとだけ涙が出てきてしまったよ。

「エディ？」

「う、嬉しすぎて、涙が出ちゃいました」

　鼻の奥がツンとして目が熱くなる。言葉にすると余計に気持ちが高ぶって、僕の瞳からポロポロと涙が溢《あふ》れ出した。

「お、お祝いなのに泣いたりしてごめんなさい」

　僕は慌ててそれを手で拭《ぬぐ》おうとした。すると兄様はフッと笑って、僕の手を止めて零《こぼ》れたそれに口づけた。

「にににに兄様⁉」

「ふふ、ほら、泣きやんだ。エディ、こすっちゃ駄目だよ。赤くなってしまう」

　兄様はハンカチを取り出すとちょんちょんと僕の目の辺りを軽く押さえるようにして涙を拭き、とびきりの笑みを浮かべた。

「うん。大丈夫。さぁ、エディ、お祝いのケーキを食べようか」

「え？　ケーキ？」

「ロジャーに母様のおススメを買ってきてもらっているんだ。お祝いと言えばやっぱりケーキがないとね」

「……アル兄様」

止まった筈の涙がまた零《こぼ》れそうになったけど、兄様が笑っているから僕も笑いながら「ありがとうございます」って言った。

「うん。待ちに待ったお祝いだからね。ケーキを食べて、『ほらやっぱり違ったよね』って一緒に言おう。もう大丈夫。だからきっとこれからも大丈夫。何かあれば二人で考えていこう。強力な味方も私達には沢山いるよ」

「！　はい！　兄様、大好き！」

「うん。私もエディが大好き」

抱きついた身体をギュッと強く抱きしめられた。

『だいすき、アルにーさま！』

初めて会った日に一瞬だけしがみついて、急いで部屋の中に飛び込んだ。そんな僕に兄様は笑って『僕もだよ』って手を振ってくれた。あれから色々な出来事があったけれど、こうして同じ言葉を紡《つむ》ぐ事が出来て嬉しいと思う。

そしてあの日には分からなかった優しい温もりに包まれてお祝いが出来る喜びを噛みしめて……

「……ほら、やっぱり違ったよね」

二人で声を合わせて言って、二人で同時に笑った。

「うん。やっぱり違ったね。あの小説の世界は私達の世界ではなかった」

「はい。僕は『悪役令息』にはならなかった」

「私もエディに殺されるような事はなかった。ちゃんとここにいる。エディの傍に」

「はい」

ギュッとして背中をトントンってしてくれる手は変わらない。大好きな手。

兄様が変わらずにいてくれて良かった。

『悪役令息』にならなくて良かった。

だからあとは強い気持ちで『強制力』に立ち向かおう。きっと僕達になら出来るから。


「チョコレートケーキ、美味しいです」

お祝いのケーキはアプリコットジャムが挟んであって、クリームが添えられているザッハトルテというチョコレートのケーキだった。ほろ苦くて、でも甘くて、とても美味しい。

「そうだね。本当はマカロンが沢山載ったケーキがいいなと思ったんだけど注文出来なかったんだ。ごめんね」

マカロンは僕が初めてフィンレーにやってきた日に出されたお菓子だ。僕は初めて見る綺麗なそのお菓子が大好きになったんだ。最初に食べたのは赤いマカロンだった。

「じゃあ今度、僕がシェフと一緒にマカロンのケーキを作りますね。楽しそう。きっと母様が見たら笑いますね。ウィルやハリー達も」

頭の中に浮かんでくる色とりどりのマカロンで飾られた大きなケーキ。

今日を迎えられて良かったって改めて思った。

兄様と一緒に違ったねってお祝いが出来て良かった。

初めて会った日みたいに「大好き」って口にして、何度もしてもらったようにギュッてしてもらって、そして、そして……

来年もこうして一緒にいられますようにって、僕は胸の中でそっと願った。

◇◇◇

翌日以降、ルシルが僕に関わってくる事はなかった。もっとも結構びっしりと予定が組まれていて、他のクラスと関わるような時間がなかったっていうのが正解かもしれない。

入学式の日にアトキンス先生が言っていた通り、最初の週はオリエンテーションが主で校舎内の説明を受けたり、学園内での基本的な約束事の確認をしたり、これから始まる講義の説明があったり、あとは王国の成り立ちとか神話の講義を受けたりした。時間はそれほど長くはなく、大体が午前中で終わる感じなんだけど、何もかもが初めての事だから結構疲れるんだ。

そして来週は受ける講義を決めて提出をしなければいけない。最初の説明にもあったけれど、一年生は必修の講義が多くて、あとは二択か三択の選択講義でほとんどが決まってしまう。どうやら二年生の後半くらいから本当の意味で講義を選ぶ事が出来るようになってくるみたい。

ちなみに剣術とか、魔法の実技もある。これはクラスごとだったり学年全体だったり色々と組まれているらしい。でも兄様が言っていた乗馬と魔道具の講義を、兄様と一緒に受けられたらすごく嬉しいな。

そんな感じでバタバタとしているうちに週末がやってきた。

「ハワード先生、こんにちは」

「こんにちは、エドワード様、ようこそいらっしゃいました」

今日は兄様と父様と一緒にハワード先生のタウンハウスにお邪魔している。【愛し子】であるルシルとの話し合いがあるからだ。

「ハワード、今日はよろしく頼む」

「こちらこそ。こんな場面に立ち会えるのは有り難いよ。ルシル君はすでに客間の方に通しているよ」

僕と父様と兄様とハワード先生はそのままルシルが待っているという客間に向かった。

ちょっとドキドキする。またこの前みたいにわけの分からない事を早口で言われたらどうしよう。僕がそんな事を考えているのが分かったかのように、兄様が手を繋いでくれた。

「大丈夫。エディに分からない事があっても皆が聞いているからね。無理だと思ったら途中で退室させてもらえばいいよ」

「はい。でも大丈夫です」

そんなやりとりをしていると客間に着いてしまった。大丈夫。これからどうするかを考えるためにきちんと話を聞かなくちゃ。

ハワード先生が先頭になり、続いて父様、そして兄様と僕が部屋に入る。最初に口を開いたのは父様だった。

「お待たせして申し訳ない。フィンレー侯爵家当主、デイヴィット・グランデス・フィンレーです」

「ご挨拶いただきましてありがとうございます。マーロウ伯爵家三男、ルシル・マーロウです。本日は貴重なお時間をいただきまして感謝いたします」

直立して僕達を迎えたルシルは、そのまま深く頭を下げた。この前とは打って変わったような落ち着いた口調だった。

「どうぞおかけください」

「ありがとうございます」

少しでも圧迫感がないようにという配慮なのか、部屋の中には大きめの円形テーブルが用意されていた。そうだよね。ルシル対四人みたいになっちゃったら、やっぱりちょっと威圧感があるよね。

「さて、では早速だが、ここにいるのは異世界の小説について知っている人間達だ。もっともその『記憶』があるのは私の息子達と君、という事になる」

父様の言葉にルシルはコクリと頷いて口を開いた。

「なるほど。それで保護者付きの面談になったのですね」

「ははは、まぁそういう事だ。君の方から要望が出ると想定して、私とメイソン子爵が同席していると思えばいい。上の人間がいれば、そこで決められる事が増えるからね」

「ご配慮いただきましてありがとうございます」

ルシルはそう言ってゆっくりとお辞儀をした。

「ではまず、君自身の話を聞かせてもらってもいいかな？　息子達から異世界の小説の件は聞いているが君自身から聞いてみたい」

父様の言葉にルシルは「はい」と答えて話し出した。

「私はこの世界にルシルとしてハーヴィンのイリスク村で生まれました。もっとも十二歳になるまでは前世の記憶はなく、普通に平民の子供として暮らしていました。ですが、昨年の十二の月、村に魔物が現れました。魔物達は戦う術《すべ》を持たない村人達を次々に襲い、私は近くにいた子供達と私の弟と一緒に必死で逃げました。途中で噛みつかれたりしましたが、それでもなんとか納戸の中に潜《もぐ》り込んで息をひそめていたのです。助け出された時の事は覚えていません。私は防御結界を張っていたと聞きましたが、それも分かりませんでした。私が私として気が付いたのは神殿でした。最初は何がなんだか分かりませんでした。どうしてこんなところにいるのか。ここはどこなのか。でも『記憶』はすぐに溢《あふ》れ出してきました。ルシルとして生きてきた十二年間の記憶の他に、こことは異なる日本という国で『工藤みのり』という女性として生きてきた『記憶』がありました」

ルシルは淡々と自分の事を話した。僕達は黙ってそれを聞いていた。

「数名の子供達が一緒に助け出されたけれど、生き残ったのは私だけだと大人達は言いました。私はそれをすぐに理解出来ませんでした。目の前で両親が、そして姉が食い殺されたのを見たショックで、おそらく元のルシルの心は壊れてしまったのだと思います。気付いた時はルシルの記憶はあるものの、私の自我はすでに『工藤みのり』でした。そして思い出したんです。自分が【愛し子】と呼ばれる存在だと。私は私が知っている小説の主人公になっている事に気付きました。そしてそれを裏付けるように、聖属性の魔法を持っていると分かり、私はただのルシルから主人公であるルシル・

マーロウを名乗る事になりました。間違いないと思いました。この世界は私が知っている小説『愛し子の落ちた銀の世界』なのだと、そして私はその小説の主人公なのだと思ったのです。けれど時間が経つにつれ、この世界は私が知っている話とは少し違っている事が分かってきました」

ルシルはそこで一旦言葉を止めた。

「なるほど。私は昨年息子達からその小説の『記憶』について聞いてね。同じ点、異なる点など、色々調べてきたんだよ。だが、二人の話では小説はコミックスというものや、アニメというものにもなっていて、それもまた少しずつ内容が異なっているという。しかも元の小説は終わりが分からないらしい。先ほど君が言っていた通り、異なる部分はあるものの、この世界は件《くだん》の小説と似た出来事が色々起こっている。それをそのまま教書のように扱うつもりはないが、君が知っている事を教えてくれないか。私達も君が知りたいと思う事や何か手助けが出来る事があれば協力したいと思っている」

父様の言葉にルシルは少し考える様子を見せて再び口を開いた。

「先日お二人にもお話をしたのですが、私がこちらに転生する前には小説を元にコミックス、アニメ、そしてゲームというものが出来ていました。元々小説ではルシル・マーロウは少女なのです」

「……なんだって？」

ああ、父様が以前僕達と話をした時と同じような声を出している。うん。そうだよね。そう思うよね。僕もびっくりしたもの。

「小説の人気が出て、コミックスやアニメになって、ゲーム……なんて言えばいいのかな。う～

ん……ええとクエスト……出された課題をこなしたり、魔物を倒したり、仲間を増やしたりしながら小説の世界を楽しむ……まぁ、そんな感じのものになりました。しかもそのゲームが、ああっと」

そこまで言ってルシルはなぜかちらりと僕を見た。そして一つ息をついて改めて話し始める。

「主人公の性別が選べるようになっているのです。私がこの世界に男性として存在しているという事は、この世界はおそらく小説のゲーム版。しかもＢＬという、ええっと、男性同士の恋愛の世界観の話になっていると思います」

「ええっと、ああ、そう」

父様もちらりと僕を見る。

「エドワード、ゲームというものの話になりそうだから、一旦外してもいいよ？」

「だ、大丈夫です、父様。この前もちょっと聞きましたから」

「ああ……そう。アルフレッド？」

「そうですね。エディに任せます」

「………分かった。続けて」

父様の言葉を聞いてルシルは話を再開した。

「……はい。ゲームと小説は話の流れはほぼ変わりませんが、主人公、つまり私ですね。私が誰を恋の相手に選ぶのかによってストーリーが多少変わってきます。ルートと呼ばれていて、それを選択して、イベントというクエスト……課題をクリアすると経験値が上がって親愛度がアップします。この親愛度がアップしていくと攻略対象者との恋愛が進むわけです」

「…………うん、全然分からないね」

父様がお手上げだとばかりにそう言うとルシルは苦笑しながら紙とペンを取り出した。

「最初に小説が書かれました。この小説をそのまま読む。コミックスという絵話にして読む。アニメという絵が動いて声が付いたもので見る。そしてゲームという自分が選択してこの小説の世界を楽しむというものに分かれました。大元の物語の流れは変わりませんが、分かれた部分で少しずつこの形に作った人達が手を加えています」

「なるほど」

「ではゲームの筋書きに特化して話を進めます。『愛し子の落ちた銀の世界』という小説は【愛し子】を主人公にして書かれているので、ゲームの主人公も私です。そしてこの主人公の性別を選べるのはゲームだけです。主人公が男である場合はBL版、先ほど言った男性同士の恋愛がストーリーに絡んできます。とまあそれは一旦置いておいて、ゲームというのは小説と異なり、何度もやり直しが出来ます。ゲームオーバー……ああ、ええと想定外の結末だったと思えばはじめからやり直せるのです。現実ではありえませんよね。小説やコミックスやアニメというのは、制作した人の作品を見てその世界を楽しむものです。ですがゲームは自分が主人公になってその世界を体験をして楽しむものです。だから選択肢が出てきたり、イベントと呼ばれる出来事があったり、ミッションと呼ばれる課題が与えられたりする。ミッションをクリア……合格すると経験値や親愛度と呼ばれる数字が上がり、選択肢が増えたり次のイベントが出てきたりして進んでいくわけです。なんとなく分かりますか？」

図解して説明をしてくれたルシルのおかげで、僕はゲームの事が多少だけど分かるような気がした。頷くとルシルは再び話し出した。

「主人公は学園に入って『悪役令息』という役になっているエドワードに命を狙われたり、いじめられたりします、ここは小説と一緒です。このエドワードが仕掛けてくるイベントをクリア……じゃなくて、うまく対応していくと【愛し子】を助けてくれる人が出てきます。これも小説と同じですが、ゲームの中ではこの人達は『攻略対象者』と呼ばれます。『攻略対象者』との親愛度がアップすると恋愛関係になりますし、そこまで親密度が上がらなければ友人として仲間になってくれると、まぁこんな感じです。『銀セカ』のゲームはとりあえず全員を仲間にしなければいけないので、全ルート、ああ、つまり、対象者全員とのイベントをこなします。その中で自分の推し、あああ、自分が一番好きで恋人になりたいと思う人の親愛度をマックスまで上げるべく頑張ります」

ああ、この辺りはまた分からなくなってきた。兄様は普通に聞いているけど、父様は顔つきがおかしくなってきている。ハワード先生は、うん。いつも通りだね。

「……つまり、ゲームというものも、選ばれた者達が【愛し子】を守って悪役や魔物を倒すというところは変わらないというわけだね？　恋愛的な要素は入るけれど」

兄様がそう言うと、ルシルはコクリと頷いて「まぁ、大まかにはそんな感じ」と答えた。

「ではその物語、というかゲームの内容をもう少し具体的に教えてほしい」

に、兄様、すごい!!　僕が思わず尊敬の眼差しで見つめると、兄様はフッと笑って、僕の頭をポンポンと叩く。するとなぜかテーブルの向こうでルシルが「グゥ……」と変な声を出した。

「……失礼。では内容だけど、イベントという経験値や親愛度をアップさせるためのものになっているっていうだけで、起こる出来事は小説とほとんど変わらない。エドワードが【愛し子】とその仲間達が手を組む事を阻止したり、『世界バランス』が崩れて魔物が出たり、天候が悪くなって作物が育たなくなったり、女性だけが罹《かか》る病気が出たり、主に女の子の出生率が下がるとか、あとは……ああ後半は魔物だけじゃなくて、確か隣国が関わってくるんだよね。特に攻め入られるとかではなかったけど……その辺りはよく思い出せないな。ちょくちょく報告が入って時間が取られた覚えがあるんだけど」

「魔物と病気だけじゃないのか……」

「はい。でもあくまでも小説を元にしたゲームの話です。それがどこまでこの世界と同じようになるのかは分かりません」

「ああ……そうだね。すまない。続けて」

こめかみを押さえながら眉間の皺を深くする父様に、ルシルは頷いて再び話し出した。

「ゲームでは先ほど言ったように『攻略対象者』と呼ばれる者達を仲間にして魔物を倒します。最終的にはスタンピードが起こるという設定です」

「スタンピード！」

父様が思わずといった様子で声を上げた。

「はい。ただ何度も申し上げた通り、それが現実のこの世界で起きるかどうかは分かりません。現実の世界で考えるとすれば、【愛し子】と四人の若者だけで魔物が溢《あふ》れ出すスタンピードを収めるというのはありえないと思います」

「ああ……うん。そうだね。それは確かに無理だ」

スタンピードというものを僕はよく知らないけれど、ルシルが言うように魔物が溢《あふ》れ出すという事だったら、『チーム愛し子』だけでそれを収めるっていうのは確かに現実的ではないよね。

「でもゲームの世界ではそれが出来ます。そして今までのイベントで手に入れていた経験値と親愛度と、それから魔物を倒した時に上がるレベル、ええっと魔法と同じです。魔法もレベルというものがありますよね。ゲームの主人公も強さや能力などがレベルアップします。そのレベルが高ければ五人でスタンピードを収めてハッピーエンドを迎えられるし、駄目であればバッドエンド。つまりゲームの中で死にます」

「え！　死んじゃうの!?　【愛し子】なのに？」

僕が声を上げるとルシルは驚いた顔をして、次に小さく笑って「ゲームの中ではね」と答えた。

そうだ、さっきゲームはやり直しが出来るって言っていた。本当の死ではないんだ。

「小説の方は？　この前は何か別の事も言っていたように思うけど」

兄様がそう言うと、ルシルは少し考えるようにして「ああ」と声を出した。

「小説の方もね、ラストはスタンピードが起きたよ。そしてもちろん収束した。でもこれは勘みたいなものなんだけど、あれ、ちゃんとしたラストなのかなってちょっと疑問だったんだ。第二部とか続編のようなものがあったんじゃないかなって思う。隣国の件とか伏線が回収されていないっていうか、中途半端だった気がするんだ。もっとも僕にはそこまでの記憶しかないからその先の事は分からないんだけどね。ちなみにＢＬ版の設定なんだけど、女性が罹《かか》る奇病は小説にもコミックスやアニメにも出てくるんだ。でも女の子の出生率が下がるっていうのは、確かＢＬ版のオリジナルなんだよ。課金、ああ、ゲームをする中でお金を払うと特別なイベントとかスチル……ううん、とにかく普通では知りえない情報が見られてね、『マルリカ』っていう食べると男性でも子供が出来るようになる植物の実が見つかるんだ」

「ち、ちょっと待って！　ちょっと待ってくれ」

父様が大きな声を出した。

「…………なんだって？」

「だから、あ、ですから、女性の割合がどんどん下がっていって何年後だったかな。ええっと僕、いえ私が高等部に入る前、入った頃？　には三対一くらいの割合になってね、あ、なってしまいまして」

「言葉遣いはいい。話しやすいように」

「ああ、すみません。では、大体それくらいになった頃に『マルリカ』っていう男性妊娠が可能になる実が見つかるんですよ。で、まぁ、とりあえずは滅亡の危機は薄れると」

そう言った直後に、ルシルは「まぁ、ここで見つかるかは分からないけど」と付け加えて黙った。

うん。ゲームってすごいね。やっぱり僕には理解出来ないな。ええっと……とりあえず考えない事にしよう。だって、これはゲームの話だから。小説にはなかったって言ったでしょう？　ゲームにしかないんだよね？　……あれ？　でもルシルはこの世界がゲームの設定って言っていた。だけどゲームも小説も話の流れは大体同じなんだよね。でもゲームはやり直しが出来るけど、この世界にやり直しはない。そして小説と違うところも沢山ある……だから、えええ？

「すみません。質問をさせてください。『世界バランスの崩壊』について、天候不順による作物の収穫量の減少はすでに起きていますが、これから魔物の出現がさらに増えて、女性の奇病であるエターナルレディの発症件数の増加と共に女の子の出生率が下がる。そして今後新たに起きる可能性がある事としては隣国の不安な情勢、そしてスタンピード。他にありますか？」

大混乱をしている僕をそのままに、ハワード先生が静かに質問をした。

「とりあえずはそれくらいだったような気がします。でも魔物がどこに出現するかというのは分かりません。場所が書かれていなかったものが多かったんです。書いてあっても南とか北とかくらいで。スタンピードもどこで起きるのか分かりません。もちろん起こるかどうかも」

「分かりました。ではもう一つ。その『世界バランスの崩壊』というものはこのルフェリットだけで起きている事なのでしょうか？」

「他国の魔物などの詳しい記載はなかった気がします。隣国の情勢も、申し訳ないのですが具体的な内容はどうしてなのか思い出せません。あまり深く読んでいなかったからかもしれないし、ゲームのクエストと混同していて分からなくなっているのかもしれません。ただ隣国の話が出てきたのは確かなんです。国の中で争いらしきものがあったというような気がします。でもそれがこの王国にどんな影響を及ぼすのかはよく分かりません。もしかしたらそれが先ほど言った伏線というか、続編に繋がるものだったのかもしれない。なので『世界バランスの崩壊』がルフェリットだけに起こっているのか、他国にも起こっているのかはなんとも言えません。だけど情勢を把握しておく事は必要かなと思います」

「分かりました。ありがとう」

「いえ」

すると今度は父様が口を開いた。

「時期的な話はどうだろうか？　先ほど……その、子を成せる実が見つかるのは君が高等部に入る頃と言っていたが、その他で何か分かる事があれば教えてほしい」

「う～ん、魔物はこれからもっと増えましたね。でも先ほども申し上げた通り、どんな魔物がいつどこに出たのかは分かりません。大きな被害が出たところもあったと思うし、【愛し子】達が討伐に出向いた事もあります。これも現実で考えれば五人の若者達だけであちこちに魔物討伐に行くというのもありえないと思いますが、ゲームではそうでした。私と第二王子のシルヴァン様、スタンリー侯爵家のジェイムズ様、レイモンド伯爵家のマーティン様、メイソン子爵家のダニエル様の五人で魔物の討伐にもスタンピードにも挑みました」

ハワード先生がさすがに難しい顔をしていた。ダニエル君が【愛し子】と一緒に魔物の討伐やスタンピードに立ち向かうなんて、親としては信じられないよね。

「物語の後半は学園よりも魔物とか、魔素とかそんな事の話が多かったように思うから。というか学園にもあまり通っていなかった感じがするんです。エドワードが死、あ、ごめんね。あの、小説のエドワードが死んだ後はあまり学園の話って書かれていないから」

「薬は？」

　僕は思わず声を出してしまった。

「薬？」

「そう。【愛し子】は第二王子のお母様がエターナルレディに罹《かか》って、仲間達と薬草を探しに行くでしょう？」

「ああ！　そうだね。それで薬が出来るから病気はちょっと収まって、出生率の方が深刻になってくるんだ。でもあれは無理だと思う」

「ええ！　どうして？」

「あれはね、エドが僕達の邪魔をしてエルフの住む森に火をつける事件がきっかけになるんだよ。ゲームだけでなく小説にも出てくる。覚えていない？」

「し、知らない！」

　蒼白になって首を横に振った僕に、ルシルは小さく笑って言葉を続けた。

「それで僕達がエルフを助けて、エルフの知り合いの妖精が薬草について教えてくれるの。その結果、王子との親愛度が高まるんだよ」

「そ、そうなんだ？」

「でもこのイベントは起きないよ。だって、シルヴァン王子のお母様はもう亡くなっているでしょう？　それにエドは僕の邪魔をしないんだものね」

「……うん」

「ごめんね。責めているわけじゃないんだ。ただこんな風に起きないイベントが多いんだよ」

困ったようにそう言うルシルに僕はそっと口を開いた。

「じゃあ、僕が意地悪したら……」

「エディ」

その途端、兄様が少しだけ怖い声を出した。

「あはは！　気持ちは有り難いけど、そんな青い顔で意地悪をしても僕の方がいじめているみたいに見えちゃうよ。この前だって顔見知りの方がいいかもってずるい事を考えて声をかけたら、エドの事をものすごい勢いで守っていた子達がいたじゃない？　いじめられる前に僕が排除されそう」

笑うルシルに僕は顔を歪《ゆが》めて質問した。

「薬草の名前だけでも分からないかな」

「う〜ん、教えてあげたいけど分からない。妖精にもらった薬草としか分からないんだ」

「そう……」

じゃあやっぱり地道に探していくしかないかな。大体僕にはエルフが住む森すらどこだか分からない。妖精が教えてくれるような薬草は図鑑には載っていないと思うしね。

「ごめんね、役に立てなくて」

「！　ううん。大丈夫。僕も、その、いじめられなくてごめんね」

そう言うとルシルは噴き出すみたいに笑い出した。

「あははは！　もうほんとに『悪役令息』なんてなれっこないよ。この世界のエドは可愛いね」

「かわ、可愛い？」

「うん。すごく可愛い。皆が心配するのも分かるなぁ、ねぇ、アルフレッド。そんな顔をしないでよ。僕だってこの世界でどうしていいのか分からなくなっているんだ」

ルシルが苦笑しながら兄様に言った。僕は思わず隣に座っている兄様の顔を見る。

「……アル兄様？」

「なんでもないよ。大丈夫。エディが素直で可愛いのは皆知っているよ」

「あ、ありがとうございます」

にっこりと笑う兄様に僕はついお辞儀をしてしまった。

「さて、じゃあ僕の方の話はこれくらいでもいいですか？」

「ああ、とりあえず。また何か思い出すような事があればメイソン子爵の方に伝えてほしい」

「分かりました。次は僕の要望をお伝えしてもよろしいですか？」

「そういう約束だったからね。ただ、出来る事と出来ない事がある。もちろん最大限の努力はするつもりだ」

「それではお言葉に甘えて、まずは分かる範囲で構わないので小説と現実との違いを教えてください。この世界が小説やゲームの世界と異なる部分がある事はなんとなく分かっていますが、実際どれほどの違いがあるのか調べるのは難しいんです」

「それは大丈夫。前にも言った通り、まとめたものがあるのでこれを渡すよ」

兄様が封書を見せた。

「ありがとうございます。ではもう一つ。今言ったようにゲームと違っている事が多くて『攻略対象者』との親愛度を高めにくくなっています。このままいけば僕はバッドエンド。どこかで囲われて身動きが取れなくなってしまうか、余計な力を持っていると殺されてしまうか、奴隷のように使い捨てられてしまうか。そんな事態になってしまいます。親愛度や経験値を上げるイベントが起きるようにしてほしいとは言いません。ですが、僕がシルヴァン王子と関わるきっかけを与えてもらえませんか？」

「シルヴァン第二王子と？」

父様が訝《いぶか》しげな声を出した。

「はい。僕の推しはシルヴァン王子なんです。エターナルレディの薬は王子との親愛度を上げる重要なイベントです。ですが、この世界ではそのイベントは起こらないでしょう。薬を探すきっかけとなるアデリン妃がすでにお亡くなりになっていますから。もちろん薬が見つかればこの先沢山の女性達が助かる事になります。しかし先ほど申し上げたように、すでにアデリン妃はお亡くなりになっていて、薬を見つける手段もありません」

ルシルはそう言うと一旦言葉を切って、深呼吸をしてから言葉を繋げた。

「聖魔法の力を使えるようになった僕を守るには、マーロウ伯爵家では弱いんです。かといって神殿に入れられたら戦いに出る事は叶わなくなってしまいます。あそこは祈りを捧げるための場所ですから直接魔物と戦う機会はありません。それでは困るんです。先ほど言ったレベルが上げられなくなっては、やはりバッドエンド……破滅を迎えてしまいます。なので、二年後までに僕と王室が繋がりを持てるようにしてくださ い。シルヴァン王子の傍に行かせてください。小説やゲームの中では王子も一緒に戦いますが、今のままだったらそれも難しいかもしれない。でもチャンスをくだされば、あとは自分で頑張ります」

僕達は何も言えなかった。まさかルシルがそんな事を言い出すなんて思ってもいなかった。

ゲームについてはよく分からない。でも、ルシルはシルヴァン王子が好きなんだよね。現実でまだ会った事がない人を好きになるというのが不思議だけれど。ただ、さっきルシルが言っていた守る力とか、神殿の事とか、囲い込みとかの事は理解出来た。僕も同じような力を持っているから。未知の力を怖がる人は一定数いるし、それを欲しがる人もまた一定数いる事を僕は聞かされている。だからルシルの言っている、その部分はよく分かるんだ。

「王室との繋がりについては少し時間が欲しい」

「はい」

「君が使う力については、それが知られてくれば確かに囲い込みは考えられるし、他の危険性もあると思う」

「はい」

「守るという意味でも少し考えよう。だが、すぐには動けない。とりあえずマーロウ以外に君が頼れる場所を作ろう」

「お願いします」

ルシルは頭を下げた。

「君は、シルヴァン王子が好きなのかい？」

「はい。大好きです。いくらでも課金出来る推しです！　何もかもが好みです！」

「…………子ダヌキだけどね」

「え？」

「いや、なんでもないよ。まぁ王子との仲を取り持つという事は難しいけれど」

「いえ、いいんです。傍にいられるだけで、お姿を見ていられるだけで十分です。ゲームみたいに恋愛がどうこうなんて、実際は難しいのはちゃんと理解しています。自分がルシルだって分かった時はちょっと舞い上がったりもしましたが、違いが多い世界だって分かって落ち着きました。『悪役令息』である筈のエドワードも、どう見ても『悪役令息』になれそうもありませんし。ただ……イベントが起きなくても、近くに行けるなら行きたい。推しは愛でるものだから！」

「……うん。よく分からない言葉もあるけれど、熱意みたいなものは伝わったよ。関わりのきっかけをどうすればいいのか考えてみよう。ただ、先ほども言ったように少し時間が欲しい」

「はい」

「その間に君が何か力を使うような出来事が起こる予定があるならば教えてほしい。フィンレーが表立ってサポートするわけにはいかないが、その点も考えてみよう。それまでは学園でも目立った行動は慎んでもらいたい」

「はい。ありがとうございます。よろしくお願いいたします」

話し合いが終わってハワード先生自身がルシルを送っていった。僕達はそのまま簡易の魔法陣でフィンレーのタウンハウスへと戻った。

「その小説が書かれた世界というのはなんとも奇妙なところだね。物語を小説だけでなく色々な形に作り変えて楽しむなどというのは、聞いていてとても不思議だった。中でもゲームというものは正直よく分からないな。やり直しが出来るという点が特に分からない。こちらでも流行《はや》りの小説が舞台になる事はあるが、舞台も決められた結末に向かって演じられるものだからね」

父様が苦笑してそう言った。それを聞いて兄様が口を開く。

「そうですね。自分で選択をして話を進めていくものらしいという事は分かりましたが、それでどうして話が成り立つのか不思議です」

「確かに。それにしても、彼は予想していたより頭の回転が速い。囲われたり、使い捨てられたりという危険性まで把握しているとは思わなかったな。もっとも本人も必死なんだろう。彼の言うゲームのように、結末が気に入らなければはじめからやり直すなんて事は、現実の世界に生きている私達には出来ないからね。さて、私は少し仕事をするよ。考えなければならない事が増えてしまったからね。アルフレッドもエドワードもお疲れ様。ああ、エドワード、学園の方は始まったばかりだが順調かい？」

「はい。水の日までに受ける講義を決めて提出します」

「そうか。やりたい事を楽しみなさい」

父様はそう言って書斎の方に行ってしまった。

「アル兄様はどうされますか？」

「そうだね……エディは？」

「僕はちょっとフィンレーに行ってきます。お休みの時は帰るねって言っていたので。温室も気になるし」

「そう。じゃあ、私も行こうかな。向こうでお茶を飲んで、夕飯までには戻ってこよう」

「はい！」

兄様が一緒に行ってくれるというので、僕は嬉しくて元気よく返事をしてしまった。色々な話を聞いたけれど、これから起きるかもしれない『世界バランスの崩壊』による出来事が一つでも少なくなりますように。そして、エターナルレディの薬草が見つかりますように。

そう願いながら、僕と兄様は転移の魔法陣がある部屋に向かった。

◇◇◇

「タウンハウスの中にもお庭があるんですね」

そう言ったのはエリック君。

「うん。フィンレーに比べるとだいぶ小さいけど、部屋と繋げれば皆とお茶会が開けるね」

僕がそう答えるとトーマス君とスティーブ君が口を開く。

「ふふふ、嬉しいです。僕は共同のタウンハウスだから羨ましい」

「私もですよ。久しぶりにゆっくり出来る感じです」

「そう言ってもらえると嬉しいな。急な誘いだったけど来てくれてありがとう」

「こちらこそ。お誘いいただきありがとうございました」

「同じ学園に通っているのになかなか全員で顔を合わせられなかったからね」

ユージーン君とレナード君がそう言って、クラウス君とミッチェル君が頷く。

「クラスが違ったからあまり会えなくて残念だったよ」

「そうだよね。でも一年は合同講義が結構あるから、講義が始まれば会う機会も増えるね」

「うん。さぁ座って、座って。どの講義を選択するか一緒に決めた方が早いもの。あ、もちろん遠慮せずに好きな講義を選択してね」

僕の言葉に皆が笑った。そうなんだ。講義の選択の締め切りが明日で、僕達はなかなか相談が出来ずにいて、それならって急遽お茶会に誘ってしまった。本来は急に誘うのはあまり良くないんだけど、皆うまく話が出来ずにいたから来てくれたんだ。

お茶とお菓子を前に、僕達は講義の一覧表を広げた。

「初等部の一年ってほとんどが必修だから選ぶのはこれと、これと、これと、あとは自由選択かな」

ミッチェル君が表にササッと丸をつける。自由選択の講義は取っても取らなくてもどっちでもいい講義。でもね、この自由選択の講義に兄様が言っていた高等部との合同講義があるんだよ。

「そうだね。ちなみに学年の合同講義はこれ」

エリック君がすでに青い丸で囲っている表を見せてくれる。

「うん。週に二回、大教室での合同講義があるね」

「兄上に聞いたらそれ以外でも剣術とか魔法の実習とかで合同になる事もあるって」

「そうなんだ。それは事前に知らされる感じなの？」

「次回は合同でとかそんな感じらしいよ」

「ふ〜ん。じゃあ全く顔を合わせないっていう日は意外と少ないかもしれないね」

「良かった。さっきも言ったけれど同じ場所にいるのに会えないのって淋しいじゃない？」

僕の言葉に皆がふんわりと笑った。え？　なんで？

「ああ、すみません。なんだかエディ君らしいなって」

ユージーン君がそう言うと皆がニコニコして頷いた。

「う、うん。えっと、じゃあ、選択のこの三つ、どうしようか。どう思っていた？」

「そうだね。私は出来れば実践型の方がいいなと考えていたから、こちらの講義を聞いてみたいなと思っていたけど、あとはあまりこだわりがない」

エリック君が口を開くと「俺もそうだなぁ」とクラウス君が声を出す。それを聞いてレナード君が僕の顔を見た。

「魔法学は別枠でもあるしね。エディはどう思っていたの？」

「あ、うん。僕は魔法学をもう少し詳しく知りたいかなって。出来れば精霊や妖精の事が知りたいけど、それはまだ一年の学習範囲ではないみたいだし、魔法の実践はブライトン先生とお祖父様《じい》がいらっしゃるから当面はそちらでいいかな。他は皆と合わせられたら嬉しいなって思っているよ。

具体的に決まっている人はいるかな？」

「はい。こちらと、こちらを選択しようと思っています。こちらは先ほどエディ様が選択しようかと言っていらしたものと同じです」

「あ、同じだ」

「僕も」

スティーブ君とミッチェル君、トーマス君が口を開く。

「じゃあ、僕もそれを取る。他はどっちでも良かったから」

「やったー！　エディと一緒だ！」

「他は何か取りたいものはあるかな？」

レナード君がうまく進行してくれている感じで助かるなって思いながら、僕は自由選択の講義を指さした。

「講義の時間がうまく空《あ》きそうなら乗馬と魔道具を取りたいなって思っているよ」

「魔道具はともかく、乗馬は出来ますよね？」

エリック君が不思議そうな顔をした。

「うん。あの、この二つってあんまり人気がないみたいで、高等部と合同なんだ。アル兄様と同じ講義が取れるなんて夢みたいでしょ？」

ちょっと恥ずかしかったけど、そう説明するとまた皆がニコニコした。ユージーン君が「では、エディ君にとっては必修講義ですね」って言ってくれて、トーマス君が「はい」って手を上げた。

「もしもアルフレッド様が来られない時に困らないように、僕もちょっと興味があるから魔道具の講義にご一緒させてください」

「あ、私も他国の魔道具とか扱う事があるので」

「私も」

魔道具の講義はトーマス君とユージーン君とスティーブ君が一緒に取る事になった。

「じゃあ、せっかくだから身体を動かす時間にさせてもらいたい。俺は乗馬を」

「私も」

「では私も。王都で乗馬はなかなか出来ないので」

乗馬はクラウス君とエリック君とレナード君が一緒になった。

「僕はちょっと考える。別の事を任されそうな気配がするから」

「ミッチェル君？」

「うん。少し面倒な感じがするんだ。分かったらまた改めて話をするね」

珍しく眉根を寄せて難しい表情を浮かべたミッチェル君に、僕は「分かった」と返事をした。

それから僕達は新しく手に入れた紅茶で、王都のシェフが作ってくれたお菓子を食べた。話題は魔物と、ハーヴィンの村から助けられたルシルについてだ。先日の「エドワード様」呼びに呆れている子もいた。まぁ、廊下で名前呼びは駄目だよね。もっともあれ以来そんな事は起きていないし、話し合いの日に父様が学園では目立つ行動は控えるようにって言っていたから、もうこの前みたいな事はないと思うんだけどね。

まだよく分からなくて怖い気持ちもあるんだけれど、あの話し合いをしてから「悪い人」っていう感じはしないんだ。でもこれを皆に分かってもらうのはちょっと大変だなぁって思ったよ。

王都でのお初めてのお茶会の後、「また明日」って皆が家に帰って、僕は自分の部屋に向かった。兄様はまだ戻っていない。

「あ、今日は鍛錬をしていなかった」

学園へ行く前に鍛錬や魔力を流す練習をするのは時間的にもなかなか難しい。きちんとした練習場や広い庭があるわけでもないしね。それに剣術はまだしも、魔法を発動出来ないのは辛いなぁ。少し消化不良だよ。ブライトン先生の授業は続ける予定なんだけど、具体的にどうするのかきちんと話をしていなかった。学園が終わってからフィンレーに行く事になるのかな。兄様はどうしていたのかしら。確認しないといけないね。

「やっぱり温室もそうだけど、週に一度はフィンレーに帰らないとね」

この前帰った時は「もう今日は会えないと思っていました！」って、ウィルとハリーが二人ともちょっと涙目になっていたからね。

でも前に兄様が言っていたみたいに講義が本格的に始まって課題というものが出るようになると、帰るのもなかなか難しくなるかもしれないな。だって兄様も思っていたよりも帰れなかったって言っていたもの。もっとも兄様には余計なお付き合いがあったらしいけどね。

そんな事を考えていると一階が少し騒がしくなった気がした。兄様が帰ってきたのかな。とりあえず乗馬も魔道具の選択講義も申し込む事を伝えなきゃ。それから入学後の魔法や剣術の勉強はどうしていたのかもお聞きしよう。そう思って階段を下りていくと……

「あ、エディ。久しぶり」

「え？　ダン兄様？」

「よお、エディ。元気だったか？」

「学園はどう？　ってまだ始まったばかりだよね」

わわわ、ジェイムズ君とマーティン君も。

「ただいまエディ、ちょっと皆と話をしたくてね」

「お帰りなさい、アル兄様。僕も講義の事で皆と急なお茶会をしていたんです。お庭と繋がる客間はもう空《あ》いているので大丈夫です」

「ああ、そうなんだ。でも狭いけど四人だし、奥の応接の方を使おうかな。ロジャー、用意を」

「畏《かしこ》まりました」

久しぶりにお会いした兄様のお友達はすっかり大人になっていた。兄様ももちろんそうなんだけど、皆なんだか違う人に見えるくらい違う。

「皆様が変わられていてびっくりしました」

お部屋の用意が整うまでリビングのソファに座って待つ事にした兄様達に、僕はついそう言ってしまった。

「うん？　そうかな。ああ、でもそうかもしれないね。特にジムは縦にも横にも」

「おいおい横はないだろう。横は」

「ふふふ、まぁ来年卒業したら近衛の見習いになるものね。鍛えないとだよね」

「ああ、まぁな」

どこか嬉しそうにジェイムズ君が頷いた。

「ダニーは宰相府へ入る予定なんだろう？」

「まだ決まっていないよ」

「そうなんだ？」

「ええ、卒業と同時に入れるほどあそこは開けてはいませんからね。もっとも今のままでは入っても潰されるのがオチですから考え中です。マーティは王宮の魔導騎士隊から声がかかっていると聞いたけど？」

「やめてくれ。面倒ごとは第二王子だけで十分だ」

「み、皆様、色々と先のお話がきているのですね」

なんだかドキドキとしながらそう口にすると、兄様が「まぁ、まだ決まってはいないけれど、選択肢は色々ね。もっとも卒業前にはどうするか決めていないとね」と言った。

僕は思わず「兄様は!?」と聞きそうになったけど、ぐっと我慢した。こんなところで尋ねる事じゃないものね。

「アルフレッド様、お待たせいたしました。お部屋の準備が出来ました」

「ああ、急で悪かったね。じゃあ行こうか」

「エディ、またね」

「はい。皆様どうぞごゆっくり。お会い出来て嬉しかったです。失礼いたします」

兄様達は応接室の方に歩いていった。僕はもう一度自分の部屋に戻って、部屋で出来る鍛錬をしたり、選んだ講義に丸印をつけたり、明日の準備をしていた。


夕食の前、兄様が部屋にやってきた。

「エディ、ちょっと話をしてもいいかな？」

そう言って兄様は今日三人がここを訪れた理由を話し始めた。今後三人はルシルと関わる可能性があるので、父様と相談をして三人に小説の事を話したんだって。現にダニエル君はルシルにこの前の話し合いに関するお手紙を渡しているしね。

僕はドキドキした。その話を聞いて皆はどう思っただろう。これから会う時に何か違ってしまうのだろうか。だけど兄様の口から出てきた言葉は……

「エディが『悪役令息』だったと聞いて、ありえないって笑っていたよ」

え？　小説や転生を信じるとか信じないとかではなくて、そこなの？　しかも笑っていた？

「そ、そうですか」

「うん。とりあえず、ゲームの『攻略対象者』とか恋愛とか、その辺りは抜かして私達の『記憶』や小説の話は大まかには説明したよ。まぁなんとなく親からは伝わっていたのかな。特に困惑した感じもなかったけど、やっぱり『世界バランスの崩壊』については厳しい顔をしていたね」

「あ、あの皆様は転生とか、異世界とか、小説とかゲームとか、そういったものに関しては……」

「まぁさすがに全てをすぐに信じるのは難しいだろうけど、メイソン卿が以前仰《おっしゃ》っていたように前世の記憶持ちという存在は過去にもいたみたいだからね。ただ、異世界というのはなかなかないようだけれど。しかもその世界の小説と似ているという事もね」

「……そうですね」

うん。今いる世界がどこか違う世界で書かれた小説と同じだなんて信じられないよね。しかもダニエル君達は【愛し子】と一緒に戦う仲間になるんだもの。そんな事を考えた僕の頭をポンポンってした兄様は、そっと笑って言葉を続けた。

「ただ、三人とも小説の事も、現在起きている事象についても柔軟に受け止めてくれたと思う。もちろんさっきも言ったように、エディが『悪役令息』ではないという事もね」

兄様はそう言って言葉を切って、もう一度笑うとさらに言葉を繋ぐ。

「三人に話をしたのはね、今後彼らがルシルの守り役になる可能性があるからだ。ルシル自身があの話し合いで言っていた通り、彼はおそらくシルヴァン第二王子の側近候補となるだろう。ちなみに私達四人はすでに学園の卒業まではシルヴァン殿下の側近候補になっている」

「え……」

僕は思わず小さな声を漏《も》らした。そうだったんだ。兄様達はシルヴァン殿下の側近候補だったんだ。それでルシルも同じ側近候補になる可能性があるんだ……

「ルシルが聖魔法の使い手であるならば、確かにマーロウ伯爵家では守りとしては弱い。それならば殿下の側近候補とした方が色々と面倒がないんだ。殿下の傍にいる事はルシルの望みでもあるしね。だが、今のままでは側近候補にはなれない。ルシルにはなんの実績もないからね。そこが難しいところだ。まぁ、今後の魔物や病気などの状況に注意をしながら、私達の知っている小説のような展開になっていくのかを見極めて決めていく事になるだろう。とりあえずエディにはちゃんと話をしておこうと思ってね」

そう説明して静かに笑った兄様に、僕は思わず口を開いた。

「……アル兄様は？」

どうしてだか分からないけれど、僕はさっきから胸の辺りがモヤモヤしていた。兄様達は現時点でシルヴァン第二王子の側近候補になっている。それは分かった。そしてルシルもそうなる可能性がある。それも分かった。でも守り役になるって、それは兄様もなのかな。兄様もルシルを守ったりするのかな。こんな事を考えちゃう僕は変なのかな。

「私は元々この時期はゲームにも小説にもいない役だし……ああ、ごめんね。変な意味じゃないんだよ。エディ、そんな悲しそうな顔をしないで。一緒にお祝いをした筈だよ？」

「はい」

兄様に言われて僕はコクリと頷いた。そうだよ。『悪役令息』じゃなかった。小説とは違っていたってお祝いしたんだもの。大丈夫。でも……その事じゃなくて、僕は……

「ルシルを側近候補にするための根回しを水面下で父上達がしている。だけどフィンレーが直接【愛し子】に関わるのは避けたい。それを面白く思わない家もきっとあるだろうし、エディの加護がどこからか漏《も》れてしまう危険は避けたい。それは父上のご友人達も承知している。とりあえず私は出来れば中立的な立場を取りたいと思う。それにね、側近候補になっていたとしても卒業後に側近になるかはまだ正式に決まってはいないんだよ」

「そうなのですか？」

「うん。私は宮仕えをするつもりはない」

兄様ははっきりとそう言った。

「はい」

僕はその言葉にコクリと頷く。そう。兄様はフィンレーの跡継ぎだから。

「そして、どんな立場であろうとも【愛し子】を守る役に就くつもりもない」

「…………」

「エディを守る人がいないと困るからね。だって私はエディの騎士だから」

その瞬間、僕は胸の中にあったモヤモヤしたものがすっとなくなったような気がした。

「あり、ありがとうございます」

顔が熱い。でも、すごく嬉しい。

「また改めて父上からルシルや友人の事についても話があると思う。エディは心配しないで学園生活を楽しんで。ところで講義は決まった？」

「！　あ、はい！　ええっと、これです。そ、それでこの前言っていた自由選択の講義で……乗馬と、魔道具の講義を取ろうと思います」

「ああ、取れそう？」

「はい。兄様は？」

「大丈夫だよ。エディと一緒の講義なんて楽しみだね」

「はい!!」

僕の初等部一年の講義が決まった。これから色々ありそうだけど、楽しみも沢山あって、兄様は変わらずに僕と一緒にいてくれる。もちろん僕もただ守られるだけの存在ではいたくない。だって僕も兄様の騎士なんだから。

◇◇◇

講義の届け出も受理されて、入学式から二週間ほど経った頃から本格的に初等部一年の講義が始まった。クラス単位で受けるものが多いけれど、学年合同の講義もあるから、思っていたよりは皆と顔を合わせる機会がある。ちなみに合同の講義はまだ受けていないんだけどね。

それからクラウス君の提案で、合同の講義がない日はどこかの空《あ》き部屋で一緒に昼食を食べようっていう話になった。どうやら彼のお兄さん達がそういう事をしていたらしい。

毎日都合を合わせるのはちょっと大変かもしれないから、会えない日だけ。

食堂は初等部が学年関係なく集まるからなんとなく行くのが嫌だなって感じていたので、皆で近くの空《あ》いている部屋を使って食事をとる事が出来るなら良かったたって思った。これで毎日顔を合わせられる。ちょうどお昼前の合同講義もあるからそのまま食事をとる事も出来るかな。楽しみが増えた感じだよ。

「魔法学の選択講義、意外と面白い」

ミッチェル君が持参したお弁当を食べながらそう切り出した。そう。今日は初めての選択講義だったんだ。想像していたよりも面白くて、仕組みが分かると組み立ての応用が利くっていう感じでこれからが楽しみだなって僕も思った。

「へぇ、そうなんだ。良かったな」

クラウス君が答えると、ミッチェル君は「そっちはどう？」と尋ねる。

「うん。実技も交ぜていくみたいな事を言っていたし、何回かは騎士団から指導役の人が来るって」

「わぁ、それはちょっと見てみたかったかも」

「目の前で試合とかしてくれたらやっぱり迫力ありそうだしね」

「小さい頃は騎士様に憧れていたなぁ」

僕がそう言うとトーマス君がニコニコしながら頷いた。

「僕もです！」

「騎士様の絵本とか結構多いよね？」

「そうですよね。やっぱり小さい時は騎士様の絵本を読む事が多かったです」

「騎士ねぇ、なんか自分のところで見慣れているからあんまりピンとこないなぁ」

「ふふふ、ミッチェル君らしいなぁ」

そんな話をしながら昼食を終えて、そろそろ教室に戻って午後の講義の支度をしようかと思っているると、ミッチェル君が「あのさぁ……」と難しい顔をして口を開いた。

「ミッチェル君、どうしたの？」

「僕があの子と関わったら、皆はどう思う？」

「あの子って？」

「ハーヴィンで保護されたマーロウ伯爵家の」

「ああ、ルシル・マーロウ」

「廊下でエディ君にいきなり声をかけてきた人ですね？」

エリック君が名指しをして、トーマス君が珍しく眉間に皺を寄せた。

「うん。そう」

「どうしてそういう事になるか、話を聞かせてもらえるの？」

落ち着いたレナード君の言葉にミッチェル君は「はぁ」とため息をついた。

「実はさ、父上からそれとなく気を付けてやってって言われたんだ」

「え？」

「本当はあんまり関わりたくないんだけどさ。平民から伯爵家に保護された理由がね、特殊な魔法属性があるからっていう噂でね」

「ああ、なるほど。いくら村が全滅して保護されたとしても、伯爵家に養子縁組されるというのはあまり聞かないですからね。しかも王室が関係しているなんて噂もありましたし。何かあるのかなとは思っていました」

　ユージーン君がそう言った。さすがユージーン君、お隣の領だったから詳しい情報を掴んでいるね。

クラウス君はそれを聞いて驚いたような顔をしていた。　情報を子供には伝えない家もあるからね。

「うん。今はね、マーロウ伯爵から言われているのか、マーロウ家と仲の良い子達と一緒にいるんだよ。あとはハーヴィンにいた子達も様子を窺いながら関わっている。だけどさ、あからさまに平民上がりって態度に出す人がいたり、様子を見て引き込みに動いている家もあったりするみたいでさ」

　もうそんな動きがあるのかと僕はびっくりしてしまった。

「面倒なのが動きそうならちょっと考えないといけないんだけど、あまり気乗りしなくて」

　さすがミッチェル君。はっきりしている。

「特殊な魔法属性ってなんだろうね」

　エリック君が難しい顔をしてそう言った。同じクラスだし、ミッチェル君が関わるような事があったらやっぱり知らんぷりしているわけにはいかないものね。

「それは教えてくれないんだよね。まぁ魔法の授業とかもあるから徐々に分かってくるとは思うけど。エディはさ、どう思う？」

「え？　僕？　……えっと、僕自身は、元々ハーヴィン領の子だから、あまり関わらないようにしないといけないのかなと考えているよ。この前声をかけてきたのも、実は事前に学園を見学している時に会って……兄様も一緒だったから直接何かがあったわけじゃないんだけど、でも見た事がある顔を見つけて声をかけちゃったのかなって思ったんだ。ただ、僕はそれに応える事は出来なかったし、貴族の行動としてはちょっとまずかったよね」

僕がそう言うと皆頷いた。

「ごめんね。こんな話題。でもさ、もしも僕があの子と話をしていても、僕の事嫌わないで」

「……っ！　嫌わないよ！」

僕は慌てて声を出していた。

「良かった。ちょっと心配だったんだ。なんであの子に構うのかなって思われたら嫌だなって」

「それはないですよ。でも属性は確かに気になりますね」

スティーブ君が静かに呟いた。

「あ、うん。魔物に襲われて助かった時に、自分と一緒にいた子達にも防御結界を張っていたみたい」

「防御結界？　しかも周囲にも？　それは結構な魔力量があるね」

ユージーン君が驚いたような声を出した。

そうなんだ。僕はマリーの結界を見慣れていたからあんまり思わなかったけど、普通はそういうものなんだね。

「うん。意識がなくても張っていたらしいから、すごいなと思った。とにかくどういう子だか分からないから様子見してる感じなんだ。でもなんとなく面倒なのが近づきそうな気がするんだよね」

「面倒？」

「そう。この学年唯一の公爵家とか、その取り巻きとか」

「ああ、オルドリッジ公爵の子息か。おそらく自分では決める事が出来ないので、父親から言われている可能性が高いと思うよ」

「え？」

「そういうタイプですから」

レナード君とエリック君が揃ってそう言った。そうなんだ。やっぱり要注意人物だね。

「明日は一年の合同講義がありますね」

スティーブ君がポツリと言う。

「ああ、うん。そうだね」

そうだった。明日は週二回ある合同講義の初回。ルシルもそうだけど、オルドリッジ公爵子息も一緒って事だ。皆からの評判も父様達からの評判もあまり良くないけれど、オルドリッジ公爵とそのご子息は一体どういう人なのかな。

「ルシルにもそうだけど、エディにもちょっかいをかけてきたら困るね」

ミッチェル君の言葉に僕は思わず声を上げてしまった。

「ええ!?　それはないと思うけど。初回の合同講義だしさ……」

「まぁ、普通に考えれば学年で集まる最初の講義で、しかも初めて会う相手にいきなり声をかけてくるっていうのはありえないよね。普通は」

「ええ、そうですね。普通は」

レナード君とエリック君が「普通は」って繰り返すと、なんだかお腹の辺りがシクシク痛み出すような気がするよ。

「まぁ、明日以降も合同講義はあるから要注意だね」

「そうですね。でもエディはともかく、ルシルに対しては下手に庇うと面倒な事になりそうですよね」

「ああ、確かにそうだね。相手が相手だしね」

「ルシル・マーロウか。本当に面倒な事にならないといいね」

レナード君とスティーブ君、そしてエリック君とユージーン君が話している前でミッチェル君がものすごい勢いで口を開いた。

「やっぱりルシルの事はちゃんと父上に聞いてみる！　とりあえず、エディは僕達が守るから！」

ちょっと恥ずかしくなったけれど僕は「ありがとう」って答えた。

「合同講義は楽しみだったけど、面倒もあるんだな」

そんな僕達の前でクラウス君が心からそう思っているというように呟いた。トーマス君が少し困ったように「そうだね」って答えた隣で、再びミッチェル君が口を開く。

「馬鹿がいなければ楽しみだけで済むのにね！」

「ミッチェル君……」

話はここで打ち切りになり、僕達は午後の授業のために教室へ戻った。

◇◇◇

翌日。初めての合同講義は一般教養だった。こういう今更なものは皆で聞いちゃった方がいいよねって感じで入っているらしい。

「ふわぁ、やっぱり一学年が一つの教室に集まると結構多いなって気がするね」

「そうですね」

大きめの階段教室にはすでに半分以上の人数が集まっていた。ざっと見回して空《あ》いている席を確保する。

「ここにしましょう」

「うん」

言われるままに座ったら前後左右を皆ががっちりと固めてくれて、誰も近寄れない感じになった。ちょっと笑えるけど安心だよね。本当にいいお友達がいて良かった。

「……ルシル・マーロウは窓側の少し前の方ですね」

「あ、ほんとだ」

ユージーン君が教えてくれた。ルシルはマーロウ伯爵家と仲の良い貴族の子息達と一緒にいた。多分こちらに気付いてはいるんだろうけど、何も言ってこない。

「エディ、中央の後ろに公爵子息と取り巻きがいる」

こそりと言ったのはレナード君。

「分かった。見ないようにする」

僕がそう答えると後ろに座っているレナード君とエリック君がクスリと笑った。だって、振り向いて視線が合っちゃったら嫌じゃない？　お友達にもなりたくないし。

それにしても、こうして集まるとやっぱり女の子達の少なさを感じるな。これからの事を考えると、早くどうにかしなければという気持ちが湧いてくる。

そうこうしているうちに講義が始まった。特筆するような内容はなかったけれど、そのうちこの枠でダンスの講義があるって聞いてびっくりした。

そ、そうなんだ。ダンスかぁ。卒業の時には皆で踊るんだって。

なんだかすごいな。ちなみに女性が少ないので男性の一部は女性パートも練習するって。

えぇぇ……いやだなぁ。なんとなくそれに入れられる気がするよ。隣を見るとトーマス君も同じような事を考えたみたいで顔を顰《しか》めていたから、少しだけ笑っちゃった。

でも男性も色々なシーンがあるから両パート踊れる方がいいって。そうしたら今度はクラウス君が「ええ～」って顔をしていた。うん。クラウス君の女性パートはちょっと大変な気がするよね。

そんな感じで初回は今後の講義の内容や、挨拶や、言葉遣いなどを聞いて終了。しきたりを重んじる貴族の社会だけど、実は少しずつ簡略化されているものもあって、きちんとしたマナーを知る事は大切なんだ。上位の爵位の、特にご年配の方とお話しする時にはそれがきっちりと求められるから覚えておいて損はないっていう感じなのかな。僕はテオにしっかり教えてもらったけれど、復習するつもりで聞こうと思ったよ。

「さて、じゃあ出ようか」

「そうだね」

荷物をまとめて、席を立ち、僕達はさっさと部屋を出ようとした。声をかけられたりするのは面倒だからね。だけど、そう思っているそばから、八人で固まっていて声をかけづらい筈のそこへ声をかけてきたツワモノがいた。

「これはレナード様。ご無沙汰をしております。ご挨拶もせずに申し訳ございませんでした」

「…………ご挨拶、ありがとうございます。バーナビー・クロス・アクロイド様」

「最近はお茶会を開かなくなってしまったようですね」

「ええ。兄に付いて少し領内を回っておりましたので」

レナード君は小さく目配せをした。それを見てエリック君とスティーブ君が彼らから隠すように僕の背中について、前にはクラウス君とユージーン君。そしてトーマス君とミッチェル君が左右に来るとそのまま出口の方に歩き出す。ふふふ、クラウス君とユージーン君は背が高いから歩いていくだけで道が開ける感じだね。

「そうですか。淋しい事です。ところでご一緒にいらっしゃるのは確かフィンレー侯爵家のご子息では？　ご紹介いただけますか？」

「ああ、申し訳ございません。勝手に紹介をしてはならないと父から言われておりますのでご容赦……」

「ええ？　それはまたなぜでしょう。噂通りの秘蔵っ子という事なのでしょうか」

大げさな口調でレナード君の言葉を遮《さえぎ》る声はどこか皮肉めいている。でもそんなのは無視。とにかくこのまま部屋を出てしまおう。

「では、ともに昼食はどうだろう。せっかくの機会だ。レナード、取り次いでくれ」

「ニコラス・オルドリッジ様、申し訳ございません。出来かねます」

「なんだと？」

「フィンレー侯爵より勝手に取り次ぐような事はしないでほしいと固く言われております。先ほどアクロイド様に申し上げました通り、父からも同様に言われております。大変申し訳ないのですがご紹介につきましてはフィンレー侯爵様へ直接お尋ねください、私ではこれ以上の事は出来ません。次の講義が始まりますので失礼いたします」

僕達が部屋を出るタイミングで、レナード君が子息達から離れてこちらへ向かってくるのが見えた。そしてその後ろで怒りの表情を浮かべている少年も視界に入る。

（……あれが、オルドリッジ公爵の……）

「エディ、出て」

「あ、うん」

ミッチェル君に押されるようにして教室を出ると、そのまま自分の教室まで連れていかれた。

「はぁ、やれやれ。まさかこんなに早くこっちに近づいてくるなんて思ってなかったな」

クラウス君の言葉にミッチェル君がうんざりした顔で口を開いた。

「まったくだ。もう少し様子を見るかと思ったけど、かなりの単純バカだった」

「ミッチェル、言いすぎだ」

「本当の事しか言ってない」

この二人って結構いいコンビだよねって思ったよ。でも他の人に聞かれるとまずい事もあるから気を付けないといけないね。

「それにしても、エディ様大丈夫ですか？　少し急がせてしまったので」

二人をよそにスティーブ君が尋ねてきた。

「うん。大丈夫。でもどうしていきなり来たのかな。やっぱりフィンレー家との繋がりを持つようにって家から言われていたのかな」

「ああ、エディは相変わらず自己評価が低いなぁ」

「ミッチェル君？」

「だって、そんなの決まっているよ。気になっていた子が同じ教室に来て、思っていた以上に好みだったから話してみたくなったって事でしょう？」

「ええ!?」

思わず大きな声が出た。すかさずスティーブ君が「ミッチェル君、憶測でものを言ってはいけませんよ」と窘《たしな》める。

「そうだよ、ミッチェル君。エディ君が驚いてしまうからね。でも皆そわそわしていたよね。幻と言われているお茶会の主催者だもの。うちのクラスはだいぶ慣れてきたけど、今日は初めての人も多かったし」

トーマス君の言葉を聞いて、僕は信じられない気持ちになった。気になる？　そわそわ？

「エディは注目されているんだよ。絶対に僕達と一緒にいてね。一人になっちゃ駄目だよ」

「わ、分かった」

ミッチェル君が念を押すように言うので、僕は目をシパシパさせながら頷いた。

でも何もしていないのに、加護の事だって知られていないのに、どうして注目されるのかな？

瞳の色のせいかな？『ペリドットアイ』自体はそれほど知られていないって父様達は言っていたのにな。

少ししてレナード君が戻ってきた。

「申し訳ございませんでした」

「なんで？　レナード君は悪くないでしょう？　でも、オルドリッジ公爵家のご子息は結構強引な感じの方なんだね」

「お父様の影響でしょう。同じような性格と聞きます」

なんだかエリック君の言葉が冷たい。何かあったのかなぁ。

「とりあえず、僕はこれ以上友人を増やす気はないので、一人にならないようにさせてもらうね。迷惑をかけるかもしれないけどよろしくお願いします」

「迷惑なんて誰も思いませんよ。皆自分で選んでエディ君の友人でいるのですから」

「そうそう。それでさ、学園に入った事だし、皆名前で呼ぼうよ。その方が結束感も出るしさ」

「そう、かな？」

「そうだよ。兄上達も皆、名前か愛称で呼んでいるでしょう？」

「そうか、そうだね。皆はそれでもいい？」

「はい」

「じゃあ、今日からね。呼んでもいい愛称があったら教えてくれるかな」

スティーブ君が少しだけ困ったような顔をしていたけど、お願いをして押し切ってしまった。

レオン、クラウス、トム、ミッチェル、ジーン、リック、スティーブ。改めて、よろしくね。

◇◇◇

タウンハウスに戻って出されていた課題を片付けていると、ノックの音が聞こえた。

「はい」

「失礼いたします。アルフレッド様から時間が出来たら声をかけてほしいとのご伝言です」

「兄様が？　どうしたんだろう。分かった」

僕は急いで課題を終わらせて兄様にお知らせした。するとすぐに兄様が部屋にやってきた。

「すみません。遅くなってしまって。伺うつもりでいたのですが」

「ああ、いいんだよ。課題が終わったならちょっといいかな？」

「はい」

えええ、どうしたんだろう。何かあったのかな。恐ろしい事ではないといいな。

ドキドキしていると兄様が僕の前にテーブルセットの椅子を移動させて腰を下ろした。

「今日、オルドリッジ公爵の子息が声をかけてきたって聞いたんだけど」

「え？　あの、ええ？」

なんで？　誰から聞いたの？　混乱する僕の顔を見て、兄様は「ああ」と声を出して苦笑した。

「ごめんね。ミッチェル君だったかな？　マーティの弟の。彼がマーティに話して、マーティが私に知らせてきたんだ」

「ああ、ミッチェル君が……はい。でも皆が隠してくれたので直接お話はしませんでした」

「そうなんだ。でもどんな事を言われたのか聞いていた？」

「えっと、最初はレナード君のお知り合いが彼に話しかけてきたんです。それで、レナード君に僕を紹介してほしいって言って」

「その子の名前は？」

「確か、バーナビー・クロス・アクロイドと呼ばれていたと思います」

「バーナビー・クロス・アクロイドだね。それで？」

「はい、レナード君がお父様に紹介してはいけないって言われているって断ったら、公爵子息がいきなり割り込んで、昼食を一緒にとろうって言って……。聞こえてきたのはその辺りまでです。最初の子が声をかけてきた時点でレナード君が目配せをしたから、皆が僕を囲んで教室を出るように動いてくれたので」

「そう」

兄様は少し考えるようにしてから、僕に笑いかけてきた。

「これからも一人になっては駄目だよ。それからこの事は父上にも伝えるね。公爵家とのやりとりは伝えておかないと色々と面倒からね」

「はい」

「直接何かを言ってくるようなら、はっきりと断っていい。公爵家から非難されたら、こちらからもきちんとした手順で抗議をするからね」

「あの、一緒に食べたくないですって言うのは駄目ですよね？」

僕の言葉に兄様は小さく笑った。

「それでもいいけど。そうだね、友人は家が決めるので自分では決められないとか、友人以外と食事をとらないように言われているとか、全て家から言われている事にしておけばいいよ」

「分かりました」

そ、そうか。そう言えばいいんだ。さすが兄様。

「それにしても最初の合同講義で、初めて会う侯爵家の子息をいきなり昼食に誘うなんて」

眉根を寄せてちょっと怒っているようなお顔の兄様はとても珍しい。心配をかけてしまって申し訳ないなと思いつつ、あまり見た事のない兄様の表情を僕はつい見つめてしまった。

「エディ？」

「あ、はい！　えっとそうですよね。なんだか強引な感じで、チラッと見た時、ものすごく怒った顔をしていて怖かったです」

「うん。そういう事が続くようなら学園の方にも話をしよう。あとはそうだなぁ、魔法書簡の使用は届け出ておこうね。何かあればすぐに知らせておいで」

「分かりました。でも違うクラスで良かったです。毎日だったら学園に行くのが憂鬱《ゆううつ》になってしまいました」

「そうだね。ところでエディ、勉強の方はどう？」

先ほどとは打って変わって、にっこり笑った顔はいつもの兄様だ。

「はい。まだそんなに難しい事はないですけど、少しずつ課題も出ているから頑張らないとなって思います。あ、それと」

「うん？」

「今日の合同講義で、そのうちダンスの実技もあるって聞いたんです。しかも男性の方が多いから女性のパートを踊る人もいるって。僕とトーマス君はそうなりそうで、嫌だなって思いました」

「ああ、ダンスか。そうか、そうだね。それなら友達とパートナーを組んでしまった方がいいかもしれないね」

「え？　組めるんですか？」

「確か、固定で組めたと思うよ。女性パートばかりになりそうなら、そのトーマス君と組んでしまえば交代で両方のパートを効率よく出来るんじゃないかな」

「わぁ！　なるほど！　確かにその方がいいかもしれません。トーマス君にも聞いてみます」

「並んで交代するようなダンスの時は友人で固まればいいしね」

「そうですね。面識のない人の足を踏んだら困るし。お友達なら謝って許してもらえるから」

「大丈夫だよ。フィンレーで練習していた時も上手に出来ていたじゃない。不安ならダンスの講義がある時は言って？　事前に練習に付き合うよ」

「ええ！　アル兄様が女性のパートを踊るのですか？」

僕は思わずびっくりした声を出してしまった。さすがに兄様も驚いている。うん。このお顔もちょっと珍しいね。今日は珍しい兄様が見られる日なのかな。

「…………女性パートはマリーにやってもらおう。エディが女性パートを練習する時は私が付き合うよ」

「そ、そうですよね。想像したら……ふふふ、手が届かなかったらどうしようって……ふふふ、すみません」

「エディ、笑いすぎだよ」

「すみません。でも、ふふふ……」

笑いが止まらなくなってしまった僕に、兄様は苦笑しながら口を開いた。

「ダンスの話はとりあえずおしまい。さて、じゃあ夕飯までは好きにして。何かあれば部屋にいるから声をかけてね」

「はい。アル兄様、ありがとうございました」

「うん。エディが無事で良かったよ。オルドリッジ公爵には父上も手を焼いているからね。でも言うべき事は言わないといけないし、学園内は爵位を笠に着てはいけない事になっているからね」

「でも別に加護の件が知られているわけでもないのに、どうして急に声をかけてきたりするんでしょうね。エリック君は公爵子息がお父様の言いなりになっているみたいな事を言っていました。もしかしてオルドリッジ公爵様は僕の加護についてどこかで調べてご存知なのでしょうか？」

「それはないと思うけど、王都の聖神殿に行った事は掴んでいる可能性が高いから、何か加護を持っていると思っているかもしれないね。気を付けるに越した事はないよ」

ああそうなんだ。加護は聖神殿でしか調べられないから、鑑定に行ったと知られるとそう思われてしまうんだね。

「はい。あ、それとアル兄様もう一つよろしいですか？」

「なに？」

「ミッチェル君がお父様からルシルをそれとなく気にかけるように言われたみたいで、ちょっと困っていました。もちろんレイモンド家の事なので僕が何かを言えるわけではないのですが」

「ああ、そうなんだね」

「もしもルシルに対して取り込みをするような動きがあって、それを庇ってしまうと後が面倒だと思うんです。でもそのままにしているのも心配です。僕はまだ違うクラスだからいいんだけど、ミッチェル君達は大変かなぁって」

「うん、それも父上に確認をしておこう。グループの一部がルシルと繋がりがあるというのも確かに少し面倒だ。どの程度まで見逃すのか、守るのか。やはりしっかりした目安が必要だね。また心配な事があったらすぐに話をして。それから明日、魔法書簡の使用申請をしよう。ああ、一緒に遮音もね。ルーカスにはルシルの事をどう扱うのかはっきりするまでは詰所にいてもらうようにしよう。何かあれば詰所に知らせなさい」

「はい」

兄様は「不安にならなくても大丈夫だよ」って言ってから部屋を出ていった。学園が始まってまだ半月くらいしか経ってないのになんだかちょっと忙しい感じだな。でも……

「出来る事を出来る範囲で頑張る」

口に出してそう言って、僕は机の上に置いてある植物図鑑を手に取った。

◇◇◇

ルシルの事。

オルドリッジ公爵子息の事。

勉強の事。

薬草の事。

『世界バランスの崩壊』の事。

考える事は沢山あって、でも出来る事はちょっぴりで。結局どうすればいいのか答えが出せないまま過ぎてしまった一の月。

そして、本格化してきたお勉強に少しあたふたしている間に二の月も半《なか》ばを過ぎた。今年も兄様から母様が好きなお店の新作チョコレートをいただいたり、雪が降っているわけではない王都の冬が思っていた以上に寒くてびっくりしたり、なんとか時間を作ってフィンレーの温室を見に行ったりして、気付けば三の月が目の前になっている。

「ううう……なんだかものすごく時間が経つのが早い」

空《あ》き部屋で昼食を食べながら思わず口にすると、隣で食事をしていたトーマス君が頷いた。

「分かります！　目の前のあれこれで一生懸命になっていたらもう三の月になるなんて」

「そう。そうだよね。トムもそう思う？」

「思いますよ、エディ」

それを聞いてユージーン君が小さく笑った。

「でも『心配事』は大きくならないで済んでいるから大丈夫だよ」

「うん。そうなんだけどね」

ユージーン君が言っている『心配事』というのは、オルドリッジ公爵子息とルシルの事だ。オルドリッジ公爵子息が初めての合同講義で声をかけてきた時はどうなるかと思ったけど、その後は特に接触してくる事はない。取り巻きみたいな人達はチラチラとこちらを気にしている素振りもあるけど、公爵子息は何も言わないし、何もしてこない。だから僕も知らんぷりしている。もちろん一人にならないように気を付けているよ。それに合同講義は毎日あるわけではないからね。

そしてルシルの方は変化があった。平民上がりと陰口を叩いたり、囲い込むような動きをしたりする人がいなくなってきたんだ。もちろんそれには理由がある。

二の月に入ってからマーティン君とダニエル君とジェイムズ君の三人が、交代で彼に会いに来ているからだ。といっても、別にルシルが言っていたゲームの『攻略対象者』？ という感じの話ではない。一週間のうちに一、二度、高等部と初等部の間にある庭で初等部の帰り時間に合わせて話をしてそのまま馬車回しまで送っていくだけ。

話の内容もルシルが思い出した事や困っている事をマーティン君達が聞いたり、それぞれの保護者達からの伝達事項をルシルに伝えたりしているだけなんだって。

でもこれが始まった頃はものすごい噂になったんだ。よく分からないけど、恋人なんじゃないかって事を言っている人もいてびっくりした。

僕は兄様から聞いて事情を知っているけれど、他の人から見たら初等部の一年生にどうして高等部の三年生がかわるがわる会いに来るのか気になるよね。しかも三人とも第二王子の側近候補だし。

それにこれは知らなかったんだけど、ダニエル君達は学園の中でとても人気があるんだって。だから三人と噂になっているルシルの事をわざわざ見に来る高等部の人が沢山いたんだよ。もちろん高等部だけでなく、初等部の他の学年の人も沢山見かけた。

そしてそのついでみたいに、なぜか僕までジロジロ見ていく人もいた。怖かったから合同講義のある時はクラウス君の、クラス別の時はユージーン君の陰に隠れていた。この時ばかりは二人の後ろにすっぽり隠れられる背丈に感謝してしまったよ。

それにしても三人がそんなに人気があるなんて知らなかったな。僕は小さい時から普通にお話をさせてもらったり、お茶会にご一緒させてもらったりしていたから、他の人達が彼らをそんな風に見ているなんて思ってもいなかったんだ。

「……あれ？」

ふと、本当に今更なんだけれど、もしかしたら兄様も人気があるのかなって気付いてしまった。だって兄様達四人が並んでいるとものすごく目立つし、カッコいいもの。

「エディ？　どうかしたの？」

「あ、ううん。なんでもない」

そう答えたけれど、胸の中にモヤモヤした気持ちが湧き上がってくるのはどうしてなんだろう？三人はカッコよくて人気がある。そして一緒にいる兄様もカッコいいから人気があるかもしれない。兄様がカッコいいのはもちろんそうなんだけど、人気があるっていうのは嫌かもしれないって考えるのは駄目だよね。

「何か心配事が？」

スティーブ君が尋ねてきた。

「ううん。そうじゃないよ。『心配事』の話をしていたら、ミッチェルのお兄様達の人気を思い出してすごかったなって思っただけ」

「ああ、恋人騒ぎでしょう？　違う違う。あれは確認事項の伝え合いだよ。それだけ。三人ともそんな感情はないよ。兄上は『くだらない噂なんて放っておけばいい。今はどこがまずいのかと、何が本当かを見極めるべきだからね』って言っていた。僕にはさっぱり分からないけどね。まぁルシル自身も兄上達に何か思っている感じもないみたいだし。あ、それから前に心配していた件だけど、僕はルシルに近づく人がいたら報告するだけでいいって。正直ホッとしているよ。周囲はスタンリー、レイモンド、メイソンの三家はルシルが接触する事を許しているって思っている。そしてルシル自身はそれをちゃんと分かっている。なかなかあざといけど、僕はなんとなく最初の時よりも嫌な感じはしないかな」

ミッチェル君はいつでもはっきりとものを言うなって笑ってしまった。それにしてもあざといかぁ。う〜ん……僕の印象はやっぱりちょっと変な人なんだよね。

だけど、あの話し合いの後に少しだけ考えてしまったんだ。

僕は『悪役令息』になりたくなくて一生懸命だったけれど、主人公としてこの世界に転生をしたルシルは彼の言うバッドエンドにならないために、起こらないイベント？　の事を切り捨てながら頑張っていくのかなって……

小説やゲームの筋書きをなぞるわけでなく、でも大きくは逸れずに。そしてシルヴァン王子の傍で過ごすため、バッドエンドを迎えない努力をしていくのかな。

なんとなく、この世界に現れたルシル・マーロウは最初に僕が思ったよりは普通の人なのかもしれないって気がするんだ。もちろん異世界の記憶があって、人格もその人の人格だからこの世界に慣れていなかったんだろうけど、落ち着いてきたら色々と考えられる人なのかな。父様も頭が回るって言っていたものね。でもあんまり話をした事がないからやっぱり分からないかな。

「その噂もだいぶ下火にはなってきましたよね。心配していた嫌がらせのようなものも起きていない様子ですし」

「え？　リック、嫌がらせってルシルがいじめられるっていう事？」

もしかしてそれは『強制力』なの？　僕がいじめないから他の人がルシルの事をいじめる可能性があったっていう事？

「ああ……ええっと、なんて言うのかな。レイモンド様達の事を狂信的に慕っているような人がいるので、ルシルに対して生意気だとか、一人だけではなく三人もの相手と会っているなんて、その……はしたないとか、そういう風に思って嫌がらせをしてくる人がいるかもしれないという噂もあったんですよ。実際にはそんな事は起きなかったようです」

「えぇぇ！」

「例えばだよ、エディ。いなくて良かったっていう話だからね」

「さすがにスタンリー家やレイモンド家、そして賢者となったメイソン家と事を構える可能性のある愚行はやめろと言い含められたのではないでしょうか」

レナード君が苦笑いをしながらそう言って、スティーブ君が言葉を付け足した。その傍でトーマス君までもがうんうんと頷いている。そしてクラウス君が「こぇぇ……」って呟いていてちょっと笑ってしまった。

でもそうなんだ。そういう人がいたかもしれないんだ。というか『悪役令息』だった僕も、小説の中では皆を仲間にさせないように色々やっていたよね。確か。

「そんな噂もあったんだね。でも本当に意地悪をする人がいなくて良かった」

まだ胸の中でくすぶっているような何かを隠してそう言うと、ユージーン君が「そろそろ時間ですね」って続けて、僕達は午後の講義に出るためにそれぞれの教室に戻った。

「そういえば話は変わるけど、知り合いにエターナルレディに罹《かか》った女性が出たよ」

席に座るとレナード君が小さな声で話し出した。

「え？」

「色々薬湯も試しているけど、やはり効果はないみたいだ」

「そう。せめてどうしてそうなってしまうのかが分かれば、もう少し予防や薬についても調べる事が出来るのにね」

「本当にいきなり悪くなるからね。起き上がれなくなってしまうと、もう残された時間は僅かだと遠縁の者から聞いた事がある。確かリックはお姉様を亡くされていたと思う」

「ああ、以前聞いた話はお姉様だったんだね」

「ええ、結婚が決まっていたらしい」

「それは……。本当に一刻も早く薬草が見つかるといいね」

「薬草？　何か効く薬草があるのですか？」

スティーブ君がすかさず尋ねてきた。

「あ、ううん。ごめん。それに効くような薬草がないか、お祖父《じい》様とお話をしているから、つい。でもさっきジーンが言っていたみたいに症状らしい症状がないし、探しようがない感じで行き詰まっているんだ」

「そう、でしたか。カルロス様もお気にかけてくださっているのですね」

「うん」

そんな話をしていると教壇に次の講義の講師が現れて、僕達は話をやめて前を向いた。

エターナルレディに効く薬草。

ルシルが言っていたエルフが住む森というのはどこだろう。小説の中の僕はどこに火をつけたんだろう？

僕の中の『記憶』はどんどん薄くなっていく。もう僕は『悪役令息』にならないって思っているからなのかもしれないし、ここは小説とは違うって思っているせいなのかもしれない。

それに…………

兄様やルシルみたいに完全に元の人格がなくなった例を知ると、僕の知らない誰かが僕になるのは絶対に嫌だって思ってしまうから。

講義の内容のメモを取りながら、僕はこれでは駄目だと感じていた。

こんな風に次々に色々と考えてしまうから何も答えが出せないんだ。

でも、いつまでも一つの事を考えていたら行き詰まって先に進めないのも現実だ。

学園に入ってから起きる事はなんだったんだろう。小説とは随分変わってしまっているし、ルシルが言う通りにゲームの世界に近いなら、その違いが分からない僕にはお手上げだ。もう少し細かくルシルに起こりそうな事を聞いておくべきだったのかもしれない。だけどルシル自身も、きっと何が起きるのか分からなくなっているんだろうな。

目の前に迫った三の月。今のままでは、また何も出来ないまま三の月も過ぎてしまう。

それでは駄目だ。でも何をどうしたらいいのか分からない。

「…………」

一度、父様に話を聞いてもらおうかな。このまま忙しさに流されるようにして三の月も過ぎてしまうのは避けたいから。

そんな事を思いながら、僕はペンを走らせていた。

◇◇◇

「お話したい事があるので、お時間をください」

僕がそう言うと、父様はなぜかちょっとだけ困ったような、でも笑っているような？　不思議な顔をした。そして。

「いいよ。早い方がいいのかな？」

「はい。でも父様のご都合がよい時で大丈夫です」

「そうだね。じゃあ、今からはどうかな？」

「え！　よろしいのですか？」

「うん。最近ね、その言葉を聞くとどうも色々考えすぎてしまうから、早く聞いてしまった方がいいかなって思ってね」

そんな事を言って父様が笑う。そして「アルフレッドは？」と当たり前みたいに尋ねてきた。

「え？」

「いや、私と話す事をアルフレッドは知らないのかい？」

「はい、兄様には言っていません。僕が兄様にお話しすると、多分兄様が父様とお話する事になって、さらに兄様が僕に父様とお話しした事を伝えてくださる時間を取るかもしれないので、申し訳ないなって思って。それに、何からどうお話していいのか、どうしたらいいのか答えが出なくて、自分が何をしたいのかも分からなくなってきてしまっているから。きっと兄様は大丈夫だよって言ってくださると思うんですけど、分からない事を整理して父様に伝えていただくのも大変だなって。それなら最初から父様にお話をしてしまった方がいいのかなって考えたんです」

「なるほど」

「あ、でも父様にはまとまっていない話を聞いていただく事になってしまうんですけど」

「うん、そうだね。でも話をしている間に自分で整理出来る事もあるかもしれないよ。きっとアルフレッドもそう言うと思うけれど。う～ん、そうだな。今回はちょっと譲ってもらおう」

「父様？」

「ふふふ、親の特権だ。では書斎へ行こうか」

「はい。お願いします」

なぜか楽しそうに歩き出した父様の後ろをついて歩きながら、僕はどこからお話すればいいか考えていた。

「思いつくままでいいから話してごらん?」

僕が何をどう話したらいいのか分からないと言ったからか、父様は一番はじめにそう促してくれた。

「はい。あの、やりたい事や、やらなきゃいけない事、それから気になる事が沢山あって、でもなかなかうまく出来なくて進まないんです。そうして気が付いたらあっという間に一の月が終わって、これじゃ駄目だって思っているうちに二の月も終わりそうで、三の月も同じように過ぎていったらどうしようって心配しています。優先順位をつけなければいけないって思うんですけど、段々どれを優先したらいいのかも分からなくなってきてしまいました」

僕がそう言うと父様は「うん」と頷いてくれた。そして。

「ではまず、何をやらなければならないと思っているんだい? ああ、違うな。エドワードが気になっている事の方が先かな。大丈夫、なんでもいいから考えていた事を言ってごらん」

「考えていた事、ですか?」

「そう、やりたい事でもなく、気になる事でもなく、エドワードが考えた事、思った事だ。順番はなんでもいい」

父様の言葉に僕は少しだけ考えて、ゆっくりと口を開いた。

「はい。えっと……魔物はどうなるのかなって考えました。どこに出るのかなとか、沢山出るのかなとか。あとはエターナルレディの薬草の事。それからオルドリッジ公爵子息の事、ルシルの事、ゲームと小説の違い、あとは美味しいポーションを作りたいって思っています」

ポツリポツリと言葉にしていくうちに、僕の中から考えた事、思った事のかけらが溢《あふ》れ出していく。こんな感じでいいのかなって不安だったけれど、父様は手元の紙に何かを書き留めながら時々僕の顔を見て大丈夫だよっていう顔で頷いている。だから僕は整理する前みたいにぐちゃぐちゃになった頭の引き出しにあったものをそのまま並べていった。

「魔法の勉強時間をもう少しきちんと取りたいなっていうのも思いました。ああ、それから兄様のお友達がとても人気があるって聞いてびっくりして、そうしたら兄様も人気があるのかなって気付いてちょっと嫌だなって思いました」

その言葉に父様は「ほぉ……」って声を漏《も》らして「続けていいよ。もうおしまいかい？」って言うので、僕は首を横に振って再び口を開く。

「あとは、『記憶』の中の小説がどんどん曖昧《あいまい》になっていくなって思いました。それは前から思っていた事なんですけど。例えば小説でルシルの事をいじめていたとか邪魔をしていたっていうのは覚えていても、じゃあ、いつ、どんな事をしたのかっていう具体的な内容は出てこないんです。あの魔熊のように起こってから思い出す事もあるけど、あの時よりも曖昧《あいまい》になっている気がします。でもそれは、僕がもう『悪役令息』にはならないって思ったり、兄様を殺さなくて安心したりしているからなのかもしれないし、僕が兄様やルシルみたいに自分が自分でなくなってしまう事は絶対に嫌だって思っているから『記憶』がどんどん薄くなっていくのかもしれないなって思ったりもしました。それから……」

ああ、やっぱり自分でも何を言いたいのか分からなくなってきちゃったな。でも父様はそんな僕の気持ちが分かっているとばかりに笑って頷いている。僕はそれに励まされて言葉を続けた。

「学園に入る前は『強制力』がすごく怖かったんです。せっかく『悪役令息』にならなかったのに引き戻されてしまうんじゃないかって。でもルシルも、僕は『悪役令息』になれないって言っていたし、彼の言うイベントもほとんど起こっていないみたいだし、大丈夫かなって安心したんだけど、『記憶』がこのまま消えてしまってもいいのかなって心配になったり、こんな事ならルシルにもっとどんな出来事が起きるんだったか聞いておけば良かったのかなって思ったりしました。それと加護の力についても気になっています。もっと使いこなせるようにならないといけないなって。でも命の力の加護は怖いなって。あと、ルシルやオルドリッジ公爵子息の件があって、本当にこんな風に皆に守られているだけでいいのかなって……お友達と一緒にいるのは楽しいんだけど、いつも守ってもらってばかりじゃないかなって感じました。守られるだけでなく、ちゃんと僕も大切なものを守れるようになりたいのに、どうしたらいいのか分からないなって……ごめんなさい、父様。やっぱりぐちゃぐちゃです」

次々に溢《あふ》れ出してくる言葉に、僕は自分の中にこんなに沢山の『思っていた事』があったのかってびっくりしたのと同時に、あまりにもとりとめがなくて、わけが分からなくて、悲しくなってしまった。こんな事で父様の時間を使ってはいけないよね。

「いや、エドワードはぐちゃぐちゃだから話したいとはじめから言っていたよ。そして私は思っている事を話しなさいと言った。だからこれでいいんだよ。うん、なるほど。エドワードが色々と考えて頭がいっぱいになっていたのはよく分かった。学園が始まったばかりで緊張もあっただろうし、勉強も頑張らなければと思っていただろうからね。では一つずつ解決というか、エドワードの心を軽くしていこう」

「は……はい！」

にっこりと笑った父様に僕は大きく返事をした。

「まずは時間かな。あっという間に過ぎてしまったと言っていたね。でも学園に入りたての頃は皆同じようなものだよ。ハッと気付いたら夏のバカンスシーズンになっていたなんて事も多いんじゃないかな」

「え？　そ、そんなものですか？」

僕はびっくりして聞き返してしまった。夏？　春じゃなくて夏までいってしまうの？

「うん。そんなものだよ。だからね、最初に言っていたような『やらなければいけない事』なんて考えなくてもいい」

「はい」

「やらなければいけないって思うとね、心が辛くなってくるからね。そんな事は大人になってから分かればいい」

「大人になるとやらなければいけない事もあるのですか？」

「うん、時にはね。何かを守りたい時には特にそう思ってしまうかな」

そうなんだ。じゃあそういう時に、やらなきゃいけないって思えばいいのかな。

僕の中で何かがストンと落ちた。

「次に魔物について。ああ、これはルシルの件も絡んでくるかな。実はルシルには思い出せるだけ思い出してほしいと頼んでいるんだ。場所も時間も考えなくていいから、小説やゲームの中で起きた出来事を教えてほしいとね。ただこの世界と違っている事も多いから、そればかりに頼らずに引き続き情報は集めているよ。そしてルシルの魔法属性も調べている。彼が実際にどういう魔法が使えるのかは未知数だ。聖魔法というと治癒魔法の方がどうしても浮かんでしまうからね。それも含めて定期的に話し合いをした方がいいとは思っている。もちろん彼が望んでいる事についても考えなければと思っているよ。彼を守る事も含めてね」

「はい」

「それからエドワードの思った事から少し逸れるかもしれないが、魔物が現れた時にどうするかを王国内できちんと決めていく動きが出ている。いざという時になってから、どこがどれだけの救援を出せるかなんて会議をしている場合ではないからね。そしてその事で揉めている筆頭がオルドリッジ公爵だ」

「え？」

こんなところでオルドリッジ公爵の名前が出るとは思ってもみなかった。というか、魔物が現れた時の救援についての会議で揉めるってどういう事なのかな。そんな疑問が顔に出ていたようで父様は苦笑して再び口を開いた。

「うん。色々と面倒なんだよ。でも戦力は出せるところが出せばいいなんて言ってはいられないと分かってもらわないとね。本来であれば、そういった事に一番積極的に動かなければならないのは公爵家だ。上位だから何もしなくていいのではない。下を切り捨てるような事を続けていれば支えがなくなっていくと気付かなければ。ああ、ごめんよ、エドワードの話を聞く筈が愚痴《ぐち》になってしまった」

「いいえ、知らなかったお話が聞けて嬉しいです」

僕がそう言うと、父様は笑って僕の頭をポンポンとした。兄様がよくやるのは、父様がやるからなんだなって思った。

「という事で、魔物関係は大人達の方も色々動いているから、何か分かれば必ず教える。だから考えすぎないで大丈夫。ルシルの事もね。もしもエドワードが直接彼と何かを話したいのなら、きちんと場所を設《もう》けよう」

「はい」

ふふふ、昔から父様の大丈夫を聞くと本当に大丈夫って思えるな。

「それからオルドリッジ公爵と子息に対しては、今のところはこちらで何かする事は出来ない。起きた事について一つ一つきちんと手順を踏んで対応していくしかないんだ。ただ万が一、何か学園内で動きがあるようなら伝えてほしい。これはね、実はエドワードの友人の皆にもお願いしているんだ」

「皆にも、ですか？」

「そう。もちろん何かあった時にはエドワードを守ってほしいとは思ってはいるけれど、相手も同じ年の子供だからね。そんなお願いは出来ない。でも周囲の動きの報告ならば可能だろう。それにエドワードは守られてばかりいると感じているのかもしれないけれど、エドワードもちゃんと皆を守っているんじゃないかな。守るというのは、ただ物理的に身体を張るような事だけではない筈だよ？」

「え？」

父様の言葉がよく分からずに僕は思わず聞き返した。

「分からないかい？　例えば子供同士での魔物の情報交換、それからカーライル子爵のところに見舞いに行った事、温室を皆に見せて情報を共有している事。そして大切な、信頼出来る友人に空間魔法を付与したポーチを渡した事。それだってちゃんと皆を認めて、仲間として意識しているという事だろう？　大きな意味では結束力を固めてお互いがお互いを守っているんじゃないかな」

「父様……」

「うん。エドワードはちゃんと皆の事を大切に思って、お互いを守る仕組みを作っているよ」

僕は胸の中がじんわりと暖かくなった気がした。そうか。そうなんだ。ちゃんと僕は皆の事も守るように考えていたんだ。

「少し心が軽くなってきたかな。あとは……エターナルレディの薬草か。これは今のところお手上げだ。本当にこの世界にあるのかどうかも分からないしね。大体ルシルが言っていた、エルフの森が分からない。エルフという種族はもちろんいるんだが、この王国内には住んでいないんだよ」

「え！」

父様の言葉に僕は思わず声を上げてしまった。エルフはルフェリット王国にはいないの？

「他国にいる。国同士の交易はあるので、もしかしたらやりとりをするために王国に入っている可能性はあるが、それぞれの領で管理をしている直近の出入りの状況がまだ王国に届けられていないので分からない。それでも森に住んでいる可能性はないとハワードとも話をしていたんだ。住んでいればどこかの領の管理下に入る筈だ。だが他国の者が王国の民になるには、領だけではなく王国への手続きが必要だ。だから勝手にどこかの森に住みつくような事は出来ないんだよ。それにエルフが妖精と仲が良いというのもよく分からない。エルフの信仰対象は、どちらかといえば自然界の神や精霊だと言われているからね。しかも妖精自体見える者が少ない」

「見える人もいるんですか？」

「ああ。かなり少ないけれどいるらしいよ。でも妖精は気まぐれだからね。契約が出来れば色々力を貸してくれると言われている。まぁ本当のところは分からない」

父様は少しだけ困ったように笑った。

エルフがこの国に住んでいる可能性は低く、妖精と仲が良いかは不明で、しかも妖精が見える人は少ない。

やっぱりこの世界は、あの小説やゲームとは違う事が多いのかもしれないなと僕は思った。

「エドワード、父様も色々情報を集めている。だからエドワードだけが頑張ったり、やらなければならないと思い詰めたりしてしまうようなものではないんだよ。分かるね？」

「はい」

確かに僕だけでどうこう出来る問題ではないと、素直にそう思えた。

「さて、次は。うん。ゲームと小説の違いと、小説の『記憶』か……。これは正直に言えば私には分からない事だ。エドワードが違いを知りたいと思うなら、先ほども言った通りルシルとの話し合いを考えよう。『記憶』が薄れていく事や『強制力』というものについてはなんとも言えない。でもね、薄れていってもいいいんじゃないかな」

「父様？」

びっくりしてしまった僕の目の前で父様は小さく笑った。

「エドワードはエドワードだ。たまたまその記憶があった。それだけだ。その小説と今の世界が同じようでいて、かなり違っている事はもう分かっている。それならば、薄れてもいいんじゃないかい？　今を今として受け止めて、分かった事があればそのまま受け入れればいい。そんな風にしか答えられないけれど、無理矢理思い出さなければならない事はない。『強制力』というものがどういうものかはよく分からないけれど、どうなってもエドワードがエドワードである事は変わらないし、私の大事な息子である事ももちろん変わらない。それでは駄目かい？」

「……駄目じゃないです」

「うん。それなら考えなくていい。これからの事は一緒に考えていこう。大丈夫。私も分からない事は多い。先についてもっと分かっていればと思う時もあるよ。でもそれではつまらないなとも思うんだ。分からないから辛かったり、でも面白かったり、頑張れたりするものさ。そうして何かを手に入れられたら最高に嬉しい。それでいいんじゃないかな。ごめんよ。あまり役には立てないね」

「いいえ、父様。ありがとうございます」

僕は首を横に振ってから、立ち上がって父様にお辞儀をした。

「ははは、少しは心が軽くなったかな。さて、次は美味しいポーションか。これはね。気長に待っているから、大丈夫。心から応援しているよ。それと魔法についてはブライトンと父上に相談だ。根を詰めて訓練する必要性を私は感じないし、加護については慎重になった方がいい。全ての力が使えなくてもいいんだ。だからきっと加護の力の内容までは鑑定で分からないようになっているのだろう。父上と一緒にのんびり実験をしていくくらいの気持ちでいなさい」

「はい」

思わず笑いが零《こぼ》れた。

「ああ、それから人気の件は、う〜〜ん。分からないな。まぁ、第二王子の側近候補だし、学園はある意味で閉ざされているというか、不思議な閉塞感みたいなものがあるというか、だからなのかもしれないね。アルフレッドは人気があるかもしれないし、そうでもないかもしれない。でもきっとアルフレッドはそんな事は気にしていないだろうね。だって、自分がなんとも思っていない人間に人気があっても何も思わないだろう？　これが役者とか、それこそ人気を武器にするような者の場合はまた別だろうけど。それに人気と言うならエドワードも人気があるんじゃないかな」

「ええええ！」

僕はものすごくびっくりしてしまった。人気って、人気って何？

「ふふふ、そんなものだよ。人気なんて自分では分からないし、そんなものはどうでもいいと思う人間も多い。他人の評価を煩《わずら》わしく考える人間だっているだろう。私もずいぶん昔に母様から『人たらし』と言われた事があるよ。どうやら調子良く返事をしていたのがまずかったらしい。それほど重要視していないから気軽に答えていただけだったんだがね。それをパトリシアから聞いているのか、それとも彼の個性なのか、アルフレッドはどうでもいい人間に対してはそれなりの対応をしているのではないかな。ああ、また話が逸れてしまったね。まぁ感じ方は人それぞれという事だ。だから別にどうこう思う必要もないけれど、それで面倒が起きるようならまた知らせてほしい。それよりも私としては、アルフレッドに人気があるのかもしれないと知って、その事をエドワードが嫌だと思った方が気になるね」

「へ……」

「ああ、いや、それはさすがにアルフレッドに残しておいてやらないとね」

「父様？」

「ふふふ、なんでもないよ。とにかく人気なんてものは本人にとってはどうでもいい方が多いって事さ。さぁ、これくらいだったかな。また何かあったら声をかけてほしい。もっともアルフレッドもそう思うかもしれないよ」

「兄様が、ですか？」

「そう。多分、エドワードの事はなんでも一番よく知っていたいと思っているんじゃないかな」

「なんでも一番……」

そうだったらいいな。そして僕も、兄様の事をなんでも一番よく知っていられたらいいな。

「とりあえずはこれで大丈夫かな？　色々考える事は大事だけど、考えすぎないで相談をしたり発散をしたり、誰かに助けを求めたりするのも大切なんだよ。だから今回話をしてくれたのはとても良かった」

「はい」

僕が返事をして頷くと父様はにっこりと笑った。そしてゆっくりと言葉を繋げた。

「エドワード、こんな事を言うとおかしいかもしれないけれど、私はね、人が出来る事というのは本来それほど多くはないと思っているんだ」

「父様？」

「うん。本当なら頑張っている子には頑張れって応援をするべきなんだろうけどね。でも生きていく中で、精いっぱい足掻《あが》いてもどうにもならない事もある。けれど、それでも何もしないわけにはいかないと思うのもまた人だ。諦めないで前を向いていたいと願う。だからきっと人は人を愛おしく思うのだろうね」

「…………」

「頑張り屋のエドワードにもう一度だけ言うね。頑張りすぎない。欲張らない。溜め込みすぎない。そのために私も、パティも、そしてアルフレッドもいる。いつでも頼ってほしいと思っているよ」

「はい」

僕はもう一度コクリと頷いた。

「よし、それじゃあ、今日はおしまいだ。ああ、そういえばさっきの話だけれど、どうして人気の話になったんだい？」

「え？　あ、はい。ルシルと兄様のお友達が会うようになってから、高等部や違う学年の人達がものすごく沢山ルシルを見に来るようになったんです」

「ほぉ……」

「僕は小さい時から冬祭りやお茶会などにご一緒させていただいていたのでよく分かっていなかったんですが、ダニエル様達はカッコいいからとても人気があるって聞きました。それでもしかしたら一緒にいる兄様も人気があるのかなって思って。側近候補には兄様もなっているし、四人でいるとすごく目立つし、カッコいいしなって」

「ふむ……」

「ちなみに皆とは、ルシルに嫌がらせをしたり直接手を出したりするような人がいなくて良かったよねって話をしたんです。そして少しだけ、僕がルシルに嫌がらせをしないから、他の人が嫌がらせをするようになっているのかなとも考えました……」

「エドワード、それは」

ちょっと怒ったような、ううん、間違った事を正すようなそんな表情で口を開いた父様に、僕は慌てて言葉を繋げた。

「分かっています。小説やルシルの言うゲームとは違っている事も、僕はもう『悪役令息』にはならないっていう事もちゃんと信じています」

「うん。そうだね。父様もそう信じているよ。もちろんアルフレッドもね」

「あの……父様、それで、その……さっきの話なんですけど」

「さっきの話？」

「はい。さっき父様が言っていた、兄様の人気があるかもしれないって知って、僕が嫌だなって思った話なんですけど、僕にもどうしてなのか分からないんです。兄様がカッコいいのは当然だし、カッコいい事はとてもいいと思うんです。でも人気があるっていうのはなんだか嫌だなぁって。この辺がモヤモヤしたのはどうしてなんだろう……父様？」

父様は困ったような、情けないような、とても不思議な顔をしていた。

「ああ、うん。そう……まぁ、それはそれでいいんじゃないかな」

「あの……」

「アルフレッドは他人の評価は全く関係ないと考えているよ。多分エドワードがカッコいいと思ってくれた事の方が嬉しいんじゃないかな」

「僕が？」

「ああ。きっとね」

え？　どうしてそこに僕が出てくるのかな？　でも父様がそれでいいって言うのならいいのかな。

「は、はい。ええっと、兄様はもちろんカッコいいです。一番カッコいい。あ、あの、父様もカッコいいです！」

「それなら良かった」

父様はそう言ってまた僕の頭をポンポンとした。僕の胸の中にあったごちゃごちゃのあれこれはすっかり軽くなっていた。

父様の書斎を出て自分の部屋に戻り、植物図鑑を見ていたら、コンコンコンとドアをノックする音が聞こえた。

「はい」

返事をするとマリーがドアを開けて、兄様が来ている事を告げてきた。

「ごめんね。今少し大丈夫かな？」

「はい、大丈夫です」

どうしたんだろう。なんとなく兄様の元気がないように見える。

「アル兄様？」

「ああ、うん。父上と話をしたと聞いてね。どうしたのかと思って」

「あ、はい。ありがとうございます。ご心配をおかけしました。大丈夫です。なんだかいっぱい考えすぎてしまって。兄様にお話をしたら、きっと兄様が父様とお話しして、また僕にお話しをするような事になってしまうから、それは申し訳ないなって。すみません。えっと、ごちゃごちゃだったけど、軽くなりました」

「……そう。それなら良かった」

「兄様？」

「うん？」

「どこか具合が悪いのですか？」

「ううん。どこも悪くないよ。大丈夫」

「なら良かったです。あの、僕はやらなきゃいけないって考えていた事が沢山あって、でもそうじゃないって気付きました。出来る事を出来るだけ頑張るって思っていた筈なのに、いつの間にか欲張りになっていたみたい。小説やゲームの事も、分からなくて不安になっていたのかなって」

「うん」

兄様は頷いてふわりと笑った。その笑顔を見て僕は嬉しくなる。

「アル兄様」

「なに？」

「また、作戦会議もしてくださいね」

「もちろん」

「ふふふ、兄様がいてくださって良かったです」

「エディ」

「はい」

「ありがとう」

「え？」

僕はどうして兄様が「ありがとう」って言うのか分からなかった。でも兄様が笑うから、なんだか胸の中がポカポカ暖かくなってくる。昼間感じたあのモヤモヤはもうどこにもない。

「僕も、ありがとうございます。今も、心配して来てくださってすごく嬉しいです！　えっと、えっと……やっぱり僕はアル兄様が大好きです！」

そう言うと兄様は一瞬だけびっくりしたような顔をして、それからとても嬉しそうに笑って「私もエディが大好きだよ」と言ってギュッとして、そして……

「ねぇ、エディ。今度、人気の話を聞かせてほしいな」

「へ？」

「父上が人気の話はぜひエディから聞いた方がいいよって。どんな話なのかは分からないけれど楽しみにしているね」

そう言われて僕は兄様の腕の中で思わず顔を引きつらせてしまった。

◇◇◇

「おかえりなさいませ、エディ兄様」

「今日は早かったですね！」

土の日の午後。学園が終わってタウンハウスに戻ると、僕は急いで支度をして魔法陣に乗った。このところ少しの時間しか取れなかったけど、今日は課題がなかったからそのままフィンレーに来てしまった。今からなら明日の夜帰るまで、結構まとまった時間がある。

結局三の月の半《なか》ばだ。

でも父様とお話をしてからそんなに焦らなくなってきた。出来る事を出来るだけ。無理せずに。ただ、ちゃんと色々なものを見極める目だけは持っておこうと思っている。

「うん。一週間ぶりだね。二人とも元気にしていた？」

「はい」

「元気です」

ウィルとハリーはニコニコとしながらそう答えた。

「二人とも今日の予定は？」

「座学は終わったので、この後はエディ兄様のお手伝いです」

「ふふふ、そうなんだ？　じゃあ、お土産のお菓子を食べたら温室を見ようかな。テオ、母様にお茶はいかがですかって声をかけて」

僕がそう言うとハリー達と後ろに控えていた執事のテオドールは少しだけ顔を曇《くも》らせた。

「え？　何？」

「あの、母様は」

ハリーが口ごもる。途端に僕の頭の中にあの病気の事が浮かんだ。

「具合が悪いの？」

「い、いえ、でも」

「寝込んでいるのかな？」

「いいえ」

「父様は知っているの？　テオ！」

思わず声を大きくしてしまうと、二人がビクリとして身体を強張らせた。

「あ、ごめん……でも母様は」

口ごもった僕に、テオがそっと口を開いた。

「エドワード様、奥様は少しお元気がございませんが、病気ではありません」

「元気がない？」

僕の頭の中に今までにどこかで聞いた話が甦《よみがえ》る。

『大した事はないと思っていた』

『少し怠《だる》いくらい』

『特別な症状はなく、ただ少し元気がないだけで』

『風邪かなと思っていたら、見る見るうちに起き上がれなくなってしまって』

『食欲がなくなり、食べられなくなって』

『起き上がれなくなってしまうと、もう残された時間は僅かだと』

頭の中で再生される言葉。思わずガタガタと身体が震えた。

「エディ兄様？」

心配そうな顔をしているハリー達に何か言葉をかけてやる余裕がない。

「テオ、父様は母様が元気がない事を知っているの？」

「はい。ご存じです」

「何か言われていない？」

「……エドワード様が心配されている事ではないと思われます」

「それはどうして分かるの？」

その瞬間、奥の部屋から父様の声が聞こえた。

「やめなさい！　パトリシア！」

「嫌よ！　嫌！　このままなんて嫌！」

母様の初めて聞くような声だった。もちろん父様がこんな風に母様の事を止めるなんていうのも初めてだ。いつだって二人は仲が良くて、笑っていて……

「エドワード様、ウィリアム様、ハロルド様、どうぞこちらへ」

テオが僕達を父様達の声が聞こえない方へ向かわせようとした。

双子の顔を見ると青くなって引きつっている。

もしかしたらこんな場面は初めてではないのかもしれないと僕は思った。でも一体どうして。

そう思った瞬間、父様の怒鳴り声が聞こえた。

「行かせられるわけがないだろう！　未だに原因が分からないし、感染《うつ》るかもしれないと言われているところに君を行かせるわけにはいかないんだ！　頼むから聞き分けてくれ」

「だって！　だって！　リゼット様なのよ！　貴方も私もどれだけお世話になったか！　リゼット様がいらっしゃらなかったら、私達どうなっていたか分からないわ」

「パトリシア！」

「嫌よ！　どうして、どうしてリゼット様なのよ！　もう時間がないって。またお茶会を開きましょうって言ってから半月経たないわ！　何度でも言うわ、なぜ彼女なの！」

母様の泣き声が響いて、少しずつ遠くなった。恐らく泣き崩れてしまった母様を父様が部屋に連れていったのだろう。僕はリゼット様が誰なのかは分からなかったけれど、それでも父様と母様にとって大切な人である事と、その人がおそらくエターナルレディに罹《かか》ってしまったという事は想像出来た。

「エディ兄様」

ハリーが泣き出しそうな顔で僕の服を握りしめていた。

「二人とも、お茶は後にして温室に行ってみようか」

「はい！」

「行きます！」

僕はマリーとルーカスとゼフも連れて、双子達と一緒に温室に向かった。

「最初に知らせが来たのは一昨日《おととい》でした」

まだ実は小さいけれど春摘みのイチゴが赤く熟していた。そのイチゴを摘みながらハリーが口を開いた。

「それで、母様がすぐにメルトス家へお見舞いに行くって言って、テオが父様に知らせたんです」

「そうしたら父様がいらして、その日は父様が様子を見に行って知らせるからって。母様はずっと泣いていらしたけど、行くのはやめたみたいです」

ウィルとハリーはそう言って少しだけ顔を歪《ゆが》ませた。いつもは元気で明るい母様があんな風に大きな声を上げたり泣いたりするのを見るのは辛かったのだろう。

「でも今日、またメルトス家から連絡が来たみたいで、どうしても行くって言い出して」

「それで父様が来たんだね？」

「はい。エディ兄様がいらっしゃる少し前です。でも母様は絶対に行くって。間に合わないって泣き出してしまったのを父様がお部屋に連れ戻したのですが……」

「さっきまた……」

そうだったのか。でもメルトス家ってメルトス伯爵家？　お祖母《ばあ》様のご実家じゃなかったかな？

そのメルトス家のリゼット様という方がエターナルレディに罹《かか》っているんだね。

「エディ兄様、その病気は治らないのでしょうか？」

ウィルが涙目で尋ねてきた。

「うん。原因が分からない、女性だけが罹《かか》る病気みたいだよ」

「亡くなってしまうのですか!?」

ハリーも驚いたように声を上げた。

「……そうみたい。少し元気がないって思っているうちにどんどん悪くなって、食べられなくなって、眠ったままになってしまったらもう……」

「そんな！　おく、お薬はないのですか？　神殿は!?」

「さっきも言ったけれど、どうして罹《かか》るのか分からないから、今のところ手の施しようがないんだ。神殿では怪我は治せるけれど病気は治せない。ポーションも病を消すようなものはないんだよ」

「い、いやだ。怖いよ」

「その人のところに行って母様が病気になったらどうしよう！」

「二人とも落ち着いて。ごめんね、怖がらせてしまって。あのね、感染《うつ》るかどうかも分からないんだよ。だからそんな事を言わないで。エディ兄様の説明が悪かったね。きっと母様は、リゼット様がとても大切な人だからお会いしたいんだと思うけど、もしかしたら母様に感染《うつ》ってしまうかもしれないと考えて父様は行かせたくない。でも、大事な人を淋しく旅立たせるのは辛いね」

「……はい」

「早く、効く薬草が見つかれば」

僕は思わずそう呟いていた。

この前、父様から薬草の件は難しいと聞いたけれど、やっぱりこういう事が身近で起こるとそれを願わずにはいられない。

「どんな薬草なのですか？　ここにはないのですか？」

ウィルがポツリとそう言った。

「うん。この温室には沢山の薬草があるんだけど、まだ見つかっていない薬草らしいんだ。あるのかどうかも分からないけれど」

「それはどのような薬草なのですか？」

「僕にも分からないんだよ。ただ、もしかしたら妖精が知っているかもしれないんだ」

「妖精、ですか？」

「確かではないけどね。もしかしたらっていうお伽話《とぎばなし》みたいなものかもしれない」

僕がそう言うと、ハリーはどこか思い詰めたような表情になって口を開いた。

「あの……エディ兄様に見ていただきたいものがあります」

ハリーは強張った顔のまま温室の奥へと進んでいった。そこは薬草が多く植えられている場所だ。

一体どうしたんだろう？　枯れてしまったものがあるのかな？

「エディ兄様、これなんですけど」

ハリーが示したそこには僕が見た事のない草があった。なんだろう。マークが何か見つけて植えたのかな。だったら報告がある筈だけど。

「これは？」

「前に夢を見るというお話をしたと思うのですが……」

ああ、そういえば去年の十一の月の終わり頃に知らない人が笑っている夢を見るとハリーに言われた覚えがある。あの後は特に相談をされなかったし、顔色も元に戻ってきたから安心して忘れていた。

「もしかして、まだ夢を見ているの？」

「時々。でも大丈夫です。誰だか分かったから」

「え？　そうなの？」

「はい。さっきエディ兄様が妖精って言った事でこれを思い出して」

「どういう事？　ハリー？」

僕がわけが分からないという顔をしていると、ハリーが「はじめからお話してもいいですか？」と尋ねてきた。

「もちろん。話してほしいな。ちゃんと聞くよ」

そう答えるとハリーは頷いて口を開いた。

「あの。僕……多分妖精が見えるんだと思います」

「え!!」

思わずウィルと声が重なってしまった。

「そそそんな話聞いてないよ！　ハリー！」

「うん。だってウィルにも誰にも言ってなかったもの。僕も半信半疑だったし」

「ハリー、待って、ちょっと待って。じゃあこれは妖精からいただいたの？」

「………多分」

「……っ！」

僕は急いで声の魔法書簡をアル兄様に送った。

『兄様、すぐに来られますか？　聞いていただきたい事があります。フィンレーの温室です』

すると、間を置かずに兄様の声がした。

「エディ！　どこ？」

「！　奥です！　薬草の方です」

答えた直後、目の前に兄様が現れる。

「すみません。どうしても一緒に聞いていただきたくて」

「うん。誰かが怪我をしたとか、魔物が現れたという事ではないね？」

「はい。あの、ハリーの話を一緒に聞いていただきたいのです。ごめんね、ハリー。僕だけじゃない方がいいと思うんだ。アル兄様と一緒にお話を聞かせてほしい」

「はい。分かりました」

少し緊張したような表情でハリーはゆっくりと口を開いた。

「エディ兄様のお誕生日に風魔法で鳥を飛ばしたくて練習をしていた時、時々キラキラしたものが一緒に飛んでいる気がしたんです。でもその時はよく分からなくて、何かが反射しているのかなって思っていました」

「うん」

「それで、お誕生日にあの風魔法をお見せした後、『また見せて』っていう声が時々聞こえるようになったんです。傍にいるウィルには聞こえていないみたいだから怖くて。その時は何を見せるのか分からなくて聞こえないふりをしていたら、そのまま何も聞こえなくなりました。そうしてしばらくしたら、今度はあの夢を見るようになったんです」

そうだったんだ。それが十一の月の終わり頃か。

「僕は風魔法の鳥と、キラキラと、声と、夢が全然結びついていなくて、無関係だと思っていました。見た事のない人みたいな、人じゃないみたいな何かが、ニコニコ笑ってこれだよって何かを差し出してきても怖いだけでした。でもエディ兄様とお話したみたいに、また夢を見た時に『ちゃんと説明してくれないと全然分からない』って言ったんです」

す、すごい。ハリーってすごい。

「そうしたら『そうなんだ。ごめんね』って言われて、『鳥が飛ぶ魔法がまた見たいの。綺麗だったから』って」

「それは夢の中で？」

兄様がそっとハリーに話しかけた。

「はい。僕は夢の中の人？　が誰だか分からなかったけれど、風魔法が見たいなら見せてあげようと翌日、鳥を飛ばしたんです。そうしたらキラキラしたものがまた見えたから、その光に『もしかして、夢の子？』って聞いたら逃げちゃったんです」

ハリーの不思議な話は続く。

「僕はきっとそうなんだなって思いました。夢の中では怖かったけど、キラキラは怖くなかったから、見たいなら見せてあげようって決めました。風の魔法をやるとキラキラは必ずやってきました。けれど、しばらくやらないでいると『また見せて』って声がしました。夢は見なくなったけど、声は少しずつはっきり聞こえるようになって、その頃には、なんだか怖いっていう気持ちはなくなっていました。水まきの魔法も出来るようになったから鳥を飛ばすのと一緒にやったらキラキラはすごく喜んで、友達も連れてきたよって」

「それはいつくらいの事？」

「二の月に入った頃です。外はもう雪でいっぱいだったから、魔法の練習場で時々見せてあげていたんです。そうしたらこの前、久しぶりに夢に出てきました。今度はすごくはっきりとした人間みたいだけど人間ではないって分かる、小さい子供くらいの大きさで、『お礼。前にも見せたけど分からないみたいだったから。でもやっぱり欲しいみたいだからあげるね。綺麗なの見せてくれてありがとう。また遊んでね』って言われました。僕はすごく嬉しくて『また新しい魔法を覚えたら見せるね』って約束して、起きたらこれを持っていたんです」

ハリーはそう言って植えられている草を指さした。

それは白というよりは少し透明感のある乳白色で、丸みのある葉の裏には柔らかそうな産毛みたいなものが生《は》えていた。葉脈は薄いグリーンで根元は薄紫色。全く見た事のない草だった。

「その後、その妖精みたいなものは？」

「この草をここに植えた時に見に来て、『それでいいよ』って教えてくれました。さっきエディ兄様から女の人が罹《かか》る病気の薬草を妖精が知っているかもって聞いて、もしかしたらって」

「アル兄様……」

僕は兄様を見た。

「うん」

兄様もコクリと頷いた。

「鑑定してみます」

「ああ」

僕は植えられている二株の草を鑑定した。

「【妖精の贈り物・薬草】それだけです。でも、可能性はあるのではないでしょうか？」

「そうだね。だけどこれはさすがに私達だけでは決められないし、どうすればいいのか分からない。何より二株しかないしね」

「それは、どうにかなるかもしれません」

「エディ？」

兄様が不思議そうな顔をした。

もちろん、僕だって絶対に出来る自信はない。でも、やるしかない。ううん。きっとこれがやらなければならない事だ。

「エディ兄様」

「うん。大丈夫だよ。ハリーがいただいた薬草を絶対に役立たせるから」

僕は少し奥の、まだ空《あ》きのある場所に行って、そっと土に手を当てた。

かけたいのは土魔法と【緑の手】の豊穣の魔法。土を柔らかくして、早く元気に育てるための力を宿らせる。

この豊穣の魔法はお祖父《じい》様と練習をしている時に見つけた魔法なんだ。【緑の手】と言われても実際はどんな事が出来るのか分からなくて、お祖父《じい》様がいらした時に色々な事を試している。他にも【緑の手】の魔法だと思われるものを覚えたよ。それがこれから使う魔法だ。

「ハリー、教えてくれてありがとう。あのね、もし伝える事が出来るなら、妖精さんに『ありがとう。大切に使わせていただきます。だから、増やす事を認めてください』って言ってくれる？」

「わ、分かりました!!」

ハリーは上の方を見て風の魔法を発動させた。温室の中に微かに風が吹き始める。

ウィルはどうしていいのか分からないというようにオロオロとしていた。

「ウィル、その二株をこちらに移して」

「は、はい！」

妖精がくれた二株の薬草。どうかこれが僕達の希望になりますように。

そっと土の上に置き、僕は祈った。詠唱なんて決まっていないから僕の加護魔法は思った事を口にする。

「増やせ。強く育て。希望となって。妖精に感謝を、神に祈りを、精霊に願いを」

土がキラキラと輝いた。

二株の草がまぶしい緑の魔法に包まれて、光が土の中に広がっていく。

お願いします。どうか、増えて、そしてエターナルレディを封じる薬となって！

僕の髪がゆらゆらと揺れて、土の上にポコポコと何かが芽吹いていくのが見えた。そうして芽吹いたそれは、生き物のように葉を伸ばしていく。

「妖精の草だ！」

双子の声が重なる。

空《あ》いていた土の上に現れたのは先ほどの草の畑だった。

二株だった小さな薬草はしっかりと根を張り、ぎっしりと生《は》えている。

半透明の乳白色の丸みのある葉。うっすらと透けるグリーンの葉脈、根元は薄紫色のグラデーション。

「ふふふ。成功です！　グランディス様に感謝します。妖精さんもありがとう！」

「あ！　エディ兄様、キラキラしています」

「え？　どこ？」

僕も兄様もウィルもキラキラは分からなかったけれど、ハリーが嬉しそうに「ありがとう」って言っているのを見てなんだかすごく嬉しかった。

「エディ」

「はい」

「強い魔法を使ったけれど、身体は大丈夫？」

「はい。大丈夫です。これで、助けられるかもしれませんね」

「え？」

「母様が泣いていらっしゃるのです」

「……それは」

「大切な方がエターナルレディに罹《かか》っていらっしゃるようです」

「分かった。屋敷に一旦戻って、父上と話をしてお祖父《じい》様をお呼びしよう」

そう言うと兄様は僕達と一緒に、一気に屋敷へ転移をした。

兄様すごい！

「妖精からいただいた薬草……」

父様は呆然とした顔でそう言って、一株だけ持ってきたその草を見つめた。

屋敷に戻った僕達がまず向かったのは、父様のもとだった。父様は母様とお話をしていたのだけれど、兄様が至急お知らせをしたい事があると押し切ったんだ。そして、その間に僕はお祖父《じい》様に魔法書簡を出した。

本当は父様にきちんとお話を通してからじゃないといけない。でも、僕はお祖父《じい》様から魔法の講義を受けている生徒でもあるので、先生に「妖精の薬草らしいものが見つかりました」ってお知らせしたら、お祖父《じい》様はすぐにやってきた。

そしてなぜか一緒にお祖母《ばあ》様もやってきて、今、リビングにはフィンレー一家が全員集合だよ。

母様とお祖母《ばあ》様まで一緒になって薬草を見ている。

「うむ。とりあえずいくつかの方法を試してみるのが良いかと思うのだが」

「ええ。貴方、早くお願いします」

薬草を見ながらお祖父《じい》様がそう言うと、お祖母《ばあ》様が急《せ》かすように口を開いた。

本当にそれが効くのかなんて誰にも分からないんだよ。ただ小説の中にそういう薬草があったっていうだけで、しかもその薬草と同じものなのかも分からないんだ。鑑定でも【妖精の贈り物・薬草】としか出ないし。

でも薬草である事は間違いないんだ。

「だが、いきなり試すというのも……」

「何を言っているのです、デイヴィット。今日明日にでも神の下に召されてしまうかもしれない者がいるようなこの時に、手に入った薬草を今使わずにいつ使うのですか！」

「そうですわ！　妖精から贈られたというのは奇跡です！　それにリゼット様ならばきっと、使いなさいと仰《おっしゃ》います！」

お祖母《ばあ》様も、母様もすごい。

気持ちは分かるんだ。分かるんだけど、いつものお祖母《ばあ》様と母様からは想像が出来ない感じだよ。

「急いで煎《せん》じてくださいませ。乾燥させるのは風魔法でしょうか、それとも火魔法を使った方がよろしいのでしょうか。どちらの属性もここにおりますからね、それともいっそ皆でメルトスへ参りましょうか」

「お義母《かあ》様！　それがよろしいですわ」

ああ、お祖母《ばあ》様と母様が止まらない。

「落ち着きなさい、パティ」

「いいえ！　早くしなければ奇跡を逃してしまいます！」

母様の今にも泣き出してしまいそうな顔に父様が「グゥ……」と唸《うな》った。

そんなやりとりの中、お祖父《じい》様が一つ息をついて口を開いた。

「葉を使うのか、根を用いるのかも分からんが、とりあえずは葉を使ってみよう」

うん。やっぱりお祖父《じい》様ってすごい。こんな時でも淡々としていらっしゃる。

そわそわとしたお祖母《ばあ》様達の視線の先で、お祖父《じい》様は持ってきたバッグの中から色々な瓶や入れ物を取り出して並べ始めた。

「エドワード、薬草を」

「はい！」

「手伝うよ、エディ」

僕と兄様は温室に飛んで、一列だけを残して残りの薬草を全て採るとすぐに戻ってきた。

「これくらいで足りますか？　足らなければ増やします」

僕の言葉に父様がビックリした顔をする。あれ？　増やした事を言っていなかったかな。

「いや、これで十分。では、まずは乾燥させて煎《せん》じる。少し下がっていなさい」

お祖父《じい》様は言葉と同時に五株ほどの薬草を細かく砕き、そのままクルクルと風を纏わせてあっという間にお茶の葉のようにしてしまった。

「すすすすごい！」

でもそこからがもっとすごくて、空中にお水の玉が浮いたかと思うと並べていたガラス瓶の中にシュルリと入り、火もないのにそれがコポコポと沸いてきたんだ。どうなっているのかな？

そして、そこに先ほどの乾燥した薬草が入ると、お湯の色は鮮《あざ》やかな菫《すみれ》色に変わった。

「ふわぁぁぁぁ！」

僕は思わず声を上げてしまった。でもその間も魔法を使った作業は止まらない。菫《すみれ》色の液体は違う瓶の中に濾《こ》されて入れ替えられ、ぴたりと蓋が嵌《は》まった。

「ふむ、こんなものか」

「すごいです！　お祖父《じい》様すごいです！」

僕が立ち上がるとウィルとハリーも立ち上がって、「すごいすごい」と興奮した声を上げた。

「落ち着きなさい、三人とも」

父様が苦笑いを浮かべながら窘《たしな》めた。

「では、今度は炒《い》ってから煎《せん》じてみよう。その後は圧縮して抽出する。口から飲めなければ霧状にして吸入させるしかあるまい」

「お願いいたします。デイヴィット、メルトスに私の書簡を送っておくれ」

「分かりました」

父様はそう答えてお祖母《ばあ》様から預かったお手紙を魔法で送った。

「すぐに出かける支度を。薬が出来上がり次第行きますよ」

「母上？」

「なんですか？　可愛い姪を見舞うのは当然です。お薬があるのですからね」

「私もご一緒させてくださいませ！」

「パトリシア！」

そうしている間にも、お祖父《じい》様は薬草を黒いお皿の中で炒《い》って、先ほどと同じようにお湯の中に入れて、出来上がったものを別の瓶の中に濾《こ》した。出来上がった液体は先ほどのものよりも紫がかっている。

そして最後に圧縮して絞り出すというものは、なんて言ったらいいんだろう⁉　今までよりも大きくて頑丈そうな瓶の中に十株くらいの薬草を入れたと思ったら、それがものすごい勢いで回転して蒸気と一緒にシューって音を立てた。そうしたら繋がっていた違う瓶の中にうっすらと青みがかった乳白色の液体が入っていたんだ！　僕とウィルとハリーは目が回りそうになっていた。

「……エディ兄様、僕、起きているのに夢を見ているみたいです」

「うん。僕もだよ、ハリー」

「僕は目がチカチカしています！」

「うん、そうだよね。ウィル」

僕達のやりとりを聞いて、兄様が小さく笑いながら「大丈夫？」と声をかけてくれた。

「はい。大丈夫です。どうなっているのかよく分からないけれど、すごく……綺麗です」

テーブルの上に三本並んだガラス瓶。

お祖父《じい》様は「これはまた後できちんと調べよう」と、残ったものを全てバッグの中にしまい込んでいた。

それを見ながら僕は思わず「お祖父《じい》様は、お医者様だったのですか？」と尋ねてしまった。

だって本当に、あまりにも素晴らしかったんだもの。そうしたらお祖父《じい》様は少しだけ笑って……

「なりたかったものの一つではある」

そうだったんだ！　すごい。お祖父《じい》様って本当にすごい！

「お疲れ様でございました。ありがとうございます。では参りましょうか」

「うむ」

お祖母《ばあ》様の一声でお祖父《じい》様も父様も、そして母様も立ち上がった。

「すみません。騒がしくしてはいけない事は分かっておりますが、私達も同行させていただけないでしょうか」

兄様が立ち上がってそうお願いした。うん。この薬草が本当に希望になるのか、見届けたい。

「僕も、お願いします！　きちんと妖精さんに報告したいです」

ハリーもそう言って頭を下げた。隣でウィルも頭を下げる。父様は少しだけ困ったような顔をした。だけど答えはお祖母《ばあ》様から返ってきた。

「皆で行きましょう。そして一緒に祈りましょう。ふふふ、弟が何かを言ったら私がきちんと話します。貴方達がいなければこれは手に入らなかったものです。貴方達には見届ける資格があります。さぁ、参りましょう。貴方、メルトスまでお願いしますね」

お祖母《ばあ》様はにっこりと笑った。その顔はどこか父様に似ていると思った。

「うむ。エドワード、これを持っていておくれ」

「はい！　お祖父《じい》様」

僕はお祖父《じい》様から預かった三本のガラス瓶を持っていたポーチの中にしまった。隣で兄様が笑って頷いている。うん。どうか、どうかこの薬がリゼット様という父様と母様の大事な人を救ってくれますように。

「よし！　皆で行こう！　護衛はルーカス、ゼフのみ。アルフレッドとエドワードは父上達と一緒に転移。パティとウィリアムとハロルドは私と一緒だ」

父様の声で、僕達は全員でメルトス家へ転移した。

◇◇◇

その人は青白い顔でベッドに横たわっていた。

本当に息をしているのだろうかと思うほど静かで、僅か数日でこけてしまったという頬が、美しかったであろうその顔に死の影を落としていた。

到着すると、お祖母《ばあ》様は有無を言わせずに僕達全員でリゼット様の寝ているお部屋に入ろうとした。リゼット様のお子様であるセドリック君とアンジェリカさんは部屋の中には入れてもらえないのにと思ったけれど、「薬草を見つけた者が見届けるのは当然です」とお祖母《ばあ》様は譲らなかった。

でもアンジェリカさんは女の子だから入れてもらえなかったのかもしれないし、彼女を一人にするわけにはいかず、セドリック君も一緒にいたのかもしれない。ウィルが「僕自身が薬草を見つけたわけではないので、こちらでお二人と一緒に待っています」と入室を辞した。

部屋に入ってリゼット様を見ると、母様は泣き出してしまった。

父様がすぐに母様の肩を抱き寄せる。

（これが、エターナルレディ……）

誰が見ても、リゼット様の命の火は消えかけているようにしか見えなかった。

「書簡は送った筈です。すぐに飲ませなさい」

静かな声で、けれど譲らないという強い気持ちを滲《にじ》ませてそう言ったお祖母様《ばあ》に、メルトス家の元当主と現当主は疲れ切った顔を歪《ゆが》めた。

「姉上、そんなわけの分からないものをリズに」

「そうですよ。伯母様、効くかどうかも分からないものを姉様に試すなど」

「何もしなくても、このままではリズは神の下に召されてしまいますよ。メルトス家の元当主であるお前がそのような事を言っていてどうするのですか、サミュエル。これがここにある事も、今この時にリズが生きていてくれた事も、これからどうすれば良いのかを示しているのです。そしてダレン、メルトス家の現当主として、リゼットならばどうしたと思うかを考えなさい」

それを聞いてダレンと呼ばれたメルトス家の当主はコクリと頷くと、リゼット様の枕元にいた男の人の顔を見て「デューク殿」と声をかけた。

「……オルフィナ様、貴重なものをありがとうございます。使わせていただきます」

疲れ切った顔をしていたリゼット様の旦那様、デューク・ベネット様はそう言って頭を下げた。

メルトス家の事情は少し複雑だった。この後、兄様が教えてくれたところによると、現当主はリゼット様の弟である、ダレン・ベイズ・メルトス様。お祖母様《ばあ》の甥だ。そして元当主はサミュエル・

ブラムス・メルトス様。この方はお祖母《ばあ》様の弟。サミュエル様の長男であるフロイド様が跡を継いだんだけど、僅か一年で子供がいないまま事故死をしてしまった。

そこで新たな当主として白羽の矢を立てられたのが次男のダレン様。でも彼はフロイド様が跡を継いだ時点で家を出て同性婚をしていたため、跡継ぎが望めない。うん。ルシルが言っていた通りに存在していたんだよね、同性婚。ルフェリット王国では嫡男以外の結婚の形態として割と一般的だって、あれからちゃんと教えてもらったんだ。ええっと、それで、ダレン様はすでに他家に嫁《とつ》いでいた姉のリゼット様夫婦がメルトス家に入って跡を継げば良いと言い出した。だけど、それだとリゼット様の旦那様がメルトス家の当主になるって横槍が入ったらしい。そこで二人の間で様々なやりとりがあって結局ダレン様がメルトス家の当主となった。そして、ベネット侯爵家の三男の嫁になっていたリゼット様はメルトス家に夫のデューク様と一緒に戻ってきた。最終的に、ダレン様の後に当主となるのはリゼット様とデューク様の長男であるセドリック君という事で話がついたんだって。貴族の跡取り問題は色々と複雑だよね。

「どのようにすればよいのか、ご指示をお願いいたします」

デューク様はお祖父《じい》様に頭を下げた。

「うむ。まずはこれを飲ませてほしい」

お祖父《じい》様が僕から受け取った最初の瓶は、風魔法で乾燥させて煎《せん》じた菫《すみれ》色の液体だった。

デューク様はリゼット様の身体をそっと抱き起こして口元に瓶を傾けた。でも、お薬はリゼット様の口からそのまま溢《あふ》れてしまう。

苦しげな顔をしたデューク様は、今度はご自身で薬を口に含み、リゼット様に口移しをした。

「少しでも飲んでくれ、リズ……」

それは本当に賭けのようなものだった。すでに飲み込めなくなっている者に液体を流し込むというのが危険な行為であるのは分かっていた。でももしも、もし一滴でもそれが身体の中に入ってくれたら。

「……これは、全て与えなくてはなりませんか？」

「いや、難しいだろう」

「では」

「うむ、同じようにこちらも試してみてくれるか」

「……分かりました」

今度は紫色の液体を、デューク様ははじめから口移しでリゼット様に与えた。口の端から液体が零《こぼ》れ落ちる。駄目なんだろうか。一滴も入っていないのだろうか。それとも、そもそも効いてはいないのだろうか。

「リズ……リゼット……」

デューク様が名前を呼んでリゼット様の細い身体を抱きしめた。

間に合わなかったんだろうか。それともこれはエターナルレディの薬ではなかったんだろうか。

けれど、その次の瞬間……

「……唇の色が」

震える声でそう言ったのはお祖母様《ばあ》だった。

「リズ！」

叫ぶように名前を呼んで、デューク様は紫色の液体を口に含んでもう一度リゼット様に与えた。

「……っ……」

僅かに、でも確かに、喉が動いている。

唇の端から流れてしまう量の方が多いけれど、それでも液体はリゼット様の喉を通っている。

「リズ！　リズ！　リゼット!!」

今度こそ明らかに顔色が変わってくるのが分かった。じんわりとリゼット様の身体が淡く光っているように見える。ゆっくりと、けれど確実に、青白い顔に生気が宿り始めるのを僕達は息を殺して見つめていた。

「……っ！」

しかしそれ以上の変化がない。

「リズ！」

デューク様がさらに薬を与える。口に入るよりもやはり零《こぼ》れている方が多い。変化はあってもこれ以上飲ませる事が難しいみたいだ。

薬は足りるだろうか。新しく作った場合、間に合うだろうか。

「……経口でもう少し取れればと思っていたが。うまくいくかは分からんが、吸入してみるか。流す加減が難しいのだが……」

お祖父《じい》様はそう言って、薄いガラスのカップのようなものをリゼット様の口元に当てた。

そうして最後に作った液体をガラスの箱に入れて瞬時に霧状にすると、太い管を繋げてゆっくりゆっくりとカップの中に流し込み始める。

うっすらと白っぽい煙？　のようなそれは、リゼット様の浅い呼吸に合わせてゆっくりと、けれど確実に体内に吸い込まれていく。

僕達はそれを声もなく見守った。どうか、どうか、どうか、効いてくれますように。ハリーが妖精からいただいた薬草が、小説の薬草と同じものでありますように。皆の願いがリゼット様に届きますように！

「リズ！」

ガラスのカップの中で唇が震えた。

微かに動いたまつ毛。

そして……ゆっくりと目が開いた。

「ああ！　神様！」

眠ってしまったらそれきりだと言われていた。

二度と目が開く事はないと言われていた。

その声を聞く事はもうないと。最後の別れの言葉さえ届かないのだと。痩せ細り、ただ、鼓動が止まるのを待つだけだと……

リゼット様の口元からそっとカップが取られた。

「リズ……」

デューク様が泣いている。

「……こえが」

「！」

「きこえ……たの。よんでる……こえ」

小さく、かすれた声だった。でも…………

永遠の淑女《エターナルレディ》に打ち勝った、初めての声だった。

僕の瞳から涙が溢《あふ》れた。

ハリーも泣いていた。いつの間にか兄様がいなくなっていて、どうしたんだろうと思った瞬間、部屋の扉が開かれた。

「母上！」

「かあさま！」

飛び込んできた二つの身体。

その後ろに兄様とウィルが立っていた。ああ、兄様が呼びに行ってくれたんだ。

「ありがとうございます。アル兄様」

泣き顔のまま小さくそう言った僕に、兄様はふわりと笑って頭をポンポンとしてくれた。

リゼット様は自分でお薬が飲めるようになると、驚くような早さで回復した。

あの後はとりあえず安静にして、夜には紫色の液体のお薬の残りを自分で飲んだ。菫《すみれ》色のお薬と紫色のお薬だと、菫《すみれ》色の方が少し薄くて甘みがあるんだって。

紫色の方は炒《い》っているからなのか少し香ばしい香りで、渋みがあるけど濃い感じがするって言っていた。あまり長く滞在するのもどうかと思い、母様とお祖母《ばあ》様を残して僕達はその日の夜にフィンレーに戻った。

翌日、お祖父《じい》様が見守る中で僕は妖精の贈り物の薬草を増やした。それをハリーとウィルが摘んで、お祖父《じい》様は紫色のお薬を作ってメルトスに届けた。

その時にはリゼット様は薄いスープを口にする事が出来るようになっていて、母様もお祖母《ばあ》様もニコニコしていたそうだ。

僕達はあの薬草が小説の中に出てきた薬草と同じなのだと確信した。となると次に問題になってくるのは、その薬草をどうやって手に入れたのかっていう事になるらしい。何しろエターナルレディを初めて克服したのだから、王室に届け出ないわけにはいかないみたい。

メルトス家によくよく言い含めて、薬草はお祖父《じい》様が森の奥で見つけた事になった。

そしてお祖母《ばあ》様が神様のお告げがあったと言って、エターナルレディに罹《かか》っている姪に無理矢理与えた。すると治った。うん。無理があるよね。でも仕方がない。だって本当の事は言えないもの。

小説に書かれていたとか、妖精にもらったとか、説明しても誰も信じないと思うし、それが特別な力だと思われるのはとても困る。そんな相談をしていたらハワード先生がやってきて、父様と話をしていた。

温室の中にあった妖精の薬草の畑は、お祖父《じい》様がその日のうちに全てご自分のお家の温室に移してしまった。

届け出の件もあるし、お薬を作る事が出来るのがお祖父《じい》様なので、いちいち僕の温室に来ていただくというのも面倒だものね。それに紫色のお薬と菫《すみれ》色のお薬の違いを調べてみたいんだって。作り終わった後のものも全部マジックバッグにしまっていたしね。

知り合いの人に『成分』？　っていうのを調べられる人がいるんだって言っていた。よく分からないけど、この薬草が広がってどこの領でも皆が使えるようになるといいなって思う。

僕と兄様は翌日は学園があるのでタウンハウスに戻った。なんだかバタバタの週末になってしまったけれど、それでもリゼット様が助かって、お祖母《ばあ》様と母様が笑っているのが何よりも嬉しい。

兄様にそう言ったら、兄様も「そうだね」って笑ってくれた。

そして、その日の講義を終えてタウンハウスに戻ると父様が待っていた。

「アルフレッドが戻ったら一緒に私の書斎に来てほしい。話をしたい事がある」

「はい」

珍しいな。父様がそんな事を言うなんて。そう思いつつ、兄様が帰ってきたので二人で父様の書斎に行った。

「失礼いたします」

部屋に入ると父様は少し疲れた顔をしていた。

「ああ、そこに座って。ええっと、とりあえず現状報告と決まった事を伝えるよ」

父様はそう言うと、目頭を揉みながら口を開いた。

「まずはリゼット様の回復は順調だ。父上からの報告では、薬は三日間ほど飲めば大丈夫だろうという事だったが、初めての事例なので念のために五日間飲む事にした」

良かった。本当に治ったんだ。僕がにっこりしていると父様も小さく笑ってくれた。

「パティも一度戻ってくると連絡があったよ。とにかく良かった。それで、話は今後についてだ」

父様は再び疲れたような表情になって言葉を続けた。

「先日話をした通り、エターナルレディは王国で問題になっている病気だ。その薬が見つかったなら、届け出をしなければならない」

「はい」

「薬草を見つけたのは父上という事になる。だが、それについての情報をもたらしたのはルシル・マーロウになった」

「ルシル・マーロウですか？」

兄様が眉根を寄せて口を開いた。僕もどうしてここにルシルの名前が出てくるのか分からず父様を見る。

「彼は過去にも『予見』の力を持っているのではないかと言われていた。今回はそれを使う事にした。ルシルが妖精のようなものに導かれて初めて目にする薬草を見つけた夢を見たとハワードの息子に言った。それをハワードが聞き、何か効く薬草がないかと精霊の森を調べていた父上に相談をした。そして父上がその夢の中の薬草と似た形状のものを見つけた事にする」

精霊の森ってフィンレーの当主だけが知っているところだよね。しかも立ち入りが禁じられているんじゃなかったかな。僕がそう尋ねると父様は頷いて口を開いた。

「中までは入らずにその際《きわ》をずっと探していたところ、偶然それらしい草を見つけた。聞いていた見た目と一致していたため持ち帰った」

「……なるほど、お祖母《ばあ》様が神様のお告げを受けたというよりはマシかもしれませんね」

兄様の言葉に父様が苦笑した。

「うん。苦肉の策だよ。ハワードももう少しマシな話がないかと色々考えてくれたんだけどね。なるべく早めに報告をしたくて諦めた。この説明の利点は二つだ。一つはもちろんハロルドが妖精と話をしたという事が隠せる。そしてもう一つは、これでルシルから要望のあった王家との繋がりを持たせられる。王室はルシルが【光の愛し子】という加護以外に『予見』の力を持っているのではないかという事を知って、最初に村から救い出したマーロウ伯爵に保護をさせている。今後ルシルの聖属性魔法がどういったものになるのかは分からないが、神殿の神官達を上回る癒しの力を使えるのだとすれば、彼自身が言っていたように、マーロウ伯爵では彼を守るにはいささか力不足になるだろう。出来れば早めに王家に取り込ませてしまう方がいい。厄介な者達に取り込まれたり、囲われたりされないようにね。エターナルレディを治療する薬草を見つけるてがかりをもたらしたというのはなかなかインパクトがあるというのがハワードの案だ」

「薬草自体を見つけたのはフィンレーですが、フィンレーが後見になる方がいいという声は出ませんか？」

兄様が尋ねると、父様は少しだけ難しい表情を浮かべながら「それは抑える」と口にした。

「この報告がされると、まずは父上が見つけた薬草を手に入れたいと思う者達が動き始める筈だ。我々はそちらの主導権を握る。何しろフィンレーの精霊の森の近くで見つかった薬草だ。普通に植え替えを行ってもきちんと育つかどうか分からないと話を持っていく事は可能だろう」

僕には父様の言葉がよく分からなかった。だって薬草は僕が温室の中で増やして、それをお祖父《じい》様が全てご自分の屋敷の温室に移し替えて株分けをしている筈だ。それがどうしてきちんと育つかどうか分からない事になっちゃうんだろう？　というかその方が都合がいいと誘導をするのはなぜなのかな。

そんな僕の疑問はそのまま顔に出ていたらしく、父様が苦笑しながら答えてくれた。

「薬草の手柄とルシルの後見がどちらもフィンレーになったら、それを不服に思う者が一定数出るだろう。そんな話で時間を使いたくない。それにあの薬草を増やす事が出来たのはエドワードの加護の力によるものだ。【緑の手】を使って数を増やした。そして温室の畑をそのまま移動させた父上のところでの株分けは成功している。だが本当に他の場所でもきちんと育つかは分からないのは事実だ。分かるかい？」

ああ、そうなんだ。ルシルと薬草の件を、どちらもフィンレーが主導するのは嫌だと思う人がいるのか。ルシルが【愛し子】とは知らなくても、大きな力を持っている可能性がある事は分かっているものね。それに薬草の栽培には僕の加護の力が大きく関わっているかもしれない。増やすために豊穣の魔法をかけたからね。だから他の場所ではきちんと育たない可能性があるかもしれないんだ。僕がコクリと頷くと父様は言葉を続けた。

「それが一気に他の領にこの薬草を広めない理由の一つだ。フィンレーで育てたものと他で育てたものに差を出すわけにはいかない。もちろんエドワードがずっと薬草を増やし続けるなど論外だ」

「はい」

「けれどそうなると、フィンレーが薬草を独占した形になってしまうし、それをまた面白くないと思う人間も出てくるだろう。それにフィンレーで育てるだけでは数が足りないかもしれないし、欲しい者に届くまでに時間がかかってしまう可能性もある。なんといってもあの病気は時間との闘いのようなところがあるからね」

「……そうですね」

そうだ。薬草はフィンレーだけで増やしていたら駄目なんだ。エターナルレディに罹《かか》ってしまった人がすぐに手に入れる事が出来るように、同じ効能のものが他の場所でも栽培出来なければ、いざという時に間に合わないし、足りない事を悪用する人達だって出てくるかもしれない。

「まずは父上のところで株分けに成功した薬草を他の領でも植え付けてもらう。そして同じ薬草が育てば、薬液の作り方自体は一般的なものらしいから、どこの領でも有能な薬師がいれば生成する事は可能だろう」

「はい。それを願います」

「ああ、私も心から願っているよ」

父様は大きく頷いて笑ってくれた。

「さて、薬草については以上だが、もう一つ、先ほど言ったハロルドの事だ」

僕は胸がドキンとなった。以前ハリーには何かの加護があると言っていた。そして今回の一件。

それはハリーの加護に関わっているんじゃないかなって思っていたんだ。

「王室への報告が終わったら聖神殿に連れていこうと思う。分からないままにしておくよりは、どんな加護なのか分かっていた方が対応をしやすいんじゃないかと考えてね」

「はい」

「どのような話になるかは分からないけれど、皆で支えていってやりたい」

「はい」

「もちろんです」

兄様と僕がすぐに返事をすると父様は小さく笑った。

「頼んだよ。それから聖神殿にはウィリアムも一緒に連れていこうと思っている」

「ウィルをですか？」

「あの子も分からないままでいるよりも、分かる事を選ぶと思うからね。ショックは受けるだろうけど、きっと話してもらった事を感謝して乗り越えられると思う」

「はい」

「ああ、それから話の流れによってはエドワードの加護についても伝えるつもりだ」

「分かりました」

父様は一旦言葉を切って、再びゆっくりと口を開いた。

「二人に聞いてもらえて良かった。これで心置きなくタヌキ達と渡り合える」

「え？　王宮にはまだタヌキやキツネやイタチが出るのですか？　あ、もしかしたら飼われているのですか？」

そう言った僕に、父様と兄様は噴き出すように笑い出して「そうかもしれないね」と答えた。

◇◇◇

「本当に驚きだわ。こんな風にまたお茶会が出来るなんて」

「ふふふ、私もよ。一週間前には死にかけていたなんて誰が信じると思う？」

「死にかけていたなんてやめて、リズ。思い出すだけでも怖いわ」

「ごめんなさい。でも本当にそんな気持ちなの。他の人達は何も出来ないままお亡くなりになってしまったのに、私はこうして生きている。有り難くて、嬉しくて、けれどどこかで申し訳ないような気持ちもあるの」

「分かるわ。でも私はリズが生きていて、こうしてまた話をする事が出来て本当に嬉しい」

「ありがとう」

リゼット様と母様はそう言って少しだけ涙を浮かべて笑い合った。

メルトスに初めて来たあの日から一週間後、僕と母様とウィルとハリーはリゼット様のお茶会に招かれていた。父様と兄様は予定があって今日は無理みたい。二人とも色々忙しそうなんだ。

父様は一昨日《おととい》の夜、珍しくリビングにいらっしゃるなと思ったら、タヌキがどうとかやっぱり子ダヌキだとか、それからキツネは消えろって怒っていた。

僕が聞いているのに気付いたらすぐに「なんでもないよ。ごめんね」って言ったけど、王宮ってそんなに動物達がやってきちゃうのかな。

フィンレーも森が多いけど、屋敷の中にタヌキやキツネが入って悪さをするような事はないのにな。お仕事に支障が出るなら、可哀想だけど森の中に境界を作って王宮の方に来られないようにしたらいいのにね。父様ならすぐに出来そうだけど、やっぱり王宮だからそういう事をするにも色々許可とかいるのかしら。

「エディ、どうしたの？」

母様に名前を呼ばれて僕はハッとした。いけない、つい考え事をしてしまった。

「いえ、本当にお元気になられて良かったです」

「ありがとう、エドワード様。皆様のおかげです」

リゼット様はそう言ってにっこりと笑った。

今日はお庭に続くサロンで小さなお茶会が開かれている。参加しているのはリゼット様と母様と僕とウィルとハリー、そしてセドリック君とアンジェリカさん。

「お身体の方はもうすっかりよろしいのでしょうか」

僕が尋ねると、リゼット様は再びにっこりと笑って頷いた。

「ええ、お薬も念のため五日間飲ませていただきましたが、もう三日目には普通に歩けましたのよ。驚きますでしょう？」

「そ、それはすごいですね」

だって、部屋に入った時は本当に息をしているのかしらって思うくらいだったんだよ。それが三日後には歩けちゃうなんて。というかよく歩かせたなぁって思うけど、リゼット様が勝手に歩いてしまったんだろうな。

そんな事を考えていたらセドリック君と目が合った。少し困ったような顔をしたから、きっとそういう事なんだろうなって思った。

お祖母《ばあ》様もフィンレーにいらした時よりも、ものすごく積極的っていうか、とてもハキハキされていた気がする。お祖父《じい》様に指示を出されていた姿にはビックリしてしまったよ。だっていつもはお祖父《じい》様の隣でにこにこ笑っている感じだったから。

そして今、目の前にいるリゼット様からも同じようなものを感じるんだ。もしかしたらメルトス家は女性の方が強い……ううん、積極的な家系なのかしら。

母様もハキハキしているし、物事をしっかり見てお話をするけれど、それとはまた違う感じがするんだよ。うん……とにかく、お元気になられて良かった。

「それにしても、フィンレーも相変わらずみたいね？」

「ふふふ、そうねぇ。神に愛される土地だから他からやきもちを焼かれてしまうのかしらね。でも私は可愛い息子達に恵まれて幸せよ」

そう言って母様は僕達を見た。

「そうね。面倒な事は全部デイヴに任せておけばいいわ。うちはセドリックに頑張ってもらいましょう」

そう言われてセドリック君の背中がピンと伸びた。

確か僕より一つ上なんだよね。学年が違うとほとんど接点がないから分からないけど。

「かあさま、私、スフレが食べたいの」

今まで静かにサンドウィッチを食べていたアンジェリカさんが小さく口を開いた。

「そう。召し上がれ。ジャムはどうする？」

「バラのジャムをいただきます」

「畏《かしこ》まりました。私の天使さん」

天使さんと呼ばれたアンジェリカさんは「ふふ」と笑って、スフレの載ったお皿を受け取った。

「アンジーはいくつになったの？」

母様がその様子を見て尋ねた。

「五歳よ」

「五歳。可愛い時期ね」

「そうねぇ。でも我が娘だわって思う時もあるわ」

「あら、将来が楽しみね」

母様達の話を聞きながら僕は口を開いた。

「では今年はお披露目《ひろめ》会を開かれるのですか？」

僕がそう言うと、リゼット様が小さく笑った。

「ふふふ、そうね、フィンレーは皆男の子だものね。エドワード様、女の子はお披露目《ひろめ》会をしないのです」

「え？」

「男の子も嫡子は大きなお披露目《ひろめ》会をするけれど、下の子の時はそれほど大きくしないでしょう？　家と家の結び付きを強くするためのものだからどうしてもそうなるのよ。とにかく男の子はお披露《ひろ》目《め》をして社交が始まる。だけど女の子はパティのように見初《みそ》められて嫁《とつ》ぐ事はそれほど多くはなくて、大体は親が決めた『家』に嫁《とつ》ぐから、お披露目《ひろめ》をする意味がないの」

「そ、そうだったんですね。失礼いたしました」

「ちっとも失礼じゃないわ。ふふふ、そうよね。同じ子供ですもの。皆に自慢したいわよね」

「お披露目《ひろめ》じゃなくて自慢っていうのがリズらしいわ」

そう言って母様達はコロコロと笑った。

でも僕はなんだか淋しい気持ちになってしまった。お披露目《ひろめ》会の意味はちゃんと分かっているつもりだったんだけど、まさか男の子だけが行うなんて思ってもいなかった。女の子はなしなんてちょっと悲しいな。皆同じ子供なのにな。でも別にお披露目《ひろめ》会をしなくても、こんな風にお茶会をして交流していけばいいのかな。女の子もお茶会はするんだよね。

そんな事を考えていたら、またリゼット様の声が聞こえてきた。

「それにお披露目《ひろめ》なんかして、五歳くらいから釣書が山のように届いたら面倒だしねぇ」

「え？　五歳で釣書が!?」

思ってもいなかった事を聞いて、僕は思わず声を上げてしまった。

「は……すすすすみません」

「ふふふ、高位の貴族になるとまだそういう事もあるみたいよ。五、六歳で仮婚約とか、生まれた時に相手を決められてしまうとか。でもそれは本当に稀《まれ》ね」

「そうなんですね。すみません。勉強が足りずに……」

「そんな風に言わないで。知らなかった事は知った時に覚えていけばいいのよ。でも女の子がお披《ひ》露《ろ》目《め》会を行わないのはさっき言った事も理由の一つではあるのよ。女の子は男の子に比べて少ないでしょう？　その女の子のお披露目《ひろめ》会なんてしたら、力のある貴族達が皆先に婚約を結んでしまうわ。下手をするととんでもない年の差の……あら、セドリックもエドワード様もなんだか畏《かしこ》まってしまったわ」

「リズったら、色々話しすぎよ。小さな子もいるのに」

母様が笑いながらそう言うと、リゼット様もコロコロと笑いつつ「ごめんなさいね」と口にして言葉を続けた。

「なんだかエドワード様が可愛くてついはしゃいでしまったわ。でもお披露目《ひろめ》会をしてもしなくても、我が子が可愛い事に変わりはないのよ」

「……はい」

「それに今は嫡子だから早めに婚約をするっていう事も少なくなってきたし。そんなに急いで先について考えなくても大丈夫よ。今はそうねぇ、やっぱり学園を卒業してから決めるっていうのが一番多いのかもしれないわね」

「…………………卒業してから決める」

僕は呆然としてしまった。頭の中がなんだか色々いっぱいになってしまった感じだ。

えっと、えっと、えっと……それってつまり、兄様は卒業をしたら……

「エディ、考えなくても大丈夫よ」

「……はい」

「エドワード様は今年学園に入ったばかりでしょう？　まだ早い話だったわよね」

「い、いいえ。大丈夫です。知らなかった事を知る事が出来たので、ありがとうございました」

僕が頭を下げるとリゼット様が「いい子ねぇ」と言って、母様も「いい子でしょう?」と答えていた。恥ずかしくて顔が上げられなくなるからやめてほしい。そんな僕にハリーが助け船を出してくれた。

「エディ兄様、あちらのピンク色の花の木はなんでしょうか」

「うん？　ああ、ハナモモかな。綺麗だね」

「ハナモモ。あの花弁が風で舞ったら美しいでしょうね」

「ふふ、そうだね、薄紅の雪みたいに見えるかもしれないね」

「下の色とりどりの花も可愛いですね」

ウィルもそう言って手入れをされた花壇を見た。それを聞いてアンジェリカさんがにっこりと笑った。

「そのお花は、アンジュがかあさまと一緒に植えたのです。アネモネというお花です」

アンジェリカさんはそう言いながら椅子を下りて花壇の方に小走りで向かった。

実はなかなかのお転婆《てんば》さんなのかもしれないなと思った途端、バランスを崩して転びそうになる。

「あ！」

けれど次の瞬間、彼女の身体がふわりと浮き上がってそっと床に下ろされた。

「え？　ま、魔法？」

「気を付けてね。走ると転んじゃうよ」

そう言ったのはウィルだった。

「あらあらあら」

母様が小さな声を出す。

「ありがとうございます。ウィリアム様」

「どういたしまして、アンジェリカ様。お怪我はないですか？」

「はい。大丈夫です。次からは走らないようにします」

「それがいいと思います」

ウィルはそう答えてにっこりと笑った。

「ウィル、すごく上手な風魔法だったね。いつの間に？」

僕が声をかけるとウィルは照れたような表情を浮かべる。

「僕も鳥を飛ばしたくて練習をしましたから。ハリーはもう水まき魔法が出来るようになっているし、僕も負けられないって」

ウィルは水と火の魔法属性だけど、風魔法を使いたくて取得しようと頑張っている。でもこんなに綺麗な風魔法が使えるなら、もう取得出来ているんじゃないかな。

「違う属性を取得しようとしているの？」

セドリック君が興味津々《きょうみしんしん》といった感じで口を開いた。

「うん。僕は火と水だったけど、風魔法を使いたくて練習しています」

「そうなんだ。元の属性がない魔法の取得は難しいって聞くけど」

「はい。でも魔法陣の読み込みから何度も何度もやっていけば術式を身体が覚えていきます。剣術に似ています」

「なるほど。覚え込みか」

「僕は土と風でしたが、水魔法が使いたくて覚えました」

「すごいな！　二人とも。負けていられないな」

「エディ兄様はもっとすごいですよ」

「ええ！　そうなの？　フィンレーってすごいね」

僕達の会話を聞きながら母様達が「男の子達の話になったわね」と笑っている。

「アンジュも早く魔法が使えるようになりたいな」

「ふふふ、そうねぇ。アンジュはなんの魔法が使いたいの？」

優しくそう尋ねたリゼット様にアンジェリカさんは「鳥みたいに空を飛ぶの！」と言って、二人は「やっぱり血は争えない」と笑っていた。

◇◇◇

エターナルレディの特効薬となる薬草が見つかったというフィンレーからの報告は、王国に瞬《またた》く間に広がった。

女性だけが罹《かか》る死の病の克服。もう少し早かったらと嘆く者ももちろんいたが、それでもその薬は人々の希望として受け止められた。

王宮でのやりとりを父様は僕達に具体的には話さなかったけど、ハワード先生や、マーティン君とジェイムズ君のお父様達と行き来をしている事が多かったので、やっぱり結構大変なんだなって思っていた。

そうしている間も時間は進み、四の月に入った。学園の方は相変わらずで、僕達は普通に講義を受けて、課題をこなして過ごしていた。

ルシルもオルドリッジ公爵子息も特に何かしてくる事もない。

そんな中で一カ月に二度の選択講義である乗馬の日がやってきた。

兄様と一緒に受ける事が出来るこの講義は、実は兄様のお友達も、そしてなんとルシルも取っていたんだ。

ルシルの場合は必然的に取らないと駄目だったんだって。今まで馬に乗るような事はなかったからね。彼が言っていたイベントだのなんだのは全く関係なく、乗馬の体験を少しでも増やす事が目的だったらしい。確かに、初回の状況はかなり厳しいものがあった。

仕方がないなという様子でサポートをするジェイムズ君。貼り付けたような笑顔のまま駄目出しをするマーティン君。そして、必要な時に必要な事だけを話すダニエル君。

こんな状態で以前言っていた恋愛？　関係になるのはちょっと想像出来ないなって思った。それでも今回で六回目。普段はどこかで練習をしているのか、だいぶマシになってきた姿を横目で見ながら僕は兄様と馬を走らせる。

兄様がいる時はレナード君達は一緒にならずに、それぞれに乗馬を楽しんでいる感じだった。

やっぱり王都にいると自分のペースで身体を動かすっていうのはなかなか出来なくて、乗馬はもっと難しいからこれはこれでいい機会なのかもしれないな。

「エディ、講師から許可が出たよ。あそこまで駆けてみよう」

兄様はそう言って少し向こうの丘のようなところを指さした。

「はい」

返事をして、馬をそちらへ回すと兄様が楽しそうに笑った。

「だいぶうまくなったね」

「練習しましたから。サマーバカンスでフィンレーに戻った時はウィル達とも一緒に走ってみませんか？　二人からも誘われているんです」

「ああ、そうだね」

二人でそう言って走ろうとするとマーティン君がやってきた。

「やぁ、エディ。勉強はどうかな」

「こんにちは。マーティン様。だいぶ慣れてきました。今はバカンスの前に前期の試験があると知ってちょっとドキドキしています」

「ああ、試験ね。大丈夫だよ。初等の一年は総合的なものしかないから。普通にやっていれば問題ないよ」

「ありがとうございます」

「あちらまで走るのだろう？　身体がなまるから一緒に駆けてもいいかな？」

「ああ、構わないよ」

兄様が答えて、僕達三人は馬を走らせた。そして丘のような場所に着くとゆっくりと降りる。

「乗馬なんてと思っていたけれど、気分転換にはいいね」

「そうだね。ところでそちらはどう？」

兄様が尋ねるとマーティン君は「うん、乗馬に関しては少しマシにはなってきたよね」と答える。

それを聞いて小さく苦笑する兄様を見ながらマーティン君は言葉を続けた。

「その他に関しては、この前話をした時から特に進展がないよ。正直僕らが付いている意味が本当にあるのか疑問だけれど、卒業まではこの体制かなと思っている。以前、これはもしかしてイベントかもって言うから、ちょっと様子を見に付き合ったんだけど、カギになる筈の人物が来なかったらしい。本人も困惑気味という感じかな。違いすぎるそうだ。ものすごい勢いで謝っていたから少し気の毒になった。まぁ何がどうであれ、彼もこの世界で生きていくために必死なんだろうね。ああ、もちろんエディが全く似合わない『悪役令息』にならないせいだとは誰も思っていないからね」

「……はい」

にっこりと笑ってそう言うマーティン君に、僕はハハハと乾いた笑いを漏《も》らしながら返事をした。

「王子の方はやはり何度か集まらないと話にならないみたいだね。他の側近候補達もいるし、そこにねじ込むのは無理がある気がするよ」

「確かに。今の状況ではごり押しは出来ない。エターナルレディの薬草でもう少し変わるかと思ったけれど、なかなか難しいいな」

マーティン君はやれやれと言わんばかりの表情をしてからもう一度僕の方を見た。

「悪かったね、エディ。わけの分からない話をして」

「いいえ。大丈夫です。ご一緒出来るのは嬉しいです」

「ふふふ、初等部との合同講義なんて考えてもみなかったけれど、エディと一緒に受けられるのは確かに癒しになるね、アル」

「ああ」

「じゃあ、そろそろダニーに怒られるからあちらと交代するよ。先に行くね」

そう言ってマーティン君はさっと馬にまたがるとルシル達の方に向かった。

「色々と忙しいのですね」

「うん。父上もお忙しいけれど、私達側近候補も少し揉めていてね。もしかしたら、卒業後もしばらくは側近として残る事になるかもしれない」

「え！」

兄様は忙しいかもしれないけれど、それは僕にとってはちょっと嬉しい事かもしれない。だって側近になって残るって事は、王都にいるって事でしょう？　違うのかな。

「エディ？」

「な、なんでもないです。そうなんですね。お城の事はよく分からないけど、忙しくなりすぎないといいなって思います」

「そうだね。ところでハリーの方はどうなの？　しばらく戻れなかったから心配していたんだよ」

「今週末に予約が取れたそうです。ハリーは割合普通にしています。なんだかウィルの方が緊張しているみたいです。僕はタウンハウスでお留守番です」

「そう。良い加護であるといいね」

「はい」

そうなんだ。ハリーが聖神殿に加護の鑑定に行く事が決まったんだ。

それがどんな加護でも、いただいた加護を使いこなしていくのは自分自身だから。あとは加護をいただいた事で何が起こる可能性があるのかを自分自身で呑み込んでいくしかない。でも、周りも必ず助けてくれるから。もちろん僕も守られているだけでなく、ハリーの事もちゃんと守りたいと思っているよ。

「さて、じゃあそろそろ戻って、この子達の手入れをしてあげようか」

兄様は馬の首をポンポンと叩いた。馬は草を食《は》むのを止めて兄様の方を向く。

なんだか少し嬉しそうに見えるのは僕だけかな。

この馬達は学園内の乗馬クラブが所有をしているんだって。講義以外はクラブに入っている人達がお世話をしているらしい。

「六回目だと馬もだいぶ慣れてきましたね」

「うん。もう少し回数を乗れるといいのだけど、なかなかそうもいかないしね。ちなみにルシルはこちらの乗馬クラブに入ったそうだよ」

兄様の話を聞いて僕は「それで少し乗り慣れてきたんですね」って頷いた。だって、本当に最初はすごかったんだもの。

「彼も最初の印象よりはだいぶ大人しい感じかな。ゲームの事も、あれから何回かダニー達と話をしたんだけど、やっぱり新しい情報はないみたいだね。さっきマーティも言っていたけれど、時折これはイベントだって感じるものがあっても、ほとんど空振《からぶ》りらしい。本人も半分諦めて地道に生きるとか言っているそうだよ」

「地道に……」

【愛し子】が地道にってなんだか……

「エディ、行くよ。ほら、皆も待っているみたいだよ」

言われてそちらを見ると、レナード君達が小さく手を上げていた。

「はい」

返事をして僕は兄様に続いて馬を走らせた。

エターナルレディの特効薬となる薬草が見つかって、お祖父《じい》様のところには沢山の問い合わせがきているらしい。お祖父《じい》様はすでに知り合いを通じて色々な領に薬草を株分けしていて、その品質の差はほとんどないという結果に辿り着いた。今は領によって大きな価格の差が出たり、薬草で大儲けをする人が出ないようにしたり、まがいものについては罰則を設《もう》ける仕組みを作ったりしているんだって。

そしてその売り上げの半分は、魔物達によって怪我をしたり亡くなったりした人達へ、給付金のような形で配布する事も考えているって聞いた。すごいなって思う。

魔物の出現は続いているけど、ハーヴィン以降大きな被害が出ているところはないみたい。

このまま『世界バランスの崩壊』が収まってくれたらいいなって、そんな事を思いながら、僕はフィンレーとは少し違う色の青い空を見つめた。

◇◇◇

「行ってきます！」

「行ってらっしゃい」

タウンハウスにやってきたハリーとウィルは、父様と一緒に聖神殿へ加護の鑑定に向かった。

二人にはすでに僕が加護持ちだと伝えてあるんだって。なんだか自分の時の事を思い出すなと考えながら二人を見送って、僕は兄様と顔を見合わせた。

「ふふふ、自分の時の事を思い出しました」

「うん。私もエディの時の事を思い出していたよ」

「ドキドキしちゃいますね」

「ウィルの顔の方が強張っていたな」

「はい」

そんな話をしつつ、僕達は三人が戻ってくるまでに出されている課題を終わらせるべく、それぞれの部屋に戻った。

◇◇◇

「ようこそいらっしゃいました。フィンレー侯爵様、ハロルド様、ウィリアム様。聖神殿の大神官を務めておりますブルームフィールドと申します。本日はどうぞよろしくお願いいたします」

「お久しぶりです、ブルームフィールド大神官。またよろしくお願いします」

デイヴィットがそう言って頭を下げると、ブルームフィールドは目尻に皺を寄せて笑みを浮かべた。

「はい。どうぞ奥の方へ。前回と同様に、私一人での鑑定とさせていただきます」

「感謝いたします。よろしくお願いします」

三人は大神官の後について聖神殿の奥へと足を進める。

「エドワードの鑑定をしていただいた大神官様だよ」

デイヴィットが小さな声で説明すると、二人は緊張していた顔を少しだけ綻《ほころ》ばせた。

神々の石像が一定の間隔で祀《まつ》られているアーチ型の天井の廊下。どこからか聞こえてくる水音。

まるであの日に戻ったようだ。デイヴィットがそんな事を考えていると、大きな扉が見えた。

「どうぞお入りくださいませ。ここでの話は神と私達だけが聞く事が出来ます」

「はい」

デイヴィットに続いてハロルドが、そして緊張で顔を強張らせたウィリアムが中へと入った。

途端に扉がゆっくりと閉まる。

「ふふふ、緊張せずとも大丈夫ですよ。兄上様もこちらで鑑定いたしました」

「はい」

大神官の言葉にハロルドは小さく頷いて返事をした。

通された部屋はそれほど広くはなく、正面には何体もの神の像が祀《まつ》られていた。そしてその前にグランディスの神殿と同じように大きな水晶が台の上に載っていた。

「では一度、神々に向かって頭を下げます」

言われた通りに礼をして、ゆっくりと戻す。同様に頭を下げていた大神官は礼を終えるとハロルド達の方に向き直った。

「どうぞおかけくださいませ。ご存じかと思いますが、加護というものは神や精霊達からの贈り物です。それをどのように使うかはこれからご自身で考えていかれればよろしいのです。しかし、どのように使うかを神々はご覧になっておられます。恐れる事はありません。けれど、驕《おご》る事があってはなりません」

「はい」

「では、ハロルド・フィンレー様、水晶に手を当ててください」

「はい」

ハロルドは再び返事をして立ち上がり、キュッと唇を結んだまま水晶に手を当てた。大神官が何かを呟いて、聖水をつけた銀の細い杖をハロルドの両手と頭に載せる。その途端、手を当てていた水晶の玉がキラキラと輝いて、隣に置かれていた白銀の紙に文字がサァッと浮かび上がった。

「鑑定が終了いたしました。どうぞお席へお戻りください」

言われた通りにハロルドは水晶から手を離して、デイヴィットとウィリアムの隣に並んで座った。それを確認して、大神官様は文字が浮かび上がった紙を広げてゆっくりと口を開く。

「ハロルド・フィンレー様　六歳。〈魔法属性〉土　風。〈取得魔法属性〉水」

大神官はそこで一度言葉を止めた。

「何か？」

デイヴィットが訝《いぶか》しげな声を出した。

「ああ、申し訳ございません。とても……とても珍しいご加護でございましたので」

「珍しい？」

ハロルドは少しだけ不安そうな顔をした。

「大丈夫ですよ。読み上げます。〈加護〉【妖精の愛し子】以上」

「え……？」

ハロルドの口から小さな声が漏《も》れる。

「……それは、どのようなご加護なのでしょうか」

デイヴィットが問いかけた。けれどその答えを待たずにハロルドが立ち上がって口を開いていた。

「すみません！　先ほど大神官様は加護というのは神様や精霊達からの贈り物だと仰《おっしゃ》いました。それなのに妖精というのはどういう事なのでしょうか」

顔を引きつらせるハロルドの横で、ウィリアムが当のハロルドよりも青い顔をして大神官とハロルドを交互に見つめていた。

「ハロルド」

デイヴィットの声にハロルドは小さく「申し訳ございません」と頭を下げた。けれど座る事が出来ずにそのままうなだれてしまったハロルドを見て、デイヴィットはゆっくりと立ち上がると、その肩に手を添えてから大神官に向き直った。

「ブルームフィールド大神官、私も【妖精の愛し子】という加護は初めて聞きます。こちらの加護がどのようなものなのか教えていただきたい」

「分かりました。まずはお二方ともおかけくださいませ。先代の大神官から聞いた事がございますのでお話しいたします。まず、【妖精の愛し子】というご加護は決して悪いものではございません。そしてハロルド様お一人だけがいただいた加護でもございません。過去の文献にも何度か書かれております。では妖精についてですが、妖精というのは人と精霊の間に存在するものと聞いておりま
す。精霊はどちらかと言えば神に近いもの。妖精はどちらかと言えば人に近いものなのかもしれません。また、妖精は悪戯《いたずら》好き・気まぐれなどとも言われておりますが、それぞれに性質が異なりますので一概には言えません」

大神官はそこで一度言葉を切って、話を続けた。

「これからお話するのはあくまで仮説ですが、妖精の中には気に入った赤子を連れていこうとするものがいるようです。そして自分の子供を代わりに置いていく」

「――――！」

ハロルドは顔を引きつらせて再び立ち上がっていた。

「ぼ、僕は！　僕は人の子ではないのですか!?」

「ハロルド！」

「ハ、ハリー！」

「申し訳ない。誤解させてしまいました。そういった事例があったというだけで、ハロルド様がそうだという事ではありません。鑑定でもハロルド様はフィンレー様のお子様でございますよ」

「じゃ、じゃあなんで、どうして」

「ハロルド、落ち着きなさい」

「だって！　だって父様！　嫌だ！　妖精の子なんて嫌だ！」

　そう言って目に涙を浮かべた息子をデイヴィットは思わず抱きしめた。

「すみません。大神官」

「いいえ。私の話し方がまずかったのです。そういった事が過去に確かにあったとは聞いております。おそらくはハロルド様も妖精に気に入られたのでしょう。連れていかれそうになったのかもしれませんが、お隣にいらっしゃるウィリアム様が止められたのではないかと思います。双子の絆は強うございます。ウィリアム様からもそれを感じますよ。連れていかず、そのままにした子供には印をつける妖精もいるようです。後で遊びに来る目印なのかもしれません。そしてさらに、そういった子供たちの中には【妖精の愛し子】というご加護が贈られた子供もおります。先代が目にしたその加護を持つお子様は母親が妖精を見つけ、連れていかないでほしいと止めたそうです。妖精は気に入った子への慈《いつく》しみと母親への謝罪を込めて加護を贈ったと聞いております。残されている文献によりますと、【妖精の愛し子】のご加護を贈られた方が妖精の声を聞き、妖精を喜ばせたり、助けたりすると何か贈り物をされるとか。もっともその真偽のほどは分かりませんが」

「妖精の贈り物？」

「はい。妖精にとってその加護は気に入った子らと話をしたり、遊んだり、助けてもらったり、贈り物をしたりと、一緒に過ごしていくための印なのでございましょう。先代は、なんとも気まぐれで陽気な妖精らしい加護だと話していました」

　ハロルドは固まったように動けなくなっていた。風の魔法を見たがっていたキラキラ光るもの。

夢に出てきてそれをねだっていた幼い姿。そして薬草の贈り物。

「ハリィ〜……良かった。僕、引き留められて良かった。ハリーが、ハリーが連れていかれなくて良かったよぉぉ」

「ウィリアム……」

わんわんと泣き出してしまったウィリアムに、デイヴィットとハロルドは呆然としていたが、やがて笑い出した。

「これはこれは、フィンレー侯爵家の方は皆様仲がおよろしい。ふふふ、本当にようございました。妖精は気に入った者に悪さはいたしません。どうぞこれからもお健《すこ》やかにお過ごしくださいませ。今回の加護の事も他言は無用と承《うけたまわ》ります」

「ご配慮、ありがとうございます。感謝いたします」

「いえ。最近大きな災いが続いているのと同時に、特別な加護を受けられる方が続き、何かの流れのようなものを感じているのです。どうぞ皆様がお元気でこれからも仲良く暮らしていかれます事をお祈り申し上げます」

深く頭を下げた大神官に同様に深くお辞儀をして、三人は聖神殿を後にした。

◇◇◇

父様達が聖神殿から戻ってきて、「おかえりなさい」を言おうとした僕と兄様は思わず固まってしまった。

だってウィルは明らかに泣いた後の顔で、ハリーもちょっと元気がない。もしかしてハリーも泣いた？　そして父様は……疲れていた。

え？　どうして？　何があったの？

「何かあったのでしょうか？」

兄様がそう尋ねると、父様は「ああ、とりあえず、そうだね。お茶でも飲みながら話をしようか」と言った。

それを聞いてロジャーとメイド達がお茶の用意を始めて、父様はそのままリビングのソファに腰を下ろした。

「アルフレッドとエドワードも聞いてほしい。それからウィリアム、一度顔を洗ってきなさい。四人とも今日の件も含めてこれからの事についてきちんと話をするからね。ロジャー、リビングではなく応接間にしよう」

「畏《かしこ》まりました」

それから少しして僕達は応接室に集まった。お茶の用意をするとメイド達は下がり、ロジャーも一礼をして部屋を出た。それを見て父様が部屋の中に遮音の魔法をかける。

「さて、まずは今日の鑑定の話からにしよう。ハロルドの加護は【妖精の愛し子】だった」

「【妖精の愛し子】ですか？」

兄様が少し困惑しているような声を出した。

【愛し子】……また【愛し子】だ。僕も数年前に【愛し子】と言われた。

僕にとって【愛し子】というのは、小説の中の主人公ルシル・マーロウだけだったけれど、ハリーの加護も【愛し子】というのは一体どういう事なのだろう。

「うん。まぁ、その、妖精の定義自体が曖昧《あいまい》なんだけれどね。かいつまんで説明をすると、妖精の中には気に入った子を連れていこうとしたり、自分の子供と取り換えてしまったりするものがいて、おそらくはハロルドも赤ん坊の頃に妖精に気に入られたのではないかと。ああ、取り換えられたりはしていないよ。どうやらウィリアムが引き留めてくれたらしい」

「え、あの、ええ!?」

僕は思わずおかしな声を出してしまった。ちょっと待って。連れていこうとしたり、取り換えたり？

「仮説だけれどね。それで連れていかなかった子供達に気に入ったという印を残して、加護を贈る事があるそうだ」

「そう、なのですね？」

「その加護がどういったものなのかは分からないのですか？」

僕が混乱している様子を見て兄様が口を開いた。

「妖精の声が聞こえるそうだ。そして妖精を喜ばせたり、助けたりすると何か贈り物をされる事があるらしい」

「！　それって」

「ああ、そうかもしれないと私も思ったよ」

父様がゆっくりと頷いた。

「大神官は、この加護は妖精が気に入った子供達と話をしたり、遊んだり、助けてもらったり、贈り物をしたりして一緒に過ごしていくための印だと言っていた。エターナルレディの薬草を手に入れる事が出来たのは【妖精の愛し子】という加護を持つハロルドが、風魔法を見たがった妖精の願いを叶え、一緒に遊んだからだろう」

「…………ハリー、ありがとう」

僕がそう言うとハリーは驚いたように目を見開いて、次にクシャリと顔を歪《ゆが》ませた。

「エディ兄様が薬草を探したり、調べたりしていた事を知っていたから。だから見つかればいいなと思っていただけです。妖精は気まぐれだというので、この加護もうまく使えるのか僕には分かりません」

俯いてしまったハリーの頭を、僕は父様や兄様がしてくれたみたいにポンポンと優しく叩いた。

「これが欲しいから遊んであげるなんて思っていたら、贈り物なんてきっともらえなかったよ。ハリーがキラキラの子に風魔法を見せてあげたり、ちゃんと話さないと分からないって伝えたり出来たから妖精さんが薬草を持ってきてくれたんだ。きっとハリーの加護はそういう加護なんだよ。妖精がしてほしいなと思う事とハリーがやりたいなと思う事が合えば贈り物をもらえるし、もらえなくても楽しく遊んだり、一緒に話をしたり出来るだけでもいいじゃない？　ねぇ、ハリーの加護は素敵な加護だね」

「エディ兄様……」

ミントグリーンの瞳からポロポロと涙が落ちてきた。

「うん。不安だったよね。僕もそうだったもの。大丈夫だよ、父様も母様もアル兄様も僕もウィルも皆いるよ。皆ハリーの味方だから」

「……はい、あり、ありがとうございます」

ハンカチを差し出すと、ハリーは少し照れたようにそれを受け取って涙を拭いた。

「うん。エドワードが言ってくれたね。加護に関しては、こうでなければいけないというものは何もない。大神官も仰《おっしゃ》っていたが、ハロルドが思うようにすればいい。妖精は気に入った者に悪さはしないらしいからね。遊びたい時に遊んでやればいいし、助けが必要で手を差し伸べる事が出来るならばそうすればいい。贈《みかえ》り物なんて求めなくていい。もしもくれると言うなら『ありがとう』と受け取ればいいだけだ」

「はい、父様」

ハリーは今度こそ小さく笑ってはっきりと頷いた。

「さて、加護の内容については今話した通りだが、先日ハロルドとウィリアムにも話をしたようにエドワードにもグランディス様の加護がある。その加護の詳細は未だはっきりとは分からないが、【緑の手】と言われる植物を芽生えさせたり豊かに育てたりする力と、【精霊王の祝福】というおそらくは生命を司《つかさど》る力があると思われる。これは今のところ、極少数の信頼が置ける者のみに知らせ、他には隠している。なぜか分かるかな？」

父様はハリーとウィルを見てそう問いかけた。

「その力を自分のものにしようとする者がいるかもしれないからでしょうか」

ウィルが言った。

「うん。そうだね。自分のものにしようというのは具体的にはどういう事だと思うかな」

「……無理矢理言う事を聞かせようとしたり、攫《さら》ってしまったり……でも本当にそんな事が起こるのでしょうか」

答えながら恐ろしくなってしまったようで、ハリーは小さな声で聞き返した。

「そうだね。それがないとは言えないし、またはその力を恐れて、亡き者にしようとする事も考えられるんだよ」

「そんな！」

「でもね。ハロルド、それは君も同じなんだ」

「え……」

ハリーは小さな声を上げて固まり、隣のウィルは顔を引きつらせて固まった。

「悲しいけれど、人の中には一定数、自分が持たない力を思うように使いたいと願う者が存在するんだよ。だからこそ守らなければならないんだ。そうならないために、加護の力が漏《も》れないように気を付けている」

「……はい」

「それでも情報はどこからかは漏《も》れるものだ。どれほど完璧に隠したつもりでもね。それにハロルド自身も他人にばれないように、ずっと緊張して過ごすなんて難しいだろう?」

「はい。難しいと思います。でも……気を付けます」

「うん。だから守りを固めるんだ。もちろん周りに守ってもらうだけじゃなく、ハロルド自身にも強くなってもらわなければならない」

父様はそう言ってハリーを見つめた。

ハリーが振り向いて僕を見る。

「うん」

僕も、コクリと頷いてハリーを見つめ返した。

「少し前までね、僕は本当にこれでいいのかな? って思っていたんだよ、ハリー」

僕はゆっくりと口を開いた。

「エディ兄様?」

「ううん。違うな。もっと前から思っていた。何度も、何度も考えた。あのね、ハリー。僕はずっと人を傷つける事が怖かったんだ。だから攻撃魔法を使いたくなかったし、剣術も嫌だった。でもね、守られているばかりじゃ駄目だって感じるようになった。大切なものを守る力をつけたいって思った。加護がはっきりと分かって、さっきハリーが聞いたような事があるかもしれないって知ってからは、自分の事も、大切なものも守れるように、戦う力も必要なんだって思うようになったよ」

一度言葉を切って、小さく笑って僕はまた話し始める。

「それでも時々ね、やっぱり僕は守られてばかりかもしれないって考えちゃうんだ。出来る事を出来るだけ頑張ろうって思っていた筈なのに、出来る事をやらなきゃいけないってどんどん自分を追い詰めていた。それでこの前、父様とお話をさせてもらったんだ。そこでまた少し分かった。僕は確かに皆に守られているかもしれないけれど、その皆の事を大切に思う気持ちも、守るって事の一つなのかもしれないって。うまく言えないんだけど、僕が皆を大事にして、何かあれば助けたいって思う事も、皆の事を守っているのと同じなんだって。守るとか、守られるとかって、本当は同じ気持ちなのかもしれないね」

どうにもまとまらなくて同じ事を言っているような気がしたけれど、ハリーは真っ直ぐに僕を見ていた。

「僕は強くなりたいと思っているから、身体も心も鍛えるよ。でもそれはやらなきゃいけないっていうのとは少し違うんだ。しなければいけないって考え続けていると心がどんどん苦しくなってしまうもの。ハリーがどうするのかは自分で決めていくしかないし、これから先、加護の事で皆に迷惑をかけるとか、守られてばかりだとか、強くならなきゃ駄目だとか、きっと色んな事を考えちゃうと思うけど、大丈夫だから！　ふふ、ごめんね、なんだかやっぱりうまく言えないや。でも考える事も、大切な人を守りたいという気持ちも、きっと無駄にはならないから。だからねぇ、ハリー。皆で一緒に考えていこう？」

ハリーはそのまま黙って僕を見て、泣き出しそうな顔をしてから「はい」と言った。

「ありがとうございます、エディ兄様。考えます。自分を守れるように、そして大切な人も守れるように。心が苦しくならないように考えていきます」

そう言った顔は、僕の拙《つたな》い気持ちを受け止めてくれたように見えた。

「うん。一緒に頑張ろうね」

僕達は目を見合わせてふふふと笑った。良かった。そう思った途端、ウィルが泣き出した。

「僕も！　僕も守ります！　守れるような力を持ちます！　強くなる！」

「わぁ！　ウィル！　ちょっと鼻水が出ているよ！」

「ウィル、ほら、ハンカチ」

兄様が苦笑しながらハンカチを渡すと、ウィルはそれで思いきり鼻をかみ、皆が噴き出すようにして笑い出した。

「もう、ウィルは泣き虫だな」

「泣き虫じゃない！　皆がすごく良い事を言うから、感動したんだ！」

そう言ってまだグスグスしているウィルを見つつ、父様が口を開いた。

「分かった、分かった。本当にうちの子達はいい子ばかりだ。とりあえず、ハロルドもエドワードと同じく、加護については公《おおやけ》にはしない。出来る限り隠す。ハロルド、今エドワードが言ったように自分で考えながら、周りを頼りながら、強くなりなさい。大丈夫だ。ハロルドなら出来るよ」

「はい。父様の大丈夫は大好きです」

「ははは、そうか。それなら良かった。今日の件についてはまた改めて私の友人達とも相談をする。何か決まった事があれば伝えよう。ハロルドは妖精が現れたら教えてほしい。困った事や自分だけでは決められないと思う事は必ず伝えなさい。もちろん妖精についてだけでなく、何か分からなくなったり、辛くなったりしたら心に溜めずに話をするんだよ？」

「はい」

「さて、加護についてはこれくらいかな。とりあえず、加護の力に関しては未知の事が多いからね。エドワードもハロルドも何かあったら伝えてほしい」

「はい」

「分かりました」

僕達はそれから少し冷めてしまった紅茶を飲んで、用意をされていたマドレーヌを食べた。

「ああ、そういえば、大神官が最近大きな災いが続いているのと同時に、特別な加護を受ける者が続き、何かの流れのようなものを感じていると言っていた」

父様はそう言って兄様と僕を見た。

「そう、ですね。そうなのかもしれません」

兄様が表情を硬くして答える。

「うん。その言葉が少し気になって伝えておこうと思った。災いに合わせるように現れる祝福。これはどう考えたらいいんだろうね。もう一段、注意が必要になってくるのかもしれないね」

「はい」

静かな父様の声に兄様が頷いた。

「では、私はフィンレーに行ってハロルドの加護の事をパティに報告してくるよ。ハロルド、母様にきちんと報告をしよう」

「はい、父様。ウィルが泣いた事も報告します」

「ハリー！　そんな事は報告しないでよ！」

「ふふふ」

「ハリー！」

「ほらほら、行くよ。夕食は向こうで取ってくるからね。二人ともありがとう」

父様が遮音を消して立ち上がると皆も立ち上がった。応接室を出て転移の魔法陣がある部屋に移動をしながら、兄様がハリーの隣に並んだ。

「ハリー。エディが言っていたように色々考える事は大事だけれど、考えすぎる前に相談してね。父上も、私も、エディも、ちゃんとハリーの話を聞く耳を持っているから」

「！　はい！」

「それから、ハリーの加護。私は素敵だと思うよ」

「ほ、本当にそう思いますか？　妖精と話が出来るなんて怖くないですか？」

「怖くないよ。だって、妖精は気に入った子供には悪さをしないんでしょう？　という事はハリーは妖精と友達になれるかもしれない」

「友達……」

兄様の言葉にハリーはビックリしたような顔をした。僕も「そうか、お友達！」って思ったよ。さすが兄様。

「本当だね。妖精のお友達なんて素敵。面白い話を聞かせてもらえるかもしれないね、ハリー」

僕がそう言うと、ハリーは少し嬉しそうな表情をして「はい」と答えた。

「昔ね、妖精の本を探していた事があったんだよ。何か楽しい話を聞いたら僕にも教えてね」

「分かりました」

「ハリー、僕にも聞かせてね！」

「分かったよ。ウィルは泣き虫だから、泣かないようにちゃんと教えてあげるよ」

「泣き虫じゃない！　目から水が出てきただけ！」

「ほら、行くよ〜」

父様の声が聞こえてきて僕達は転移の魔法陣がある部屋に急いだ。

「アル兄様、エディ兄様。僕、この加護、嫌いじゃないです。だからちゃんと考えます」

魔法陣の中でそう言って、ハリーは笑って手を振った。

こうして三人はフィンレーに帰っていった。


「ハリーが笑っていて良かったです」

廊下を歩きながら僕はぽつりとそう言った。

「うん。そうだね。それにしても、エディがすごく大人になった気がしたよ」

「ええ!?」

「沢山考えた事は無駄ではない、本当にそうだね。すっかり二人のお兄さんだ」

兄様はそう言ってにっこりと笑った。

「そ、そうですか？　でもそれはアル兄様のおかげです」

「私の？」

「はい」

頷きながら僕はにっこりと笑って立ち止まった。

「だって、僕がハリー達にしている事は、アル兄様が僕にしてくださった事だもの。アル兄様が僕に優しくしてくださったから僕も二人に優しく出来る。そしてアル兄様がちゃんとお話を聞いてくださったから僕も二人の話をちゃんと聞いてあげる事が出来る。全部アル兄様が教えてくださったんです」

「え？」

兄様は少しだけ驚いたような顔をして、それから小さく「まいった」と言って顔を手で覆った。

「エディは本当に可愛くて、困る」

「ア、アル兄様？」

トンと肩口に載せられた頭。

「ど、どこか具合でも悪くなったのですか？　アル兄様？」

「ううん。大丈夫。だけど少しだけこのままでいて？」

「……はい」

兄様よりも背の低い僕が、兄様の頭を見るという事はほとんどない。

だからこんな風に顔のすぐ傍に兄様の頭があるのは、なんだかとても落ち着かない気持ちになる。

「あの……」

「ああ、ごめんね。重たかったね」

そう言って上げた顔はいつも通りの兄様で、だけど、急に軽くなった肩が少し淋しくなった。

「エディはもう課題は終わった？」

「え？　あ、はい」

「そう。私はもう少しだから部屋に戻るね」

「はい。分かりました」

そう言って僕達は再び歩き出して、階段を上《のぼ》る。

「では、兄様。夕食の時に」

「うん。また後で」

兄様の部屋の方が奥なので、僕が先に部屋の中に入る事になる。

ドアを開けて、中に入ろうとした途端、兄様が戻ってきた。

「エディ」

「はい」

「あのね、さっきの事だけど」

「さっきの？」

さっき、僕は何をしたかしら？　ふと思い出したのは、兄様が肩口に頭を載せた事。もしかして本当に具合が悪かったのかな。それを内緒にしてって言いたいのかな。ええっと……もしもそうだったら絶対に内緒にしないけど。頭の中で膨らんだ想像に表情を硬くすると、兄様はフッと笑って「私がしてきた事っていうのなんだけどね」って言葉を繋げた。

「あ、はい……」

うん。そうだ。そんな事も言ったよね。じゃあ具合は悪くないのかな？　そう考えてホッとしていると、内緒話をするように兄様の顔が近づいてきた。そして。

「二人にエディの瞳の色の何かを贈るのだけはやめてね」

耳元で聞こえてきた小さな声。

「……え？」

「それだけ言っておきたかったんだ。じゃあね。また後でね、エディ」

兄様はそのままお部屋に戻ってしまった。

「え？　アル兄様……え？　ええぇ⁉」

僕はわけが分からず、でも耳が熱いような、痒《かゆ》いような、ジンジンするような感じがして、恥ずかしくて何も考えられなくなってしまった。その間にもじわじわと赤くなっていく顔。それを両手で押さえつつ部屋に入る。

『二人にエディの瞳の色の何かを贈るのだけはやめてね』

あれは一体なんだったんだろう。どうして兄様はそんな事を言ったのかしら。

結局、僕はその日のうちに答えを見つける事は出来なかった。自分の瞳の色の品を贈る意味は知っている。特別で大切な事の証だって、僕はもう知っている。じゃあどうして兄様はあんな事を言ったのかな……


それから三日後、僕はようやくこれじゃないかっていう一つの答えを見つけた。

以前の僕は、自分の色を贈る事が好きだという告白になると知らなかった。

だから兄様の色のリボンをねだったり、兄様にプレゼントをしたバッグに自分の色の石を入れたりしちゃったんだ。もちろん今はきちんと分かっているから、お友達にそんな事はしない。

でも兄様が許してくれるので、今も兄様の色のリボンをしているし、兄様も僕の色と兄様の色が使われているものをプレゼントしてくれたり、使ったりしている。

だけどそれは兄様が大丈夫だよって、いいんだよって言ってくれるからそう出来るのであって、ハリー達にはそういう事をしたら駄目だよっていう注意だったんだ。

だって僕が同じようにしたら、今度はウィルやハリーが間違えて他の誰かにしちゃうかもしれないからね。

「うん。きっと兄様は心配して注意してくれたんだ」

なんだ、そうか。そうだよね。言われた時はなんだかすごく恥ずかしくなっちゃったけど、注意をされたんだから、ちゃんとありがとうございますって言わないといけなかった。

ようやく自分が納得出来る答えを見つけた僕は、僕が考えた事を兄様に伝えた。

「注意してくださったのに、気付かなくてすみませんでした」

そう謝ったら兄様は少しだけ固まって、次に苦笑して「さすがエディ」と言った。え？　あれ？

違ったのかな？

「うん。一応それは想定内だったよ、エディ。でもまさか三日後に来るとは思わなかった。大丈夫。私も色々耐性はあるんだ。また考えてみるね」

にっこり笑った兄様に、僕は何を考えるんだろうと思いながら「はい」と返事をした。

◇◇◇

ハリーの加護鑑定も無事に終わって、僕はなんだかどんどん増えていくような気がする課題に追われたり、初めてのダンスのレッスンで以前兄様が助言してくださった通りにトーマス君と組んで男性側と女性側のパートを交代で踊ったり、週末はフィンレーに帰ってハリー達と一緒に温室の世話をしたり、お祖父《じい》様やブライトン先生と魔法の練習をしたりと結構忙しく過ごしていた。

でも何をしているって自分できちんと分かって過ごしている方がやっぱりいいな。なんだか分からないまま時間だけがどんどん過ぎて焦ってしまうよりもずっといい。そう思いながら三の月が過ぎて、もう少しで四の月が終わろうとしている。

王国の中ではエターナルレディの薬草が順調に広まっているらしく、お祖父《じい》様が考えていたように貴族の価格と平民の価格に分けられた均一料金で販売されている。でもこれが決まるまでは結構大変だったみたいで、何日も続いた王城の会議でお祖父《じい》様が怒ったと父様が教えてくれた。

「では私個人を窓口にいたします。そうすれば金の流れも分かりやすく、不正も起こりません。当然フィンレーが一人儲けるなどという事もさせません。薬草の生産や薬の生成にかかる賃金を差し引き、何度も話をした通りに基金を立ち上げ、収益を魔物被害者への救済金に充《あ》てましょう。エターナルレディに罹《かか》った方のご家族は、私に直接書簡をお送りいただき、平民に関しては神殿のみの取り扱いにいたしましょう。もちろん会計につきましては王国から月に一度の監査を入れます。これは薬草を守るための仕組みです。私以外のところから出ればまがいもの。少しでも価格を吊り上げたり横流ししたりするような不正が見つかれば処罰。分かりやすうございましょう。これ以上の話は不要」

そう言って出ていこうとするのを王様が自ら執り成したんだって。お祖父《じい》様ってすごい。

結局、元フィンレー領主であるお祖父《じい》様に直接『お薬をください』ってお手紙を出すのは難しいという事で、元々あった薬師のギルドみたいな組織が薬草の生産をしているところに発注して配布する形になった。そうすれば薬草をお薬に出来る薬師の確保もそこで出来るし、薬師にもきちんと一律の生成料金が払われる。不正があった場合は薬師の登録が剝奪《はくだつ》される事もあるんだって。貴族への販売に直接貴族を絡ませないって父様が笑っていた。

色々な決め事を作らなければならないのは大変だけど、エターナルレディは時間との勝負という一面もあるからね。スムーズに対応出来る事が望ましい。

ちなみにエターナルレディの薬草の生産をしているのはお祖父《じい》様のお知り合いの薬草を専門に育てている人達で、不正を起こさない人やきちんとした会計が出来る人が携《たずさ》わっている。そして会計は一カ月ごとに締めて、これもお祖父《じい》様の主張通り王国の監査が入る。もちろん売り上げ金の半分は魔物の被害に遭った人へのお見舞い金になる。

僕は他の人が見つけた薬草で儲けようとする人の気持ちは分からないなって思うし、フィンレーだけが儲けるのかって疑う気持ちも分からない。

大事なのは命なのに。それを救いたくて頑張るのに。そのために皆の手が届く金額に設定するのは当たり前の事なのにな。

とりあえず枠組が決まれば、あとはそこにきちんとした人間を配置して広めていくだけだからね。

『世界バランスの崩壊』の一要因であるエターナルレディ。その進行が止まってくれるといいなと僕は心から願った。


いよいよ目前に迫ってきた五の月。

「あああ、何も決まっていないのに五の月がやってきちゃうよ～」

僕は自分の部屋の中で情けない声を上げていた。

五の月の六日は兄様のお誕生日だ。でも今年はお誕生日のプレゼントをまだ決めていないんだ。

去年は兄様の色の石と自分の色の石をつけたバッグを贈って、母様から他の人には自分の色の石を贈ったら駄目だって言われてしまったんだよね。今年はどこかに見に行く時間も取れそうにないしどうしよう。

「ジーンやスティーブに何か珍しいものがないかなって聞いてみようかな」

ポツリとそう口にすると、なんだかとても良い考えのような気がしてきた。そういえば、今まではあんまり意識していなかったんだけど、兄様は何が好きなんだろう。

色々プレゼントしてきたけど、今更ながらそんな事を考えてしまった。だって、何をプレゼントしても兄様はすごく喜んでくれる。もちろん兄様が喜んでくれるかなって、一生懸命選んだり、作ったりしたものなんだけど。

「イチゴは好きだと思う。甘いものも好き、かな。あとは剣術も強いと思うし、乗馬もとても上手で、魔法も色々取得をしていて……うん、違う違う。好きなものだよ、好きなもの。でも好きなものは自分で選んで揃えている気がする。兄様はどんなものが好きなんだろう」

だけどプレゼントをしたものも大事に使ってくれていると思うんだ。

「……………やっぱり二人に珍しいものがないか聞いてみよう」

だって、今更「兄様は何が好きなんですか？」なんてちょっと聞きづらいよね。

それにそんな事を聞いたら、誕生日のプレゼントを考えているのかなって気付かれちゃうかもしれないし。せっかくのプレゼントなんだから、渡した時にびっくりして喜んでもらえるものがいいなって思うんだ。

翌日、僕はさっそくユージーン君とスティーブ君に話してみた。

「珍しいもの、ですか？」

「そう。アル兄様のお誕生日がもうすぐなんだけど、今年はバタバタしていてまだ用意が出来ていないんだ」

「ああ、アルフレッド様へのプレゼントですね」

「うん。二人のところに集まったもので何か珍しいものはないかな？」

ユージーン君の領には大きな港があって他領や他国から色々な品が入ってくるし、スティーブ君はお母様のご実家が大きな商会を経営していて結構珍しい品を仕入れているみたいなんだ。

僕が尋ねると二人は「う〜ん」と考え込んでしまった。

「あ、あのね、兄様はきっとなんでも喜んでくださると思うんだ。でもせっかくだから、他国のものとか他領で流行《はや》っているものとか、二人が興味を惹いたものがあったら教えてほしいんだ」

僕がそう言うと、ユージーン君が「そういえば」と口を開いた。

「子供のおもちゃのようなものだけど、万華鏡という品が流行《はや》っているとか。色ガラスやアクセサリーにならなかった宝石を底に入れた筒のようなものを覗き込んで回しながら変化していく模様を見て楽しむ。同じ模様が出来ないから結構楽しめたよ」

「へぇ、見てみたいなぁ」

「じゃあ明日にでも持っているものを見せるね」

「ありがとう」

万華鏡かぁ、どんなものかな。楽しみ。

「ええっと、私の方は西の国のものだという魔道具ですね」

「魔道具!?」

「ええ、西の国は魔法を使える人が少なくて、魔道具がとても多いそうです。それで色々な魔道具があって、祖父が試しに仕入れているんです。アンティーク風で美しい品が多いですよ」

「どんな魔道具があるの？」

「面白かったのは星見のランプですね」

「星見のランプ？」

「魔石を入れるとランプの灯が点《とも》るという簡単なものですが、その灯りを覆うシェードに星の穴が開いていて、暗い部屋でそれを灯すと天井に星空が浮かび上がるのでそう呼ばれています」

「す、すごい。素敵」

プレゼントじゃなくても僕も欲しいかも。

「それは、僕でも譲っていただけるのかしら？」

「ええ、綺麗なものだったので結構仕入れていたように思います。祖父に聞いてみましょうか？」

「お願いします」

「ゆっくりと魔石の魔力で回るので見ていて美しいです」

「五の月の五日までに手に入るかな？」

「大丈夫だと思いますがそれも確認しますね」

「うん。お願いします！　ジーンの万華鏡は弟達の誕生日のプレゼントにしたいと思っているから、見せてもらった後で六の月の終わりまでに二つ手に入るかを確認してもらえるかな？」

「分かりました」

すすすごい！　兄様のお誕生日のプレゼントだけでなくハリー達のプレゼントまで決まりそう。

「二人には大感謝だよ」

僕がそう言うと、二人は「お役に立てて良かったです」と笑った。

◇◇◇

明日は兄様のお誕生日。

プレゼントはバッチリ！　スティーブ君お勧めの『星見のランプ』を取り寄せてもらったんだ。間に合って良かった。

とっても綺麗な作りで、魔石を入れるとランプが灯って部屋の中に星空が映し出されるんだよ。しかもゆっくりと回っている感じで本当の星空みたいになるんだ。これならちょっと疲れた時とか、眠る前とかに見てもいいかもしれないね。

それに兄様はもう一つの選択講義である魔道具の講義で、魔道具を作ろうと調べている。

僕はそれを見るのがすごく楽しみなんだ。僕の『記憶』の中にもある『写真』っていうものを撮《と》る道具らしい。だからこの星見の魔道具も気に入ってもらえたらいいなって思う。

兄様のお誕生日は月の日の休日だから、僕はその前日、学園が終わってすぐにフィンレーに帰って準備した。

いつも通りにイチゴケーキを作るからイチゴの様子を確認したかったし、それからちょっと珍しい果物を植えたのでそれも確かめてみたかったんだ。

「……エディ兄様、これはもしかしたら腐っているのではないでしょうか」

ハリーが眉根を寄せてそう言った。

「ちょっと、毒が入っているようにも見えます」

ウィルが心配そうな顔をして物騒な事を言う。

「ううん。こういう色の植物なんだよ。ちゃんと図鑑にも載っていたもの」

僕達が見ているのはブラッドオレンジという、くすんだ赤みが特徴のオレンジの仲間。本当はもっと暖かいところで採れるものなんだけど、ほら、僕の温室はちょっと特別だからね。

ブラッドオレンジは色々な品種があるらしいけど、赤みが強いものを選んでもらったんだ。

見た目はオレンジ色と赤色のまだらで、切ってみるとくすんだ赤色にうっすらとしたオレンジ色が混じっていたから、さっき二人が言ったように腐っているとか毒が入っていると思ってしまう気持ちも分かる。

「え！　たたた食べるのですか⁉」

「うん。だって果物だもの」

「毒が入っていたらどうするのですか！」

「入っていないよ。大丈夫」

だって鑑定してもちゃんと『ブラッドオレンジ・食用可』って出ているもの。

ウィルとハリーがものすごい目で見ている前で、僕は四つ割りしたそれの果肉を食べてみた。

「うん……甘い、けどやっぱり見た目がなぁ」

「ううう、エディ兄様が血を啜《すす》っているみたいです」

「ハリー、やめてよ」

でも確かにそう見えちゃうね。これはジュースとかお菓子に使った方がいいのかもしれないな。珍しいからって兄様の誕生日にこのまま出すのはやめよう。

シェフにも味を確かめてもらいたいから熟しているものをいくつか収穫して、イチゴももちろん収穫して、僕達は屋敷に戻った。

そうしてシェフと話をして、やっぱり明日はイチゴのケーキだけにする事にした。

だけど……

「まさかお酒を混ぜるなんて」

貴族は基本的に十八歳で学園を卒業すると成人とされるけれど、学園に入らない人達は十八歳になったら成人になる。そしてお酒も飲めるようになる。

もっとも十八歳になれば夜会にも出られるようになるから、お酒を飲む機会もあるらしい。お酒には果実を使ったものも色々あって、ブラッドオレンジを使ってお酒と合わせる『カクテル』っていうものもあるんだって。

「色も鮮《あざ》やかになりますし、そんなにきつくないものを作ってお出ししてみましょうか？」

そう言われて「では明日の夕食に兄様がいらしたら、大人の分だけお願いします」と答えたけれど、僕の頭の中は「十八歳は成人なんだ！」という事でいっぱいになってしまった。

学園の卒業まではまだあると思っていたけど、なんだかそれを意識して、この前のリゼット様の言葉を思い出しちゃったんだ。

『今は嫡子だから早めに婚約するっていう事も少なくなってきたし。そんなに急いで先について考えなくても大丈夫よ。今はそうねぇ、やっぱり学園を卒業してから決めるっていうのが一番多いのかもしれないわね』

「わわわ！」

あの時から何度も思い出して、そのたびに自分の中でまだ大丈夫って先送りにしていたんだけど、兄様は明日十八歳になるんだよね。そして卒業したら成人と認められる。

卒業後は第二王子の側近になるかもしれないなんて聞いたから、もしかしたらこのままタウンハウスで一緒に過ごせるんじゃないかってちょっぴり浮かれていたけれど、それどころじゃない。卒業後に婚約は本当にありえるかもしれないんだ。

「……という事は、僕が学園を卒業する頃には、兄様はどなたかと結婚している可能性もあるっていう事だよね」

お酒の事から一気に思考が飛んでしまった。

「十八歳かぁ………」

呟くようにそう口にして、僕は頭を振った。

「とりあえず、課題を片付けなきゃ」

帰ってきてすぐにフィンレーに来たから、出されている課題をまだやっていないんだ。それにせっかくだから庭で身体も動かしたい。

「ルーカス、少し身体を動かしたいんだ。課題をすぐに終わらせるから準備をお願い」

「分かりました」

護衛をしているルーカスに声をかけて僕は部屋に向かった。

なんとなく何かをしていないと、最近感じる事が増えてきたモヤモヤした気持ちが湧き上がってきそうな気がして、僕はまた頭を振って、まずは課題に向かった。


兄様はその日の夜にフィンレーにやってきた。やっぱり日帰りよりも、泊まってゆっくりした方がいいものね。

皆と一緒に食事をして、ウィルとハリーの話を聞いた。どうやらウィルは剣術のスキルを持っているのでそちらに重点を置きたいらしく、ハリーは魔法の方に重点を置きたいみたい。二人ともやりたい事がはっきりしはじめているんだね。

妖精の話も出たけれど、時々遊びに来るくらいだと言っていた。という事は、あまり大きな事件は起きないって思っていてもいいのかな。そうだといいな。

僕も本当はもう少し魔法の練習をしたいなって思っているんだけど、なかなかうまく時間が取れずにいる。学園の魔法の実技と、月に一回になってしまったブライトン先生との練習、そして月に一、二回行っているお祖父様《じい》とのお勉強しか出来ていない。

出来れば基本の属性魔法は全部使えるようになりたいし、持っている属性もレベルを上げたい。

それに僕は自分の鑑定は出来ないので、それもどうにかならないかなって思っているんだ。鑑定も数をこなせばレベルが上がって自分の鑑定も出来るようになるのかな。やりたい事は沢山ある。

学園に入ってから練習し始めた転移の魔法もまだ取得出来ていないしね。

だけど父様と約束をしたから。頑張りすぎない。欲張らない。溜め込みすぎない。人が出来る事というのは本来それほど多くはない。父様だってそう思うんだ。だから出来る事を出来るだけ頑張ろう。

結局、今回もまたリゼット様が言っていた事について確かめるのを先送りをしてしまったなって僕が気付いたのは、翌日になってからだった。


「アル兄様、お誕生日おめでとうございます！」

僕達三人の言葉に兄様は嬉しそうに笑った。

「ありがとう」

父様が夜には来られるっていうから、ケーキはその時にと思ったけど、カクテルを用意しているのでお茶の時間に出してもらう事にした。

「ふふふ、イチゴのケーキだね」

「はい！　今年も美味しいイチゴが出来ました！」

今年はね、大きなイチゴじゃないんだよ。普通のサイズのイチゴ。でもすごく甘くて美味しいの。母様と味見済み。それにそのサイズの方がケーキにした時に可愛かったんだ。

ダイニングに母様もいらっしゃって、皆でケーキを食べてお茶を飲んで、ウィルとハリーがそわそわし出した。

ふふふ、やっぱりプレゼントをあげる時ってドキドキそわそわしちゃうよね。

「アル兄様、お誕生日のプレゼントです。二人で選びました」

そう言って二人が兄様に渡したのは砂の時計。

「この青い砂が全部落ちると十五リィン（十五分）です」

「へぇ、面白いね」

「この前お友達とお話をしていて知りました」

「そうなんだ。お友達とは仲良くしている？」

「はい。皆面白いです」

「それなら良かった。大事に使うね。ありがとう」

兄様のお礼に二人は嬉しそうに笑った。

そして僕も立ち上がった。

「アル兄様お誕生日おめでとうございます。これは僕からのプレゼントです。西の国にある魔道具の『星見のランプ』です」

「魔道具？」

「はい。魔石をここに入れるとランプが灯って、部屋を暗くしておくと星空が見えます」

「へぇ、面白いね」

やったー、兄様も嬉しそうだ。

「あら！　そんなものがあるのね。私も見てみたいわ。アル、一緒に見せてくれる？」

母様がにっこり笑うと、ウィルもハリーも「見てみたいです」と言い出した。

そこで兄様は「ではダイニングの近くのローソファーのある部屋で見るのはどうでしょう?」と提案して、皆が賛成した。


ケーキを食べた後、『小さなお部屋』と呼んでいたそこに行って兄様は魔道具を動かしてみた。

魔石を入れると小さくブンという音がしてランプが光り出した。窓がないその部屋は明かりを点《つ》けていないと本当に暗くて、魔道具の星を見るにはちょうどいい。

大きめのローソファーには母様とハリー達、そして普通のローソファーには僕と兄様が一緒に座った。なんだか小さい時に絵本を読んでもらった事を思い出すな。こっそりとそう言うと、兄様に「私も同じ事を思い出していた」って言われて嬉しかった。

天井に映し出された無数の輝き。

「本物の星みたいにキラキラしている!」

「これが西の国から見る星空なんだね。フィンレーとどれくらい違うのかなぁ」

「本当にこれは面白いわ。ふ~ん。西の国の魔道具ね」

「はい。西の国の人は魔法を使える人が少ないので、魔道具の種類がとても多いそうです」

僕が説明すると母様は「そうなのね」と呟きながら天井に映し出された星空を見つめる。

うふふ。やっぱりこれを選んで良かった。スティーブ君に感謝だ。

「西の国の魔道具というのは興味があるね。星がゆっくりと回っているのも面白いな。ありがとうエディ」

隣に座っていた兄様がそう言った。

「はい。気に入っていただけて良かったです」

「これはいつも同じ星空が出るの？」

「あ、えっと魔石によって少し違うみたいです。青い魔石が冬の空、赤い魔石は夏の空、緑の魔石は春の空、黄色の魔石は秋の空だそうです。僕が今回つけてもらったのは青い魔石です」

「へぇ、すごい。じゃあこれは西の国の冬の空なんだね。ふふふ、そうなるとやはり他の季節の空も見たくなるな。他の色の魔石を集めよう」

兄様がとても楽しそうだ。もしかしたらこういうのが好きだったのかもしれない。そう思ったら僕もすごく嬉しくなった。

暗闇の中でゆっくりと動いていく冬の星空。映し出されているその方角までは分からないけれどなぜか頭の中に『冬の大三角形』という言葉が浮かぶ。これは『記憶』のものなのかな。

「……ほんとだ、三角形がある」

「エディ？」

「ああ、すみません。星の中に大きな三角形があったから」

それを聞いた双子達が「本当だ！」と騒ぎ出し、次々に「犬みたいに見える」とか、「走っている人が見える」とか、まるで隠れているものを見つけ出す遊びのようになった。しまいには「お庭に穴を空《あ》けたお祖父《じい》様がいる！」という声に皆で大笑いをした。

「わぁ、眩しい」

明るくなった部屋の中で目をシパシパさせていると、兄様が耳元で「冬の大三角形？」って尋ねてきた。

「はい。兄様もその言葉が浮かびましたか？」

僕はゆっくりと立ち上がりながらそう尋ねた。

「うん。よく分からないけれど『オリオン座』という言葉も浮かんできたよ」

オリオン座。それもなんとなく聞き覚えがあるような気がしたけれど、僕にはどういう意味の言葉なのかは分からなかった。

母様達に「また夕食で」と言って、僕達は小さな部屋を後にして並んで歩き出した。とりあえず魔道具のプレゼントは大成功だ。あとは夕食のカクテルかなって思っていたら、兄様がクスリと小さく笑った。

「アル兄様？」

「こんな風にエディと二人だけにしか分からない言葉があるのも楽しいなと思ってね」

「…………」

兄様は僕がうまく表せないような言葉を見つけてくれる天才だ。

「必ず他の魔石も見つけるから、また一緒に見よう、エディ」

そして欲しい言葉も分かってしまう。

「はい。約束です」

「うん。約束だ」

そう言って笑った後、兄様は明かりが眩しくて転んでしまうといけないから手を繋いで行こうと階段の前で手を差し出した。

僕はもう目はシパシパしていないし、階段だってきっと一人で上れる。だけど……

「よろしくお願いします」

ぎゅっと掴んだ手は温かくて優しくて、なぜか分からないけれど、このままでいたいなって思ったんだ。


部屋に戻って何をしていたのかよく分からないうちに夜になって、夕食の時間。

父様も帰ってきて、お祝いの夕食はとても華やかで楽しいものになった。

お茶会の後に見た星見の魔道具も話題に上がった。父様も興味があるみたいで手持ちの魔石をくださると言っていた。

そして食後、シェフは約束通りにブラッドオレンジのカクテルを出してくれた。もちろん僕達にはブラッドオレンジのジュースだ。その色合いを見たハリーとウィルが顔を引きつらせているのがおかしくて笑ってしまいそうになったよ。

お酒を出されて兄様はビックリしていた。父様と母様はなんだか少し楽しそうだった。

僕はブラッドオレンジで作るお酒が『カクテル』っていう名前なのかと思っていたけど、カクテルっていうのはお酒と何かを色々な方法で混ぜて作るものの事をいうんだって。

それで名前が付いているものもあるらしい。

シェフが作ってくれたのはブラッドオレンジの果汁とジンっていうお酒などを混ぜた、夕焼けみたいな綺麗な色のカクテルだった。

名前はないからつけてくださいって言われたけど、分からないから兄様につけてもらう事にした。だって兄様の十八歳の誕生日に生まれたお酒だもの。父様も母様も笑って頷いていた。

今年の終わりには兄様は学園を卒業して成人として認められる。

その先はどうなるのかなって不安もあるし、リゼット様に言われた事も胸の中に残っているけれど、でも今日は嬉しい気持ちのまま兄様の生まれた日をお祝いしたいって思った。

そして第二王子の側近になる話が本当の事になって、そのまましばらく王都にいてくれるといいな。

「名前、名前か。カクテルの名前なんて思いつかないな」

「せっかくだから何か思いついた言葉を言ってごらん」

父様にそう言われて兄様は夕焼け色のカクテルが入ったグラスを少し高く持ち上げた。

「そうよ、皆結構適当に名前を付けているわよ」

母様もカクテルを口にして笑った。

「そうですね。では………『夢のはじまり』というのはどうですか?」

兄様の言葉に母様がふふふと笑った。

「そうね。ここからだわね」

「パティ」

父様が珍しく困ったような声を出した。

「では、こちらのカクテルは『夢のはじまり』と呼ばせていただきます」

うん。とっても素敵な名前。確かに夕焼けの色というよりも、何かが始まりそうな感じの色かもしれないな。

「父上、母上、エディ、ウィル、ハリー、今日は色々とありがとうございました。十八歳になった日にこのように祝ってもらえた事を感謝します」

兄様はそう言って綺麗なお辞儀をした。

そして…………

「エディが十八歳になったら、一緒にお酒を飲もうね」

「ええ!?」

「約束しよう。この『夢のはじまり』を一緒に飲みたい」

「わ、分かりました」

兄様が空《から》になったグラスを少しだけ上げた。

「アルフレッド」

なぜか父様がまた困ったような声を出す。父様、どうしたのかな。

「大丈夫ですよ。父上を見習ってきちんと弁《わきま》えます」

「あらあらあら」

「パティ……」

うん。よく分からないけど、僕は十八歳になったら兄様と『夢のはじまり』を一緒に飲むという予定が出来た。

兄様とした二つの約束。一つは魔道具で異なる季節の星空を見る事。そしてもう一つは十八歳になったら一緒に兄様が名前をつけたカクテルを飲む事。

なんだか僕が兄様からプレゼントをいただいたみたいになっちゃったな。そんな気持ちで飲んだブラッドオレンジのジュースは、その色に反して、とてもとても甘くて美味しかった。

◇◇◇

七の月。ハリーとウィルは七歳になった。

ユージーン君から教えてもらった万華鏡を二人にプレゼントをしたよ。二人ともすごく喜んで、目の周りに万華鏡の丸い筒の跡をつけていたから、母様と一緒に笑ってしまった。

七歳になった二人の授業は大きく変わった。今までは個別に授業を受けていても同じような内容だったんだけど、勉強も実技も完全に違う教師がそれぞれ付く事になったんだ。

ウィルは以前から言っていた通り剣術のスキルを伸ばしたい気持ちが強くて、その時間が増えた。

ハリーもまた希望していた通りに魔法の勉強が増えた。

もちろん貴族としての知識や礼儀などは引き続き学んでいるし、それぞれから魔法や剣術の授業がなくなったわけではない。

そしてなぜか二人とも領主としての勉強が入ってきたらしい。三男と四男だから、どこかに出る事を想定しているのかな。

僕は特に領主としての勉強はしていないけれど、ハワード先生から色々な領主の話を聞いたよ。歴史の中で起きた出来事の中に、今起きている事の手がかりがあるかもしれないという話も沢山教えていただいた。それがこれからどんな風に役に立つのかは分からないけれど、僕もウィルもハリーもいずれはここを出ていくのだろう。ここはフィンレー当主の屋敷だ。いつまでもいられない。

父様は以前チラリとどうにでもなるというような事を言っていた気がするけれど、いずれは兄様が継ぐ場所だ。そしてその隣には……

「…………」

胸の中がまたモヤモヤしてチクチクする。どうしたのかな。最近こんな風になる事が増えている気がするんだ。そしてそうなる時には、リゼット様が言っていたこれからの事を考えている時が多い。あ、兄様の人気が高いんじゃないかなって思った時もそうだった。

もしかしたら僕は兄様を取られるかもしれないって心配しているのかしら。そう考えると、小さな子供みたいでちょっと恥ずかしいなって思った。

どんな風になったとしても、兄様が僕の兄様である事は変わらない。それはちゃんと分かっている。分かっているけれど、僕はまだ学園に入ったばかりだし、さっき考えていた将来何になるかっていう事も、家を出るという事も、もう少しだけゆっくり考えてもいいよね。それに……

「兄様と星見の魔道具で違う季節の星空を見る約束をしたし、十八歳になったら『夢のはじまり』を飲む約束もしたし……」

口にすると途端に嬉しい気持ちになって、本当に小さな子供みたいだっておかしくなった。

座学講義の試験も無事に終わり、あとはほんの少しの実技の試験があるだけ。補講がなければそのまま初めてのサマーバカンスになる。そうしたらやりたいって思っていた事に、僕もウィルやハリーのように手をつけていこう。

そして少しずつ高等部で何を選び、何を目指していくのかも考えていかないとね。お祖父《じい》様もお医者様がなりたいものの一つだったたって仰《おっしゃ》っていたし、せっかく良い加護をいただいたのだからそれを活かせるものがいいかもしれないな。

「でもとりあえずは、沢山出されそうな課題を頑張らないといけないのかも」

クラウス君やユージーン君が「結構大変らしい」って言っていたもの。

いつの間にか胸のモヤモヤは消えていた。今週末は久しぶりのお祖父《じい》様との授業がある。

「よろしくお願いします」

「うむ。今日は加護の練習だったな」

「はい！」

久しぶりにお祖父《じい》様との授業の日。

お祖父《じい》様の授業は月に一、二度で、薬草のお勉強だったり、土魔法などの属性魔法や鑑定や空間魔法、それに転移などのスキルに関わるような練習をしたり、僕の加護についてどんな事が出来るのかを一緒に考えて実験をしたり、色々なんだ。

お祖父《じい》様は土と風の属性で、風の中でも雷魔法の力が強い。でも火も水もそして空間魔法も鑑定の後に取得していらっしゃるんだよ。すごいよね。僕は最初の水と土の他は風属性を取得したけれど火はまだ取得出来ていないんだ。

基本の火、水、風、土の四属性の魔法は魔力量によって後から取得する事が出来る場合があるけれど、光と闇の魔法は取得しようと思っても元からの属性がないと駄目なんだって。ルシルが持つ聖魔法も同じ。元々聖属性を持っていないと使えないいんだ。だから希少性が高い。

最近はお祖父《じい》様と僕の授業にハリーも一緒に加わるようになった。ハリーは僕の加護の事も知っているから、お祖父《じい》様との全ての授業への参加を父様から許可された。

そして薬草のお勉強をする時はトーマス君とスティーブ君も参加している。二人とももものすごくお祖父《じい》様を尊敬しているんだ。

今日は加護に関わる魔法の勉強。グランディス様の加護の魔法は、一度試したものは使ってもいい事になっている。だけど初めての事を試すのはお祖父様と一緒の時だけって決められているんだ。どういう風に魔力が使われてしまうか分からないからね。だから今日は考えていた事を色々試していきたいって思っている。

「【緑の手】では植物を成長させたり、芽生えさせたり、増やしたり、穢《けが》れた土地を浄化したり、土を豊かにしたりする事が出来るようになりましたが、以前エターナルレディの薬草がまだ見つかっていない時に、それを作り出す事が出来ないかって試したら無理でした」

「うむ。そうだったな」

「だとすると、見た事があるものは無からでも出来るのでしょうか？　今日はそれを試してみてもいいですか？」

「やってみなさい」

お祖父《じい》様はそう言って温室の中の空《あ》いた場所に目を向けた。

空《あ》いた場所っていうか、新しい場所。

魔法の実験をやるには温室の中の方がいいかもしれないっていう話をしたら、温室が一室増えたんだ。お話をした翌週には出来ていた。さすがだ、お祖父《じい》様。父様はまた頭を抱えていたけれど。

僕は魔力を練りながら頭の中にワイルドストロベリーを思い浮かべた。なんとなくそれが一番想像しやすかったから。練り上げた魔力を土の中に流すようにして広げるとキラキラと土が光った。

そして………出来た。

え？　出来るんだ？　って思ったけれど、ワイルドストロベリーがちゃんと土の中から生《は》えてきた。

「エディ兄様、すごいです！」

ハリーが驚いた顔をしている。種も株も何もないのに想像した植物が生《は》えてくるなんて僕もびっくりだよ。

「ふむ。では今度はこれを」

お祖父様《じい》は僕に植物図鑑を差し出した。そこには僕が知らないお花が載っていた。黄色の可愛い花で名前も書いてある。

『ラナンキュラス』。色々な色の花が咲くみたいだけど鮮《あざ》やかな黄色が目に入った。それを見ながら僕はまた魔力を練る。そして土の中に流したけれど、今度はうまくいかなかった。

その後も僕が見た事があって知っているものと、図鑑でしか見た事がないものを何度か試してみた。するとやっぱり何にもないところから生《は》えてくるのは、僕が直接見た事があって、知っているものでないと駄目だった。

「【緑の手】の魔法には面白い約束事があるのですね」

「うむ、そのようだな」

「でも、もしかするとレベルみたいなものが上がれば違ってくるかもしれないですし、これもまた今後の課題ですね」

「そうだな」

短く返事をするお祖父様《じい》に、僕は疑問に思っていた事を口にした。

「お祖父様《じい》、話は変わって僕の鑑定のスキルですが、自分の事を鑑定出来るようになるにはどのようにすれば良いのでしょうか」

お祖父様《じい》は少しだけ不思議そうな表情をして僕を見た。

「自分の鑑定が出来ないのか？」

「お祖父様《じい》は出来ますよね？」

「うむ」

「……じゃあやっぱり鑑定のレベルみたいなものが足りないのかな」

「ふむ、少し調べてみよう。次回で大丈夫か？」

「はい」

そんな話をしていたらハリーが急に声を上げた。

「わぁ！」

「どうしたの？　ハリー」

「ああ、すみません。あの妖精が来ています」

ハリーは加護鑑定の後、今までよりもはっきりと妖精が見えるようになったって言っていた。

僕の加護もそんな感じだったから、鑑定すると何か変わるというか、定着？　する感じなのかもしれない。

「ええっと、このワイルドストロベリーをもらってもいいかって」

「え？　ああ、いいよ。じゃあ、もう少し実を多くするね」

そう答えて僕は先ほど生《は》やしたワイルドストロベリーにもう一度、今度は成長を速める魔法を流した。すると花が咲いて実が次々に生《な》っていく。

「わぁぁ！　すごく喜んでいます」

「そ、そう。それなら良かった。お好きなだけどうぞ」

すると実のいくつかがホワ、ホワッと少しだけ光る。お祖父《じい》様を見ると、僕と同じように見えてしまった。

いるのか頷いた。これって妖精が食べている印なのかな。光った実はスゥッと小さくなって消えて

「ふふふ、なんだか可愛いね」

「はい。踊りながら食べたり収穫したりしているみたい。三人の妖精がいますよ」

「そう。ハリーの加護はやっぱり素敵だね」

僕がそう口にすると、ハリーは照れたように「はい」と答えた。しばらくすると大きくて美味しそうな実が消えて「もういいそうです。ありがとうって」とハリーが言った。そして……

「あ！」

ワイルドベリーの草の上で何かがキラキラと光った。

「お礼のダンスだそうですよ」

ふふふふ、食いしん坊の陽気な妖精さんだったのかな。

「え？」

「どうしたの？」

「はい。その……もう少ししたら気を付けて、って言って消えました」

「え？」

それはどういう意味なんだろう。

「……何か他に分かった事があれば必ず誰かに伝えなさい」

「分かりました」

お祖父《じい》様がそう言ってハリーが少し硬い顔をして頷いた。楽しかった気持ちは少し複雑なものに変わって、僕達は妖精達がいたワイルドストロベリーの小さな畑を見つめた。

◇◇◇

初めてのサマーバカンスは計画をしていたように、普段王都ではなかなか出来ない事を優先して行った。

以前兄様と約束をしていた四人での乗馬も楽しんだよ。ウィルもハリーもすごく楽しそうだった。もちろん僕もね。

休みに入る前にハリーが妖精から聞いた言葉は父様と兄様とも共有した。二人ともお祖父《じい》様と同様の難しい顔をしていたけれど、それ以降、特に何かが起きているような話を聞かないし、ハリーからも妖精に新しい情報を聞いたという話もない。

一見穏やかに流れていく時間の中で、僕は新しい温室でレベルを上げる練習を繰り返していた。今までに分かった出来る事の繰り返し。そして出来なかった事への再挑戦。新しい挑戦はお祖父《じい》様と一緒じゃないと出来ないからやった事を繰り返す。おかげで僕のマジックバッグの中は薬草だらけだ。

花はね、増えすぎるとどうにもならないから、レベル上げの練習に使うものは必然的に薬草になる。一度だけ薔薇《ばら》の花をやってみた。とても綺麗な薔薇《ばら》で、母様が乾燥をしてポプリにすると嬉しそうに言っていた。でもポプリ作りだって限度があるものね。

「……ポーションを作れば少しは減るかな」

けれどまだ美味しいポーションは出来ていない。作った後に兄様と一緒にちょっとずつ味見してみるんだけど、すぐに口の中を『クリーン』して蜂蜜を入れた飲み物を飲む事になる。

兄様は「少しずつ良くなってきているんじゃないかな」って言ってくれたけど、あまりそうは思えない。だってやっぱり苦くて匂いもあるし、まずいんだもの。

薬草自体を品質改良しないと駄目だなって考えて色々試してはいるものの、品質改良の魔法は使えない。というかそんな事が本当に出来るのかも分からない。

それに品質を変えると効能が変わってしまう可能性もある。この薬草の効能を変えずに苦味だけを取る事が出来れば一番なのかもしれないけれど、いくら魔力を練っても、念じても、生《は》えてくるのは今までと同じ薬草ばかりだ。

葉っぱのまま食べてみると、ものすごく苦いのは一種類だけなんだよね。だからそれを改良するか代わりになるものを探すか、または新しいものを作り出す力を発現させるか。うん、どれもすぐには出来そうにない。これも焦らずにやっていくしかないな。同じような効能がある薬草探しも諦めずに続けていこう。

そんな事を話したら兄様が頭をポンポンってしてくれた。

ポーションを試作したり、薬草を食べたりする時は必ず一緒にって約束をしているから、兄様にも沢山まずいポーションや苦い薬草を試してもらう事になってしまって申し訳ない。

「エディ、大丈夫だよ。試した事は無駄にはならない。それに新しいものを作り出す事に少しでも携《たずさ》われるのは嬉しい。でもこの苦味っていうか、えぐみはこの薬草のせいだけでなく何かと合わさって出てくるような気がするね。あと以前お祖父《じい》様がやっていらした生成方法っていうのかな？　それによっても味が変わると思うからその辺りも考えてみるといいのかもしれない」

「……あ、ありがとうございます」

やっぱり兄様はすごい！　本当にすごい！　僕はお祖父《じい》様に教わった調合が全てで、使用する薬草をどう変えていったらいいのかという事しか頭になかった。だから品質を変えたり、他のものに変えたり、新しい薬草を作る事が出来ないかを探ったりしたんだけれど、出来る事はそれだけじゃないんだな。

「次回の実験も必ず声をかけてね」

「はい。よろしくお願いします」

こうしてポーションも少しずつだけど目標に向けて進んでいく。

もちろんその他の魔法の練習も、ルーカスとの剣術の稽古もやった。学園に入ってからは思うように手入れが出来なかった温室の中も、マークやハリーと一緒に新しい苗を植えたり、種をまいたりした。皆で収穫をした果物を使ったお菓子を作ってもらって何度か家族のお茶会も開いた。

そうそう、思っていた通りに結構な量が出たバカンスシーズン用の課題も、後で慌てないようになるべく早めに進めたよ。僕が課題をやっているのを見てウィルがちょっと青い顔をしていた。

そんな風にして八の月が過ぎて、学園の後期開始が近づいてきた九の月のはじめ。友人達から届く書簡の中に気になる事が書かれていた。

課題が終わったという近況報告も書かれていたんだけれど、その他に魔物の出現報告が増えてきているように感じると、どの書簡にも記されていたんだ。特にレナード君、エリック君、ユージーン君、そしてスティーブ君からの書簡には具体的な場所や現れた魔物の情報も書かれていた。

魔物については、レベルが高いものが現れたり数が多かったり、被害が大きい場合は王国への届け出や報告が必要になっている。それ以外のものはそれぞれの領で騎士達や冒険者達が討伐をして正式に届けられる事はないけれど、父様達やお祖父《じい》様も出現情報はかなり集めていると以前聞いていたから、この情報も一応共有という形で知らせておこうと思った。

「……魔物か」

初めてのサマーバカンスは穏やかに過ごせたし、エターナルレディが一段落したから少しホッとしていたところもあった。だけど小説の中ではこれからが『世界バランスの崩壊』の本番だ。この世界でそれがどんな風に現れるのかは分からないけれど、色々なところに気を配って注意をしていこう。ハリーが聞いた妖精の言葉もあるしね。

そう思っていたらノックの音がした。返事をすると兄様が顔を覗かせた。

「エディ、書簡をありがとう。私の方にも入ってきている情報があるから、作戦会議として一緒に整理をしない？」

「！　はい、お願いします」

僕は急いでドアの方に向かった。作戦会議なのに嬉しくなっちゃうのは駄目かな。でもこうして声をかけてもらえるのはやっぱり嬉しい事だから。

「課題は大丈夫？」

「八の月の間に終わらせました」

「それはすごいね。さすがエディ」

褒められて頭をポンポンとされて、僕は赤くなってしまった顔を誤魔化すように「頑張りました」と口にした。

◇◇◇

夏のバカンスシーズンが終わる頃、王国内の各地で一つの噂が流れるようになった。

『魔素から魔物が湧いているのではないか』

それは元々王国内で囁かれていた噂だが、今までその光景を見た者がいないため、半《なか》ばお伽話《ときばなし》のような扱いだった。

そんな今更と思える噂がどうしてこんなに広がってきたのかは分からない。けれどそれはまるで伝染病のように広がって、いつの間にかルフェリット王国全体にまで行き渡っていた。

「バカンスシーズンだってぇのに休ませないよな。忙しく動き回っているうちにバカンスもおしまいだよ」

そう言ったのはマーティンとミッチェルの父、ケネス・ラグラル・レイモンド伯爵だった。

「まったくだ。物事をきちんと把握して考えれば答えなどすぐに出るのにね」

それにうんざりした気持ちを滲《にじ》ませて答えるのはダニエルの父、ハワード・クレシス・メイソン子爵。噂の広がりの原因は、この夏に入ってから明らかに魔素溜まりが増えたからだ。そしてそれに付随するように魔物の出現も目に見えて増えてきた。

「そろそろ色々と手が回らなくなってくるな」

ため息交じりに声を出したのは王国の近衛騎士団を率いているマクスウェード・カーネル・スタンリー侯爵。ジェイムズの父だ。

「馬鹿を抑えてなんとか仕組みを作っても、こう数が増えてくると、もう少し自分のところでどうにかしろと言いたくもなるね」

「うわ、デイブがハワード化している」

「ケネス、君とは一度きちんと話し合いたいと思っているんですよ」

「時間がもったいないからそれくらいにしておけよ。それにしても本当に湧いているのかと疑うほどだな」

マクスウェードが言うとハワードがゆっくりと口を開いた。

「ええ。昔からそんな話はありましたが誰も見た事はなく、魔物が卵から生まれるところはダンジョンなどで見られていましたからね。ですがそう思いたくなるほど魔素溜まりが増えているのは事実です」

「ああ、そしてその噂を裏付けるように魔物の出現も増えている。子供達からも声が上がってきたよ。いずれも我々が把握している事だったが、対応などの詳細も報告された。やはりまだうまく討伐の動きが回っていないところもあるな」

ため息交じりのデイヴィットの言葉に、他の三人も険しい表情を浮かべた。

魔素溜まりはどうして出来るのか分からないし、いつも同じ場所に出来るわけでもない。魔素溜まりが増えれば魔素にあてられて魔獣になる獣も増える。

魔獣になって魔素をまき散らす存在になれば土地を穢《けが》すし、土地がひどく穢《けが》れてしまえば住む場所が一時的に失われたり、一定期間作物の収穫が出来なくなったりする事もある。

エターナルレディの件がどうにかなりそうな矢先、今度は魔物だけではなく、魔素に振り回される事になるとは思ってもいなかった。

「それにしても、もう一つの噂はどう思う？」

ケネスがそう尋ねるとハワードは「なんとも言えませんね」と答えた。そう。普通であればそれは考えられない事なのだ。

魔素にあてられて魔獣になる獣は一定数いる。だが魔素にあてられたからといっても、全ての獣が魔獣になるわけではない。さらに魔獣になったとしても完全に魔素に染まり、土地が穢《けが》れるほどの魔素をまき散らす個体になるものは少ないのだ。

そして、人は魔素にあたっても魔素に染まる事はなく、魔力酔いのような症状が出るとされてきた。だが、本当にそうなのだろうか。

魔物が魔素から湧くのを見た事がないように、魔素に完全に染まってしまった人間を見た者がいなかっただけなのではないのか。

それが最近囁《ささや》かれ始めているらしい、もう一つの噂だった。

「見た者はいないのだろう？　いくらなんでも、人が魔素にあたって魔人になるなんてありえない」

「大体、魔人なんていう言葉は本来ないですしね」

マクスウェードの言葉をハワードが引き継いだ。

確かにそうなのだ。魔人などという言葉はルフェリット王国には存在しなかった。他国からも人間が魔物のようになるという話が伝わってきた事はなかった。

ルフェリット王国は魔法を使える人間が多いが、魔法をほとんど使えない人間の方が多い国もある。また、魔物が現れない国もあると聞くし、魔素という言葉がない国もあるらしい。とすると、ルフェリット王国以外でも魔人などというものはありえないという事になるが……

「マーロウの記憶持ちからは何か？」

ケネスがハワードに尋ねた。

「いや。特に話は聞いていない。というよりは、彼が知っている話の中の世界とこの世界の乖離《かいり》が広がっているように思える」

ハワードがそう言うとデイヴィットも口を開いた。

「ああ、アルフレッド達もそう言っているな。それにこの世界の中にいると『記憶』がだんだん曖《あい》昧《まい》になってくるらしい。【愛し子】と呼ばれる彼はそういった事はないのかな」

「今のところは聞かないね。だがマーロウの子供をそうそう呼び寄せるわけにもいかないし。そろそろこちらの方も難しいね」

魔物による村の襲撃以来、ルシルの聖属性の魔法が使われた事はない。ルシルが聖属性で【光の愛し子】という加護鑑定を受けたと知っている者は、実は一握りなのだ。そしてなぜか、王はその件を王国を守る柱になる筈の公爵家には知らせていない。

もっとも平民の子供が王家からの声がかりで伯爵家に保護をされたのだから、何か特別な力があると思われている事は容易に想像が出来る。

今のところ表立った囲い込みは行われていないが、先日のエターナルレディの薬草の件で予見めいた話が出た後はそれなりに動きがあった。

けれどそれは王室も、そしてデイヴィット達も織り込み済みの事だった。この際、王室の預かりにしてしまった方が良いと進言もしたが今のところその動きもない。

「相変わらずタヌキは何を考えているのかわからないし、キツネは暗躍しているようだし、イタチは火の粉が降りかからないように必死だしね」

うんざりした様子でそう言ったデイヴィットにケネスは「違いない」と噴き出す。そしてハワードは「今更ですよ」と表情を崩さず、マクスウェードだけが少し困ったような顔をして「……タヌキにキツネにイタチか」と呟いた。

「それにしても」

ハワードがゆっくりと口を開いた。彼が何かを考えながら話す時はこんな口調になる事を、三人はよく分かっている。

「以前から思っていたのですが、魔素は昔からそこに在るだけの時は何にもならないのに、生きているものの恨み、妬《ねた》み、怒りなどの負の感情に触れると、一気に膨れ上がって取り込もうとする性質があると言われていますよね。それなら獣よりも人間の方が取り込みやすいのではないかと」

「ああ、だけど人には魔力があるから、魔素を多く取り込んでも魔力酔いに似た症状にしかならないっていうのも昔から言われていた事だろう？」

ケネスが答えると再びハワードが反論のような言葉を返す。

「でもそれもおかしな話だよね。魔素と魔力は違うものだと言われているのに、魔素を多く取り込むと魔力酔いのようになってしまうなんて」

「私は悪酔いみたいなものだと思っていたよ。同じ酒でも飲み合わせがあるだろう？　元々魔素は人にとっては不快なもの、触れたくないものと言われてきたからね。もっともその不快と感じる事がなんなのかは分からないし、考えてもみなかったが……」

デイヴィットの言葉にハワードは「なるほど」とそれ以上の言葉を呑み込んだ。

「例の噂の出所を探った方がいいのか？」

「これだけ広がっているとそれも難しいだろうね。それにそんな暇はないんじゃないかな」

マクスウェードの問いにデイヴィットが自棄《やけ》のように答えた。

「またつまらない会議漬けかな。カルロス様に来ていただくか」

「やめてくれ。フィンレーの当主はまだ親離れが出来ていないなどと揶揄《からか》われるのは心外だ」

「はっはっはっ！　でもまぁ、あのブチ切れは痛快だった。いやいや、カルロス様にしか出来ない」

「ふふふ、まったくですね。もっとも息子の立場になると笑ってばかりはいられないのでしょうが」

夏のバカンスシーズンが終わる。再び王都に人が戻ってくる。噂が広がっている中で、一体何が起きるのか。

そう考えて四人はそれとなく胃の辺りをそっと押さえた。

◇◇◇

サマーバカンスのシーズンが終わり、僕達は王都へ戻った。久しぶりの王都はとても暑かった。元々フィンレーが北の方の領なので、余計にそう感じるのかもしれない。

それに王都は街全体が石造りのため、熱を溜め込みやすいんだよね。だけど日差しを防げて風さえ通れば居心地は悪くない。

「来週からは学園も再開ですね」

「ああ、そうだね。後期の講義の取り方で分からない事があったら声をかけてほしいな。もっとも一年は年間講義が多いから後期のみの選択はほとんどなかったように思うけど」

「はい。始まったら確認します。えっと、合同の選択講義二つは年間でしたよね。アル兄様は続けられますか？」

僕が尋ねると兄様はにっこりと笑って頷いた。

「もちろん。乗馬も魔道具作りも楽しんでいるよ。せっかくエディと同じ講義を受けられるんだ。

続けるよ」

「ありがとうございます！　僕も楽しみです」

「うん。始まるまでこの気温に身体をならしながら年間講義の方に備えておくといいよ。後期は短くて講義も結構早めに進んでいくからね」

「わ、分かりました」

そうなんだ。後期は前期に比べて期間が短いから、効率的にやらないと年間のカリキュラムが消化出来なくなるのかな。

そんなに詰め込んでもと思うけれど、前に教えてもらったように高等部になると講義が細分化されてくるから、基礎的な事や全般的なものは出来る限り初等部で消化させるんだね。兄様がなかなかフィンレーに戻れなかった意味がよく分かったよ。

ともあれ、真面目に講義を聞いて理解が出来ていればそれほど難しいものはないし、初歩的な事は皆それぞれの家庭教師から習っている筈だものね。

「アル兄様、これからのご予定は？」

「今日は特にはないかな。エディは？」

「僕も特には。中庭の植物の様子を庭師と一緒に見ようかなと思っていたくらいで」

「そう。じゃあ街に出かけないかい？　後期に向けて足りないものを少し買ってこようかと思っていたんだ」

「わぁ！　ご一緒させてください」

「じゃあ、決まりだね」

　こうして僕達は久しぶりに王都の街に馬車で出かける事になって、以前行った文房具を売っているお店に向かった。文房具って新しいものが出ているとなぜか欲しくなってしまうんだよね。

　僕が兄様に入学のお祝いに差し上げて、兄様からも色違いのものをいただいたインクをつけなくてもいいペンはすごく便利だけど、中にあるインクが入っている細い筒が空《から》になると替えないといけない。僕は替えのインクの筒を何本か買う事にした。

　他にも何かないかなと眺めていると、ペンケースが気になった。

（色違いのインクのペンを買って二本入れておこうかな。あ、でも予備も入れて三本でもいいかな）

ペンは結構使うのであっても困らない。そう考えてペンケースを見ていると兄様が隣に来た。

「何か気になるものがあったの？」

「はい。ペンケースを買おうかと思って。あと、いただいたペンが使いやすいので、予備と色違いのインクのものも」

「ああ、確かにあのペンは使いやすかったね」

「はい」

　僕はものすごく迷ったんだけど、結局グリーンとブルーのペンを買う事にした。そしてバッグの色に似たベージュブラウンのペンケースを選んで、ブルーのペンには青いインクの筒を入れてもらった。替えのインクも合わせて支払いをしようとすると、全部一緒に支払うと兄様が言った。では後でお支払いをしますと言うと、これくらいは贈らせてと笑う。

最終的に全部買っていただく事になってしまった。ブルーのペンを見て兄様がちょっと笑っていた気がするんだけど、気のせいだって思いたい。

「ありがとうございました」

「うん。気に入ったものがあって良かった。それにあのペンを選んでもらえたのも嬉しかった」

「え、あ、あの」

えっとそれはどういう意味だろう。あのペンってやっぱりブルーのペンの事かしら。なんだか分からないけれど顔が熱くなった気がして、僕は買ってもらったものをぎゅっと抱きしめた。

「さぁ、じゃあ次はどこへ行こうか？」

「アル兄様はどこか行きたいところはありますか？」

「そうだなぁ、少し向こうになるけれど、魔道具の店があると聞いたからそこを見てみたいかなぁ」

「僕も見てみたいです！」

「ふふふ、決まりだね」

そうして僕達はまた馬車に乗り込んで、街の中央の噴水からやや離れた魔道具の店にやってきた。

「なんだかちょっと不思議な感じのお店ですね」

「うん。確かに。でもまだ街はずれという場所ではないし、一応きちんとした許可のある店の筈なんだけどな」

兄様はそう言って店の方に向かって歩き出した。護衛達も僕達の周りを囲むみたいにしてついてくる。わざと古い感じに作られているような木のドアに兄様が手をかけた瞬間。

「わぁぁぁぁ！」

十ティル（十メートル）ほど先の方から悲鳴が聞こえてきた。

「エディ！　気を付けて」

「はい！」

馬車は店から少し離れた場所に停めてある。でも下手に馬車に戻ると閉鎖空間に入ってしまう事になるので、かえって危険な場合もある。護衛の一人が悲鳴が聞こえた方に走った。

何が起きているんだろう。ドキドキと速まる鼓動。そして先ほどの護衛が戻ってきて信じられないような状況を伝えてきた。

「アルフレッド様、魔素溜まりです！」

「こんな王都の街中に？」

それを聞いた兄様も信じられないとばかりの表情を浮かべている。ルーカスが僕のすぐ横に来た。

「エドワード様、馬車に戻りましょう」

「そうだね。魔素溜まりならその方が」

そう言いかけた途端、今度は「魔獣だ！」という声が聞こえてきた。

「魔獣？　まさか」

「アルフレッド様、鼠です。鼠が魔素にあたり、魔獣化しています！」

「数は？」

「分かりません！」

話しているそばから聞こえてくる「きゃぁぁぁ!!」という甲高い悲鳴。

「討伐を。とにかく街の中に溢《あふ》れ出すのを止めなければ」

小さな鼠の魔獣が街の中に散らばってしまうのはどう考えてもまずい状況だ。今も通りに飛び出してきた魔獣化した鼠は歩いている人間達に次々と飛びかかっている。

「アル兄様、僕達も一緒に」

「……ああ、そうだね」

護衛達は僕達を守るように動きながらも小さな魔獣を斬り捨て、あるいは魔法で絶命させて、散っていくのを食い止めている。

僕達も路地に紛れ込もうとするそれを、兄様は水の檻《おり》に閉じ込めて、僕はマリーから教えてもらって少し前にようやく取得した闇魔法の一つ、麻痺《パラライズ》でその動きを止めた。

情けないけれどあの緑色に染まった魔物が脳裏を掠《かす》めて、僕にはその場で殺してしまう事が出来なかったんだ。護衛が麻痺《パラライズ》で動けなくなった鼠にとどめをさしたり、魔力で作った檻《おり》のようなものにそのまま入れたりしている。

それを視界の端に捉えながら僕はルーカスと背中合わせになって、跳びかかってきたり、細い路地に逃げ込もうとしたりする鼠達に麻痺《パラライズ》をかけ続けた。その先では兄様が護衛達に指示を出しつつ鼠を氷漬けにしたり、いつの間にか手にしていた剣をふるったりしている。

「エディ！　そっちに新たな一団が向かった！」

「わ、分かりました！」

僕の周囲にいるのはルーカスと二人の護衛達だ。僕を含めて四人。そのうちの一人、ゼフはかなりの魔法の使い手だ。走ってきた鼠達の一団を水球に閉じ込めてパチパチと雷を流している。僕とルーカスはその取り零《こぼ》しの数匹を麻痺《まひ》させたり仕留めたりして片付け、残りの一人は周囲を気にしながら魔獣化した鼠を回収している。うん。そのままにしていたらこの場所が穢《けが》れてしまう可能性があるからね。

だけど元の魔素溜まりをどうにかしない事には、鼠だけでなく他の生き物も魔獣化してしまう恐れもあるよね。もちろん兄様もそれは分かっているみたいで、魔素溜まり自体は消す事が出来ないけれど、そこに近づかせないように持っていた聖水を周囲にまいて護衛の一人に結界を張るように指示を出していた。

とりあえず魔獣化した鼠は全て取り押さえられただろうという事で、今度は怪我人を神殿へ運ぶ手配が進められていく。相手が魔獣だったから小さな怪我でも神殿で見てもらった方がいいらしい。

王都の街中で魔素溜まりが出来た事や、それにあてられて魔獣化した鼠が出た事はもちろん報告をしなければならない案件なので、兄様はすでに父様に書簡を出していた。戦いながら指示を出して、しかも救援や処理のための知らせを送る。兄様はすごいなって思った。本当にすごい。

「周囲の確認を！　捕獲をした魔獣は三匹を残して他は全て絶命させるように。死体も残らず回収しろ。全て神殿に持ち込んで浄化する筈だ。魔獣達の血液などが付着をしている場所はクリーンをかけて聖水をまいた後、場所が分かるように目印をつけておくように」

指示を出しながら兄様が僕の方に駆けてきた。

「エディ、大丈夫？　怪我は？　少しでも噛まれたりはしていない？」

「はい大丈夫です。アル兄様は？」

「大丈夫だよ。それにしてもとんだ事に巻き込んでしまったね」

「いえ、僕達が通りかかった時で良かったです。あんな小さな魔獣が街の中に広がったらもっと被害が大きくなっていた筈です」

「ああ、そうだね。だけどエディ」

兄様がそう言いかけた途端、聞き慣れた声が耳に飛び込んできた。

「アルフレッド！　エドワード！」

父様は何人かの騎士達と、マーティン君のお父様、そしてハワード先生と一緒に馬でやってきた。

「怪我はないようだね。では状況は護衛達から聞こう。この後に騎士団がやってくる。馬車が動かせるうちに二人はタウンハウスに戻りなさい。ルーカス、ゼフ、ガエリオ、二人の警護を。アルフレッド、後で詳しい話を聞く。とにかく戻って一旦休みなさい」

「分かりました。よろしくお願いします。行こう、エディ」

「はい」

僕達はハワード先生達に一礼して馬車に乗り込み、タウンハウスに戻った。

タウンハウスの前ではロジャーが待っていた。念のためにクリーンをかけ、着ていた服は入ってすぐの部屋で全て着替えた。マリーが青い顔をしながら僕の世話をしてくれた。自分で着替える事は出来るけれど、マリーに全部任せた。

そうしてリビングに行ってソファに腰かけて、温かい紅茶が目の前に出されて……

「顔色が悪いよ、エディ。少し横になった方がいい」

「大丈夫です。今頃になってドキドキしてきて。あの……ちゃんと仕留める事が出来なくてすみませんでした」

「いいんだよ。生きた個体も調べなければならないからね。それにしてもいつの間に麻痺《パラライズ》の魔法を？」

そう。麻痺《パラライズ》は闇属性の魔法だ。そして後から取得出来る魔法属性は基本の四属性だけで、光や闇の属性の取得が難しいとされているんだ。

「マリーが使っていた保存魔法と防御壁の魔法を使えるようになりたくて教えてもらっていたんです。攻撃魔法も増やしたかったし、麻痺《パラライズ》は攻撃にも防御になるって聞いて練習をしました。闇属性の魔法だけど、その三つの魔法は時間をかければ無属性でも取得出来る可能性があったから。実は使えるようになったのはサマーバカンスの間です。お祖父《じい》様にもブライトン先生にも練習する事は伝えていました。だけど……やっぱり僕は闇魔法の素質を持っていたみたいです」

最後の一言を伝えると兄様はきつく眉根を寄せた。そして。

「エディ。そういう事を言っているんじゃないんだよ？　分かっているね？」

珍しく怒ったような声でそう言った。

「……はい」

兄様が言いたい事は分かっている。僕が小説の『悪役令息』と同じ闇属性を持っている、そういう素質はあったんだっていう事を言ったからだ。

「ごめんなさい。でも、僕は闇魔法が使えた事にガッカリしたり、卑屈になったりはしていないです。マリーの防御壁の魔法には沢山助けてもらったし、僕はあんまり覚えていないけれど、ハーヴィンの屋敷でマリーがかけてくれた隠ぺいの魔法にも助けられました。だから、属性が増えて使える魔法の幅が広がって良かったたっていう気持ちなんです」

僕の言葉を聞いて、兄様は少しだけ困ったような顔をしてから「分かったよ」と言ってくれた。

「使えるようになった闇属性の魔法は麻痺《パラライズ》と保存魔法だけ？　他にも出来るようになったの？」

「防御壁はマリーみたいに強いものはまだ難しいですが一応形にはなりました。今後は強度を上げていきます。その他にもいくつか練習をしています。ダークジェイル（闇檻）とか直接的に命を奪うわけではないけれど動きを封じ込めるようなものも使えるようになれたらと思っています」

「……無理のないようにしてね。それから取得出来たら私にもその事を教えてほしい。加護魔法についてもね」

「はい。あ、学園に入ったので転移魔法もお祖父《じい》様から習っています」

「分かった。転移はね、いざという時に逃げる手立ての一つだと思うから頑張って」

「はい」

そうだよね。あの魔態が現れた時に、転移が出来ればばって思ったもの。

「私は今日みたいにエディが戦うような事をなくしたいって思っているよ」

「アル兄様……」

「でもきっと、今のこの状況を考えると、戦う手段や自分の身を守るための手段を身に付けておく事は必要だ」

「はい。守られるだけじゃなくて、僕も大切なものを守りたいという気持ちがあります」

「うん。そうだね」

兄様はそう言って紅茶を口にした。僕も紅茶に口つける。優しい香りのする紅茶だった。それにしても、どうして王都の街中でいきなり魔素が湧いたのだろう。魔素溜まりはどこにでも出来るとは言われているけれど……

「アル兄様」

「うん？」

「何が起きているんでしょうか？」

「……そうだね。これはちょっと想定外だよね。他の領でもこんな街中に魔素溜まりが出来たという報告はない。ましてやここには聖神殿もあるし、守りの魔法がかけられている筈の王城がある街に魔素溜まりが現れる事は考えられないからね」

「……はい」

ふと、以前ハリーが言っていた妖精の言葉が頭をよぎった。あの後ハリーから何か新しい事を聞いたという連絡はない。でも……

『もう少ししたら気を付けて』

あれは、もしかしたら今日の事を言っていたのかな……

「あの、以前ハリーが聞いた妖精の言葉ですが、もしかしたら今日の事を警告していたのでしょうか」

「……それは分からない。でもエディが無事で良かった」

そう言って兄様は僕の事をギュッとした。

「…………」

だけどその声がなんだか少しだけ苦しそうで、胸の中がキュッとするような気持ちになって、僕はどうしたらいいのか分からなくなった。

トクントクンと胸の奥が音を立てている。きっといつもより速い音だって思った。それを感じながら僕は小さく口を開いた。

「アル兄様も怪我がなくて良かったです。戦って、指示を出して、父様にお知らせまでしている兄様はすごくカッコよかったです」

兄様はギュッとしていた手を緩めて「ありがとう」って笑ってくれた。

僕は兄様が僕の身体を離すまで、ギュッてしがみついていた。どうしてか分からないけれど、そうする事しか出来なかったんだ。

◇◇◇

王都の街に魔素溜まりが出来て、魔獣が現れたという話は瞬《また》く間に王国全土に広がった。父様はその日、タウンハウスに戻ってくる事はなかった。

そしてその翌日は街の中を、王都内を取り締まる警ら隊だけでなく、城や他領からの騎士達が巡回して他に魔素溜まりがないかを確認する姿が見られ、物々しい雰囲気となった。

幸い、あれ以外の魔素溜まりはなかったけれど、いつ、どこに現れるか分からないと言われているため、しばらくはこんな状態が続くらしい。

そんな重苦しい雰囲気の中で学園の後期が始まった。

「おはようございます。エディ」

「おはよう。トム」

良かった。早めにお友達に会えて。僕はルーカスと別れてトーマス君と並んで歩き出した。

するとトーマス君が「あの」と小さな声を出す。

「どうしたの？」

「街の中に現れた魔獣の事、エディがアルフレッド様達と一緒に魔獣を捕まえたって聞いたけど、本当なの？　本当に魔獣に遭遇したの？」

え！　どこからそんな話が出たのかな。そこまで人通りが多い場所じゃなかったのに。

僕の表情を見てトーマス君は声を潜めたまま頷いた。

「分かった……いきなりごめんね、エディ」

「ううん。心配してくれてありがとう、トム。それにしても学園の中もどこかざわついている感じだね」

「うん。なんとなく皆落ち着かないんだよね」

ボソボソそう言いながら教室に入るとすぐにスティーブ君がやってきた。

「おはようございます。エディ」

「おはよう。スティーブ。バカンスシーズンはどうだった？」

「何もないですよ。フィンレーで過ごしていましたから、色々手伝わされる事が多かったです」

「そうなの？　お仕事の手伝い？」

「ええ、それから祖父の商会の方も」

「へぇ、それは楽しそう」

そんな会話をしながら目を見ると、スティーブ君はすでに分かっているというような顔をして頷いた。

ふふふ、さすがだなぁ。

「しばらくは落ち着かない感じでしょうが、まぁそのうちに静かになってきます」

「うん。ありがとう」

僕達はいつも座っていた中央のやや扉よりの席を避けて、今日は窓に近い方に座った。だって、教室に入ってくる人が皆見るんだもの。こういう時、席が自由っていうのはいいね。

そうしている間にレナード君もユージーン君もやってきた。二人にも僕と兄様の話が伝わっているらしく、休みの間の話をしつつ、前期同様、皆が僕を囲むようにして席についた。

なんとなく好奇の視線を感じながら僕は窓の外を見る。窓に近い席っていうのも結構いいな。でも教室の移動がある時は、やっぱり扉に近い方が早く出る事が出来るからなぁ。そんな事を考えていると青のクラスの担当であるアトキンス先生がやってきた。先生は入学式の時みたいに淡々と今後の予定を僕達に説明していく。通年の講義はそのままで、前期だけだった講義のみ今週中に後期分を選択して提出する事。基本的には前期とあまり違いがない事、万が一何か不都合があったら明日までに学生課へ申し出る事が伝えられた。そしてそのまま、まるで昨日も講義があったように「では一般教養の講義を始めます」と話し始めた。淡々と進んでいく講義が今はありがたいと僕は思っていた。

静かな教室の中に先生の声とペンを走らせる音だけが聞こえる。街の物々しさも、朝から感じていた鬱陶《うっとう》しい視線も遠くなって、夏の前に時間が戻ったようだ。

この後は魔法学の講義だ。これも通年で選択をした講義だった。あ、そういえば課題を提出しないといけないいんだ。そんな事を思いながらアトキンス先生の言葉をノートに書きとめていたその時。

「――――！」

なぜか背中がゾワリとした。

両隣に座っているレナード君とユージーン君を見ると、二人とも同じような顔をしている。

何が起きているのか。この気持ち悪さはなんなのか。どこから来るのか。頭の中に次々と疑問が湧き上がる。そして何かを感じて教室内がざわめいた次の瞬間。

「外だ！」

誰かが叫んだ。それと同時に学園の中に緊急の知らせが響く。

『初等部、屋外実技場付近に正体の分からない魔力を確認。初等部の生徒は至急、高等部聖堂へ避難をしてください』

ガタガタと一斉に周りが立ち上がる音がした。

「落ち着きなさい。このまま扉に殺到すれば怪我をする者が出ます。窓に近い者は離れて。廊下側から教室を出なさい。校内から中庭を抜けて高等部の聖堂へ行きなさい。聖堂には防御の魔法がかかっています。落ち着いて行動しなさい」

アトキンス先生の声に女生徒達の泣き声が交じる。

「エディ、とにかく窓際から離れましょう」

「うん。そうだね」

答えて振り返ると魔法の屋外実技場の奥の方に、魔導騎士の講師達が集まり始めているのが見えた。そして、その奥には…………

「……え」

グワッと何かが口を開けたかのように黒いものが噴き出した。途端に身体が重くなるのが分かる。

「魔素だ……」

僕は呆然としながら声を落とした。

学園は空間自体に魔物や魔素を寄せ付けない結界が組まれている筈だった。それなのにどうしてその中に魔素が湧き出してくるのか。

「そこ、早く出なさい！」

「エディ！　行くよ」

先生の声に重なってレナード君の声が聞こえる。でも僕はそこから目が離せなくなっていた。

僕の前にいたトーマス君も顔を強張らせたまま動けずにいる。

だって目の前に魔素溜まりが出来ていくんだ。湧き出した魔素が澱《よどみ》のようにそこに溜まって膨れ上がっていくのが室内からでも分かる。

どうして？　魔素は生き物の負の力がなければ、ただそこにあるだけではなかったの？　それともあの場所に何かの生き物の負の力があったの？

「ひぃっ！」

誰かの引きつった声が聞こえた。

僕も、トーマス君も、そして僕達を出口に向かわせようとしていたスティーブ君もレナード君もユージーン君も皆、動けなくなっていた。

魔素溜まりを囲んで立つ魔導騎士達の前で、魔素溜まりの底なしの闇を裂くようにして獣の足が伸びてきたのが見えた。

「魔素溜まりから魔物が湧くなんて……」

信じられないと言わんばかりの先生の声と同時にズシリ……と重い音がした気がした。

そして前足だけではなく、頭が、ゆっくりと闇の中から現れ始める。

「山羊の足と獅子の頭……キ、キマイラだ！　急ぎなさい！　早く！　すぐに避難をしなさい！」

窓際近くに残っていた生徒達を追い立てながらアトキンス先生が叫んだ。

「エディ！　こっちに！」

腕を引かれてようやく動き出した足。僕と同様にトーマス君も半《なか》ば引きずられるようにして扉に向かった。

「急いで。中庭に向かって走りますよ！」

頭がガンガンする。気持ちが悪い。先ほど見たばかりの光景が頭の中に甦《よみがえ》る。

獅子の頭と胴、山羊の頭と四肢を持ち、そして長い尾の先は竜蛇の頭、さらにその背中に竜の翼を持つ魔物が確かに魔素の中から湧き出した。

ゾクリと身体が震える。

「失礼！」

レナード君は短くそう言って僕の事を抱き上げた。

「レ、レオン！」

「舌を噛むから喋らないで」

隣を見るとユージーン君もトーマス君を抱えている。そして一番後ろで後方を確認しながらスティーブ君が走っているのが見えた。そうだ。ショックを受けているのは僕だけじゃない。皆同じものを見ていたんだ。魔素の中から生まれた禍々《まがまが》しい魔物を。

涙が滲《にじ》みそうになるのをぐっとこらえ、僕達は初等部の校舎を抜けてようやく高等部へ続く中庭に出た。とりあえずここまでくれば聖堂まではもう少しだ。

そう思った途端、後ろの方で大きな雷が落ちた。

「！！！」

思わずビクリと震えた身体。魔導騎士達とキマイラとの戦いが始まったんだ。

「レオン。もう、自分で動けるから下ろして」

「この方が速い」

「でも」

そう言った瞬間。

「エディ！」

聞こえてきた声に、僕は今度こそ泣き出したくなるような気持ちになった。

「アル兄様！」

高等部の方からやってきたのは間違いなく兄様だった。

僕がレナード君に抱きかかえられているのを見て心配そうな顔をして走ってくる。

「どこか怪我を？」

「いいえ、湧き出した魔素から魔物が現れたのを見て動けなくなったので、すみませんが抱えさせていただきました」

レナード君が答えて僕を下ろすと、兄様は「ありがとう」と言ってそのまま僕を抱えた。

「アル兄様！　自分で走れます！」

「うん、でもこの方が速そうだから。学園内は魔法が制限されているからね。仕方がない。聖堂はあそこだ。行くよ」

兄様がそう言って走り出した途端、再び学園内に声が響いた。

『学園内にキマイラ二体が出現。現在交戦中。自身の安全を最優先にし、対魔物に関して魔法使用を許可。尚《なお》、高等部各科レベル四以上の所有者は参戦を認める』

二体⁉　もう一体出てきたのか！

「魔法が使えるようになったから飛ぶよ。全員近くに来て」

兄様はそうして皆を聖堂の前に一気に転移させた。

「エディ達は聖堂の中に入っていて」

「！　アル兄様は？」

「キマイラの様子を見てくる。参戦の許可も出ているし、父上にも報告をしないといけないからね」

「……っ！」

僕は思わず兄様の腕にしがみついてしまった。それを見て兄様が小さく笑う。

「大丈夫だよ。ほら、皆来た」

そう言われて振り返ると、聖堂の中からダニエル君達が出てくるのが見えた。

「ああ、やっぱり魔法が解禁されたから転移をしてくると思ったよ。皆顔色が悪いね。キマイラを見てしまったのかな？　大丈夫？」

「学園内にキマイラが現れるなんて本当にありえない事だからね。中で治癒出来る者がヒーリングをかけている。やってもらっておいで」

「じゃあとりあえず、行ってくるか」

「不謹慎だけどあんな魔物と戦う機会なんてないからね。腕試しだ」

「マーティ、本当に不謹慎だよ」

「ははは、そう言うアルもすでに臨戦態勢じゃないか」

口々にそう言う面々に僕は何も言えなくなってしまった。だって、ちょっと散歩に行ってくるねくらいの感じなんだもの。

「エディ達は聖堂の中に入っているんだよ」

先ほどと同じ言葉を繰り返して三人と一緒に行こうとする兄様の腕を離せずにいる僕に、マーティン君が小さく笑って口を開いた。

「一緒にいてやれば？　目の前でキマイラが出てきたんだ。ショックだったんだよ」

「す、すみません」

それを聞いて僕はやっと兄様の腕を離した。そんな僕の頭を兄様がポンポンとする。

「大丈夫だよ、エディ。とにかく安全な場所にいて」

兄様がそう言って、他の三人と一緒に初等部の方に向かおうとした途端、後ろから声がかかった。

「待ってください！　僕も一緒に連れていってください！」

そこにいたのはルシルだった。

「参戦の許可が出たのは高等部のレベル四以上の者だよ？」

マーティン君が冷ややかな声で答えた。

「分かっています。でも対魔物に関しての魔法は許可が出た筈です。お願いします」

「これも『イベント』っていうものなの？」

そう冷たい声で尋ねたのはダニエル君。それにルシルは引きつったような顔で首を横に振った。

「違います！　学園に魔物が湧くなんて事はなかった。だからレベルとか親愛度とかそんなものじゃないんです。僕は、僕がここになんのためにいるのか分からなくなってきて。本当に魔法が使えるのかも分からなくて。ご迷惑はおかけしません。お願いします！」

頭を下げたルシルは本当に必死の形相をしていた。前に会った時よりも一回り小さくなった気がする。

「このままにして一人で行かれても困ります。とりあえず一緒に」

ダニエル君がため息交じりに言った途端。

「私も行こう」

「殿下！」

え？　殿下？　突然割り込んできた声に驚いて振り返ると、そこには美しいロイヤルシルバーの髪の男性が立っていた。

「いえ、聖堂にいらしてください」

ジェイムズ君がすぐにそう言った。

「なぜだい？　私も魔法科のレベルは五だよ。参戦の許可は出ている」

「そういう事ではありません！　とにかく安全な場所にいらしてください」

「キマイラなんてなかなか目にする事が出来ない魔物だよ。せっかくだから皆で倒してしまおう。さぁ行こうか」

「ああ、もう厄介事が増えていく……」

マーティン君が頭を抱えて、ダニエル君がうんざりした顔をして、兄様は、兄様は……ああ、眉間にものすごい縦皺が……

「殿下、お立場を……」

ジェイムズ君が口を開いた瞬間、そこにいた全員が初等部の方を見た。

青い空の中、三つの頭を持つ魔物が飛んでくるのが見えた。どうしてあんなに大きな体で頭が三つもあってバランスも悪そうなのに飛べるのかな。そんな的外れな事を考えていると、どこか楽しそうなシルヴァン殿下の声が聞こえてきた。

「ああ、向こうから来てしまったみたいだ」

「……仕方がない。行くぞ」

「餌が多くある方角が分かったのかな」

「やめろ、マーティ」

「ほら、行くよ。ルシル君」

「！　はい！」

「エディ、聖堂の中に入るんだよ！」

兄様達は中庭に舞い降りたキマイラに向かって走り出した。

殿下も、多分レベルが四以上あるのだろう他の生徒達もその後に続く。初等部の方からは魔導騎士達が後を追いかけるようにやってくるのが見えた。

『中庭にキマイラ一体が移動。聖堂の防護レベルをマックスにします。自身の安全を最優先にし、対魔物に関して魔法使用を許可。高等部各科レベル四以上の者は参戦を許可します』

再び学園内に響く声。

「エディ、中に入ろう」

「ここにいます！」

「エディ!?」

驚いた声を上げるレナード君達に胸の内で謝って、僕は聖堂から少し離れたところに防御壁を作った。

「これは……」

「ないよりはマシでしょう？　皆は聖堂の中へ」

「まさか！　残してなんていけませんよ」

そんなやりとりをしていると、聖堂の中からミッチェル君達が飛び出してきた。

「もう！　来ないと思ったらこんなところで！」

「ああ、ほんとにキマイラだ」

「学園の中に魔物が出るなんて前代未聞だな」

なんだか皆があんまりにもいつもと変わらない感じで、僕はこんな時なのにおかしくなってしまった。

「あれ？　エディって防御壁の魔法も使えるの？」

「うん。取得したばかりだけどね」

「では、こうしましょう」

「え？　リック？」

「ふふふ、驚きましたか？　私は闇魔法の属性持ちですよ」

「し、知らなかった」

僕の防御壁の前後にエリック君が作った防御壁が展開した。三重になった防御壁。しかもエリック君のそれは僕のものよりも明らかに頑丈そうだ。

「魔導騎士や兄上達の戦いが目の前で見られるなんてすごい！　しかもキマイラ！」

「ミッチェル……」

うん。ミッチェル君は本当にブレないね。隣でクラウス君がやれやれとばかりに苦笑している。

防御壁の向こうではすでに戦いが始まっていて、時折雷が落ちてキマイラが暴れているのが見えた。

兄様達レベル四以上の生徒達と魔導騎士の講師達は、まず竜蛇の翼を封じて、雷魔法を使う山羊の頭を狙う事にしたようだった。

ミッチェル君の解説によると、キマイラは獅子が火を吹き、山羊が雷を落とし、竜蛇が毒を吐くと言われているそうだ。という事は、まずは飛んで逃げる事が出来る翼を封じて、それから近づく事を阻止している雷魔法を使う山羊の頭を狙うって事だね。

バチバチと魔力が跳ね上がっている。聞こえてくる恐ろしい咆哮《ほうこう》。そして雷がやんだ代わりに地面が揺れるほどの大きな火柱が上がった。

「…………」

僕は思わず手を握りしめていた。本当にこのままここにいてもいいんだろうか？　少しでも何か出来る事はないだろうか？　あの魔熊の時よりは戦えるのではないだろうか？

だけど万が一にでもあの時の魔法が発現してしまったら、なんのために加護を隠しているのか分からなくなる。

でも、もしも、もしも兄様達に何かがあったら僕は……

祈るような気持ちで僕は防御壁の向こう側を必死で見つめた。少し遠くて分かりづらいけれど、皆が戦っているのが見える。

マーティン君とダニエル君が次々と魔法を打ち込み、ジェイムズ君が魔法を載せた剣をふるっていた。殿下と呼ばれていた、シルヴァン・コルベック・ルフェリット第二王子も氷の魔法をキマイラの頭上に落としている。

そしてもちろん兄様も火を吹く獅子の口をめがけて大きな水の矢を打ち込んでいた。

ああ、なんだか本当に小説みたいだなと僕は思った。小説の中では『悪役令息』の僕に殺されてしまったせいで【愛し子】と一緒に戦う兄様はいなかったけれど、でもここでは皆が一緒に戦っている。だけど肝心のルシルの姿が見えない。

『僕がここになんのためにいるのか分からなくなってきて。本当に魔法が使えるのかも分からなくて』

ふと先ほどのルシルの言葉が甦《よみがえ》った。

僕が自分の事を『悪役令息』だと分かって恐れて怯えていたように、ルシルもまた小説やゲームとは違いが多いこの世界で、【愛し子】としての自分をどうしたらいいのか分からず不安だったのかな。

「うわっ！」

再び耳が痛くなるくらいの大きな雷が落ちた。そこで戦っているのは二十名ほど。レベル四以上の生徒というのはそんなに少ないものなんだろうか。

学園からの連絡を受けて王宮から救援が来たりしないのだろうか。

「もう一体は倒したのかな」

「倒したならもう少しこちらに戦力が来てもいい筈です」

僕の問いにスティーブ君が答えてくれた。うん。そうだよね。倒したならこちらへ向かうよね。じゃあ来ないって事は……

『初等部屋外実技場に新たな魔物を確認。外部より魔導騎士隊の救援が到着。各自、自身の安全を最優先にしてください』

「……魔素溜まりが魔物を次々に生み出しているのか？」

呆然とレナード君が呟いた。僕も同じように感じた。これじゃあ魔素溜まりをどうにかしない限り、どんどん新しい魔物が湧き出してしまう。

だけど、外部からの応援が来たって言っていた。父様だ。きっと父様が来てくださったんだ。だからきっと大丈夫。きっとこんな信じられないような出来事はすぐに収束してしまうよ。

再びゴオォォッと火柱が上がって大きな唸《うな》り声が中庭に響いた。その次の瞬間。

「え？」

何かがキラキラと光った。そして空に向かって光の柱が大きく伸びる。

「なんだ？」

「何？　浄化？　まさか……」

見た事はないけれど、分かった。あれは、ルシルの魔法だ。【光の愛し子】の聖魔法だ。

「えええ！　消えている！　キマイラが消えているよ！」

ミッチェル君が信じられないと言わんばかりの声を出した。確かに中庭で暴れ回っていた魔物の姿はない。

「浄化……したのか？　暴れていた魔物を？」

僕達は目の前の光景を呆然と見つめていた。そこにあるのは僕達と同じように呆然と立ち尽くしている人と、駆けつけてきた魔導騎士隊の姿だけだった。

◇◇◇

中庭で何が起きたのか。

話はアルフレッド達が初等部に魔物が湧いた事を知った時に遡《さかのぼ》る――――……

学園から知らせのあった初等部の屋外実技場は一年生の教室に近い。そこに魔素溜まりが出現して、さらに魔物が湧き出したという学園からの知らせは大きな驚きと共に、一体何が起きているのかという恐ろしさを感じさせた。

王都の街中に魔素溜まりが出来て鼠が魔獣化した事件も起きたばかりだというのに、結界に守られ、魔法の制御がかかっている筈の学園内に魔素溜まりが出来、そこから魔物が現れるなど前代未聞の出来事だった。

エディは無事だろうか、そう思いながらアルフレッドは教室を飛び出した。

「アル！　どうやら初等部は高等部の聖堂に避難するみたいだな。三年の有志に聖堂への誘導指示が出ている。行くだろう？」

尋ねてきたのは同じ魔導騎士科を選択しているマーティンだった。

「もちろん」

短くそう答えてアルフレッド達は高等部の聖堂へと向かった。

「それにしても本当に魔素溜まりから魔物が湧くとはね。お伽話《とぎばなし》のように語られていたけど、現実に起きるなんて思ってもいなかった」

マーティンの言葉を聞きながらアルフレッドも同様に思っていた。魔素溜まりから魔物が湧き出す。それは言い伝えられているお伽話《とぎばなし》でしかなかったのだ。

大体、魔素溜まり自体はよく見られるというほどではないが、それでも生活の中で目にする事があるものなのだ。そんなものから魔物が湧き出すのであれば、魔物は日常の中でもっと多く見られているだろう。けれど実際には、街で暮らしている人間が魔物を見る機会はほとんどない。魔物はダンジョンか、森の奥深く、魔素が濃く瘴気があるような場所で生まれる。そんな風に信じられていた。

だが常識は覆《くつがえ》った。魔素溜まりは獣を魔獣化して、穢《けが》れを振りまくだけでなく魔物を生み出す。これからはそれが常識となっていくのだろう。

どうしてそうなったのか。変化したのであればその原因はなんなのか。それは『世界バランスの崩壊』というものに関わってくるものなのだろうか。

移動の間に高等部に再び知らせが入った。三年有志による聖堂への誘導指示が繰り返されると同時に、現れた魔物がキマイラだという事が告げられた。

「……キマイラか。厄介なものが出てきたな」

「ああ、ほんとにね。あ、アル、ジムがいるよ」

マーティンの声にアルフレッドはハッとして顔を上げた。聖堂の前で逃げてきている初等部の生徒達を誘導しているジェイムズの姿が視界に入った。

「早いな、ジム」

「ああ、アル、マーティ。良かった。知らせを聞いて殿下がものすごい勢いで飛び出したんだ」

やれやれといった表情をするジェイムズにマーティンがうんざりした顔をした。

「まったく、守られる立場の人間だという事をもう少し自覚してほしいね。それで?」

「聖堂内の誘導をお願いしたよ。まぁ中で揉めるような事はないだろうけどね」

「ふふふ、いい配置かもしれないな。王族が誘導しているなら皆素直に指示に従うだろうからね。ああ、ダニーも来た」

マーティンが手を上げるとダニエルが近づいてきた。

「やぁ、とんでもない事が起きたな。よりによってキマイラが湧くとはね。中庭はちょっとしたパニック状態になっているようだ。これから初等部の生徒達がどっと押し寄せてくる感じかな。とりあえず聖堂内に速やかに避難させよう。最悪高等部の人間も避難する事になるかもしれない」

「そうならない事を祈りたいけどね。確かキマイラは獅子の頭と胴体で山羊の頭もついていて、四肢は山羊。竜の翼と尾を持って尾の先には竜蛇の頭だったかな。ちなみに獅子は火を噴いて、山羊が雷を落として、竜蛇が毒を吐く」

マーティンの解説にジェイムズが心底嫌そうな顔をして「滅茶苦茶だな」と呟いた。

「ジム、エディはもう来ているかな」

「いや、俺はまだ見ていない」

それを聞いてアルフレッドは聖堂の中に入った。グルリと中を見回してすぐに外へと飛び出してくる。

「あの集団の中じゃないか？」

前方から近づいてくる集団を見てダニエルが言う。

「………前の方にはいない。とりあえず様子を見てくる」

そう言いながらすでに走り出しているアルフレッドを、友人達はやれやれというように見送った。

初等部から避難する生徒達の集団が押し寄せると、聖堂の辺りは慌ただしい雰囲気になった。聖堂内から飛び出してきた見知った顔に「側近候補の方は内部誘導の方へ回っていただきたい」と言われて、ダニエル達は苦い表情を浮かべながら聖堂の中に入った。

避難してきた生徒達の中には、魔素溜まりが形成されるところを見た際に威圧のようなものを受けたらしく、具合が悪くなっている者がいた。誘導に来ていた三年の中に治癒魔法の使い手がいて、そういった生徒達を聖堂内の一画に集めてヒーリングをかけている。

「一気に魔力が膨れ上がった感じがしたから、魔力酔いのような症状が出ているのかもしれないな」

「近くで見たなら受けた力も大きかったかもしれない。そうなると一番近かった一年生達が気になるな」

だとすれば、これからやってくる生徒達は具合が悪くなっている者が多くなってくる可能性がある。親友の弟は無事だろうか。確か一年の青のクラスは一番屋外実技場に近い。

マーティンとダニエルが小さな声でやりとりをしていると再び学園からの指示が聞こえてきた。

『学園内にキマイラ二体が出現。現在交戦中。自身の安全を最優先にし、対魔物に関して魔法使用を許可。尚《なお》、高等部各科レベル四以上の所有者は参戦を認める』

「二体も出てきたのか……」

「アルフレッド達はまだ来ていないか？」

「……ああ、中にはいない。一年もほとんど到着しているみたいだが。とりあえず外を見てくるよ。

魔法が解禁されたから、きっと転移してくるだろう。どちらにしてもレベル四以上が参戦可能なら行くしかないしね」

マーティンの言葉にダニエルも頷いた。ジェイムズも第二王子の傍でこちらを見て頷いている。

三人は聖堂の外へ出た。思っていた通りに転移をしてきたアルフレッドと、その弟のエドワードや彼の友人達の姿があった。マーティン達はホッとして彼らに声をかけた。小さい頃から顔馴染みのエドワードは特に顔色が悪い。

「学園内にキマイラが現れるなんて本当にありえない事だからね。中で治癒を出来る者がヒーリングをかけている。やってもらっておいで」

ダニエルはそう言って初等部の方を見つめた。その隣では殿下のお守りから解放されたジェイムズが「じゃあとりあえず、行ってくるか」などと言っている。

「不謹慎だけどあんな魔物と戦う機会なんてないからね。腕試しだ」

「マーティ、本当に不謹慎だよ」

「ははは、そう言うアルもすでに臨戦態勢じゃないか」

そんなやりとりを驚いた顔をして眺めているエドワードは、アルフレッドの腕を掴んだまま離す事が出来ずにいた。マーティンが「一緒にいてやれば」と口にすると慌ててその手を離す。

小さな頃から仲の良い兄弟だが、友人達はアルフレッドがエドワードをただの弟としては見ていない事に気付いていた。もちろんエドワードがそれに全く気付いていない事も。

そんなエドワードに聖堂に入るようにと言って、アルフレッド達が初等部の方へ向かおうとした途端。

「待ってください！　僕も一緒に連れていってください！」

聖堂の中から必死の形相で飛び出してきたのはルシル・マーロウだった。

しかもごたごたしているうちにルフェリット王国第二王子のシルヴァン・コルベック・ルフェリットまでも出てきてしまい、さらにキマイラの一体が中庭に飛んできた。

これ以上時間を引き延ばせない。アルフレッド達は中庭に降り立ったキマイラに向かって走り出し、目標を定めて短く転移をすると一気に攻撃を仕掛け始めた。


マーティンによると、目の前のキマイラはBからAランク以上の魔物らしい。今回は竜種の蛇の頭と翼を持っている個体なので、Aランク以上ではないかと言っている。

以前戦った魔熊――フレイム・グレート・グリズリーと同レベルくらいだろうか。けれどあの時よりも自分はもう少しマシに戦えるとアルフレッドは思っていた。それに力強い仲間達もいる。落とされた雷を避けて翼に向かって水の鎖を飛ばすと、マーティンが援護をするように胴体から生《は》えている山羊の頭に火魔法を浴びせかけた。

飛び去ったキマイラを追いかけて初等部の方からやってきた魔導騎士の講師達の指示で、飛行移動が可能となる厄介な翼と、雷を落とす山羊の頭を先に潰す事になった。参戦しているのは講師三名を含む二十一名。

チラリと振り返ると聖堂の前に防御壁を展開させてこちらを見つめているエドワード達が見えて

アルフレッドは胸の中でため息をついた。それに仲間達も気付いて苦笑を浮かべる。

とにかく聖堂の方にこの魔物を向かわせてはいけない。絶対に。

「アル！　翼は火では無理だね。風か、水の刃物系か鎖状で縛り上げるというのはどうだろう」

マーティンの言葉に「分かった」とだけ返して、アルフレッドはウォーターカッター（水刃）とウォーターアロー（水矢）を繰り出した。だが刺さってはいるものの決定打にはならない。弱いところはどこか。少しでも傷がついたらそこを容赦なく狙い打つ。まずは翼の付け根を狙っていると振り向いた獅子の首が炎を吐き出した。

「意外と面倒だな。口の中に氷の矢でも突き立ててみるか」

シルヴァンはそう言いながら派手な氷の矢を繰り出した。しかし獅子はそれを頭を振っただけで弾き飛ばす。

「炎を吐き出す瞬間の口を大きく開けたところを狙ってください」

「分かった」

ダニエルの指示に王子は開いた口に大きな氷の矢を飛ばした。

戦いは一進一退の状況だった。はじめから戦っている講師陣はさすがにそろそろ魔力が切れてくる頃だろう。レベル四以上の生徒達の中にも苦戦を強《し》いられている者もいる。

連れていってほしいと言い出したルシルは、最初に何度かシャインアロー（光矢）などの光属性の魔法を繰り出していたが、思ったほどの効果が得られていないようだった。悔しげな表情を浮かべていたものの、少しすると自分が出来る事を見つけ、力が尽きた者達の癒しに回っているらしかった。急に身体が軽くなって驚きの表情を浮かべる者が周囲に出始めた事に、アルフレッド達は気付いていた。

翼と山羊の頭への集中攻撃でどうにか翼を使えないようにし、雷を落とす山羊の頭にダメージを与えたが、次に厄介なのは毒を吐く竜蛇の頭だった。しかしここでもルシルの力が役に立つ。ルシルが発した光が当たると竜蛇の毒に冒された身体が元に戻るのだ。

「よし、仕留めた！」

毒を吐き出す竜蛇の頭をジェイムズが斬り落とすと小さな歓声が上がった。激痛に大きくうねる尾。未だ傷つける事が出来ていない獅子の頭、そして暴れて土を蹴り上げる山羊の足。

次はどこを攻めるべきか、ルシルから回復と解毒を受けてはいるが、長時間の戦いとなると人間の方が不利だ。それにキマイラはもう一体いて、新たな魔物も湧き出している。魔素溜まりが消えなければさらに魔物が増える可能性がある。

誰もが一刻も早くこの戦いを切り上げなければならないと感じていた。

するとルシルが大きく息を吸って、吐き出し「離れてください！」と声を上げた。

何を言っているのか、おそらくそこにいた全員がそう思っただろう瞬間、彼の身体から金色の光が放たれた。

「な………」

これは一体なんなのか。金色の光の中にキラキラと輝く銀色の粒子。ルシルから飛び出したその光は空に向かって大きな柱のように伸びた。見た事のない魔法だった。

これがあの小説の中に書かれていた【光の愛し子】の魔法なのだろうか。眩《まばゆ》い光に目を細めてそう考えていたアルフレッドは光が収まった後の光景を見て、今度は目を見開いた。

そこにいた筈のキマイラは跡形もなく消えていた。

「信じ……られない……」

「これは……魔法？　浄化魔法なのか？」

聞こえてくる呆然とした響きの声。

誰もがキマイラが消えた事に驚くと同時にこれがどれほどすごい事なのか、そしてこの力がこの王国にどのような事態を巻き起こす可能性があるのかを考え始めていた。

そんな中で当事者のルシル・マーロウが青い顔で振り返る。

「すみません。どなたか魔素溜まりの前まで転移をしてもらえませんか？　これ以上湧き出しても困るので元を消します」

アルフレッド達は表情を引き締めてルシルに近づいた。そしてシルヴァンはその様子をどこか面白そうに見つめていたのだった。

◇◇◇

中庭に救援に来たのは父様とミッチェル君のお父様が引き連れた魔導騎士隊だった。

「わぁぁ！　父上とレイモンドの魔導騎士隊だ！　すごいすごい。でももうキマイラ消えちゃったけど」

「ミッチェル……落ち着けよ」

「なんだよ。僕は落ち着いているよ。ワクワクしていただけ」

「……そうかよ」

うん。本当にミッチェル君とクラウス君はなかなかいいコンビなのかもしれないな。

ふと気付くと、目の前から兄様達が消えていた。あれ？　どうしたんだろう。

こちらのキマイラが消えてしまったから初等部の方に応援に行ったのかな。

僕がキョロキョロしていると、スティーブ君が「転移でどこかに行ったみたいですね」と教えてくれた。という事は、やっぱり初等部の方に行ったのかな。そう思っていたら父様が転移をして聖堂の前に来てくれた。

「エドワード、大丈夫かい？　皆も怪我はないかい？」

「はい。大丈夫です」

「ありがとうございます」

皆は口々に言って父様にお辞儀をした。

「あの、父様、兄様達は」

「初等部の屋外実技場に来ていたよ。とりあえず魔物は全部片付いた。魔素溜まりも消えたよ。もう魔物が湧く事はないだろう」

父様はそう説明して少しだけ困ったように笑った。どうしたんだろう。

「あの、フィンレー侯爵様、キマイラが二体湧いたという知らせがあったのですが、三体目は何が出てきたのか伺ってもよろしいでしょうか」

ミッチェル君が少し緊張したような顔で父様に尋ねた。

「ああ、本来はこんなところに出てくるものではないんだけどね。ヘルストーカーが出たんだよ。キマイラの首が一つになった時点で湧き出てきたらしい。救援が間に合って良かった」

「ヘルストーカー！」

ミッチェル君が興奮したような声を上げた。

「魔素から湧いた初めての魔物だからね。持ち帰って調べる予定だよ」

「み、見たいです!!」

「ヘルストーカーってどんな魔物なの？」

僕が尋ねるとミッチェル君は頬を紅潮させて説明をしてくれた。

「蠍《さそり》と蜘蛛《くも》を掛け合わせたような虫の魔物だよ！　尾から毒のある粘着性の糸を出すんだ。それに甲殻はものすごく硬くて普通の剣だと歯が立たないって言われている」

「ほぉ、よく知っているね。さすがレイモンド伯の子息だ」

「ありがとうございます！　では、すぐに見に行ってもよろしいでしょうか」

「ああ、まぁ、そうだね。では行きたい者は連れていくよ」

父様にそう言われて、結局僕達は皆で初等部の方に転移をする事になった。

父様すごい。距離が短いから大丈夫だろうって一度に九人で転移をするなんて。

「エディ!?」

実技場に着くとすぐに兄様が気付いて名前を呼ばれた。その後ろでものすごく興奮しているミッチェル君の声が聞こえる。

「うわぁ！　本当にキマイラとヘルストーカーだ!!」

「ああ、エドワードの友人達だ。少しだけ見せてやってくれ」

父様がそう言うと、片付けをしていたフィンレーの魔導騎士隊が苦笑しながら場所を空《あ》けてくれた。すごいなぁ、ミッチェル君って。あれ、意外と皆見に行っている。僕はこのくらいの距離から見るので十分。それよりも。

「アル兄様、お怪我はありませんか？　あの、他の人達は？」

確かもっと沢山の人が戦っていたよね。ダニエル君達も大丈夫だったかな。先生達もルシルも他のレベル四以上の人達も。そう尋ねると近づいてきた兄様が答えてくれた。

「怪我はない。ルシルが途中から周囲に回復と解毒の魔法を使っていた。魔素溜まりを消したのも彼だ。もっともその後に倒れたけどね」

「え！」

「多分魔力切れだと思う。第二王子が付き添うって言って聖神殿へ向かった。ダニエルとジェイムズはその付き添い。マーティはあそこ」

振り返るとマーティン君はミッチェル君と一緒にヘルストーカーを眺めていた。意外と似た者兄弟なのかもしれない。

「あの、ルシルの魔法は……」

「うん。見た事がない魔法だったな。光の属性だけじゃない不思議な魔法だ。私にはよく分からないがあれが聖属性なのかなと思ったよ。詳しい事はまた後で話をする。それよりもエディ、聖堂に入らなかったね。言いつけを破っていけない子だ」

「ご、ごめんなさい」

すぐに謝ると兄様はふわりと笑ってくれた。

「仕方がないな。気持ちが悪くなったり、どこか痛んだりするようなところはない？」

「大丈夫です」

「うん」

兄様は小さく頷いて、父様の方に向き直った。

「とりあえずきちんとしたお話は後ほど。エディは魔素溜まりからキマイラが湧くところを見ているらしいので、その話も一緒に。学園もこのような状況ですし、タウンハウスの方に引き上げてもよろしいでしょうか？」

「そうだね。あそこにルーカスがいるから一緒に」

そう言われて父様が指さした方を見ると、ルーカスが魔導騎士達と一緒に動いていた。

「ルーカスは一緒に戦っていたのですか？」

「ああ、学園の知らせが聞こえてすぐに一年の教室の方に向おうとしたらしいが、こちらの講師達が苦戦しているのを見て何人かの護衛達と一緒に参戦したそうだ」

「そうだったんだ」

僕が見ているのに気が付いたルーカスが周りに声をかけてこちらへ走ってきた。

「すぐにお近くに行けずに申し訳ございませんでした」

「ううん。戦ってくれてありがとう。怪我はない？」

「大丈夫です。先ほど倒れた生徒が治癒魔法と回復魔法を同時にかけてくれたので」

「え？　一緒に？」

「はい。魔力切れを起こしかけていた者達も助かりました」

「そうだったんだ……」

僕は兄様達に一緒に連れていってくれと必死に頼んでいたルシルの顔を思い出していた。魔法が使える事が分かって、そして皆を助ける事が出来てルシルもホッとしたかもしれない。だけどきっとこれからが大変だろうな。

何も出来なかった僕と、力を使って皆を助ける事が出来たルシル。なんとなく胸の奥がチクンと痛む気がした。すると兄様が僕の頭をクシャリと撫でた。

「ふぇ？」

「ルシルはルシル。エディはエディだ。力を使えるのか不安だった彼と、力を使わないように制限されている自分を一緒に考えたら駄目だよ」

「……はい」

兄様は僕が何を考えていたのかすぐに分かっちゃったんだな。そうだよね。ルシルにはルシルの事情が、僕には僕の事情があるものね。

「じゃあ、帰ろうか。さすがに疲れた。美味しいお茶が飲みたいね」

「はい！」

にっこり笑った兄様に僕もにっこり笑って返事をした。

そんな僕達を見て父様が「いいなぁ。私も美味しいお茶が飲みたいなぁ」と言ったので、僕達は思わず笑い出してしまった。

父様が僕達と一緒に美味しいお茶を飲むのは残念ながらまだ難しいと思うんだ。

「何かお菓子を用意しておきますね」と言ったら、「今日は無理だと思うよ」って笑っていた。

ミッチェル君は魔物見学を堪能《たんのう》して、皆は少し顔を引きつらせていた。

そして学園から明日の休校が伝えられ、全員がそれぞれのタウンハウスに帰る。

僕はハッと思い出して、慌ててレナード君に「今日はありがとう」と伝えた。レナード君は「大丈夫ですよ」って笑ってくれた。でもやっぱりお友達に抱っこされるのは恥ずかしいよね。

そう言ったら同じようにユージーン君に抱っこされていたトーマス君が「身体を鍛えます！」って赤い顔をして言っていた。うん。一緒に頑張ろうね。

◇◇◇

魔素溜まりから魔物が湧いた事件は、王国内に衝撃を持って受け止められた。

今まで噂に過ぎなかった事が現実となったのだ。これまで以上に魔素溜まりに注意しなければならない。だが、それは人々にとって大きな重荷になるのも事実だった。

魔素溜まりは獣が触れてしまうと一定の割合で魔獣になって穢《けが》れをまき散らすというものだったのに、それに加えて魔物が湧き出す場所になったのだ。

小さな領ほどその衝撃は大きく、魔素溜まりをどうしたらいいのか、魔物が湧いたら救援は来てくれるのかという問い合わせが王城へ沢山来たらしい。

学園に救援に来てくださった父様はその日も、その次の日もタウンハウスに戻ってくる事はなかった。父様は働きすぎだ。そう言うと兄様は「そうだね」と苦笑していた。

でも兄様も働きすぎだと僕は思った。兄様はなんでもない顔をしているけど、学園に通っている他にフィンレー領の領主が行う事を手伝っているのを僕は知っていた。もうすぐ卒業だから慣れておく必要があるんだって言っていたけれど、父様も兄様もこんな生活をしていたら病気になってしまう。

この世界にはポーションや神殿といったものがあるけれど、それだってずっと頼っていいものではないだろう。

「何かお手伝い出来る事はないかな」

僕は考えたけれど、いい考えなど思い浮かぶ筈がなかった。だって父様や兄様が実際にどんな事をしているのか分からないからだ。それで母様に相談をしてみた。そうしたら……

「やりたいようにやらせておきなさい」

母様はそう言って笑った。

え？　そうなの？　だって本当に忙しそうなんだよ？　こんな事をしていたら倒れちゃうかもしれないよ？　ポーションや回復魔法にずっと頼っていてもいいの？

母様は僕の心の声が聞こえたかのように笑って「やりたいと思っているなら納得がいくまでやらせるしかないでしょう？」と続ける。

「でも母様」

「倒れたら倒れた時に、倒れないようにしてほしいってお願いするしかないのよ。だってその人の限界はその人にしか分からなくて、やりたいと思っている事の邪魔は出来ないの」

うん。母様もすごいって思った。

「エディ、心配を押し付けてはいけないのですよ。それは心配をしているという振りでしかないのです。お疲れ様でしたと寄り添って、話をしたいようにさせて溜まったものを吐き出させる方が何倍もマシです。もし倒れるような事があればここまではしないでほしいとお願いすればいいの。どうしても分からなければこちらが同じ事をしてやれば気付くでしょう？」

「…………そう、なのですね」

「そういうものです。それに、まだ帰ってくる事が出来るうちは大丈夫よ」

そんな難しい事を言われて、僕はもっとどうしていいのか分からなくなってしまったんだけど、あんまり心配で毎日兄様のお仕事が終わるのを待っていたら、そのうち兄様は無理をしなくなってきたから、母様が言っていた事がほんのちょっとだけ分かったような気がしたよ。

そうしているうちに十の月になって僕の誕生日がきた。

ウィルとハリーはものすごく張り切っていたけれど、残念ながら僕の誕生日は週末ではないんだ。さすがに後期の試験が迫っていて余裕がなく、誕生日にはフィンレーに戻れそうにないって連絡を入れたら二人がタウンハウスにやってきた。

「エディ兄様は頑張りすぎです」

そう言われて僕は父様と兄様の気持ちもちょっぴり分かった気がした。そうか、僕も二人から見ると頑張りすぎているように見えちゃうのか。

父様や兄様に比べたら僕はまだまだ普通だと思っていたんだけど。でも頑張らないと終わらない事も確かにあるんだよね。

その他にもルシルはどうなっているのかとか、あの後は魔素から魔物が湧くような事例はないかとか、気になる事も沢山ある。だけど父様とあの日の出来事もまだちゃんと話が出来ていないしね。

ごめんねと何度も謝って、十の月の終わりに予定されている座学の試験が終わったら週末はフィンレーに戻るようにするねって言ったら、ウィルとハリーの二人は渋々頷いてくれた。

それでも誕生日のプレゼントに、僕が好きそうな花とケーキとお守りだという水晶の石をくれた。他国では水晶は『浄化の石』って言われているんだって。

もちろん、僕達の王国のような『浄化』が出来るわけじゃない。石で魔物は消えたりしないし、穢《けが》れも祓《はら》えない。それでもそういうものを選んでくれた気持ちが嬉しかったよ。

フィンレーは昔から装飾用としての水晶が採れる山があるので、二人は綺麗なクラスターをプレゼントしてくれた。すごくキラキラしていた。土の中からこんなに綺麗な石が出てくるなんて不思議だなって思う。大事にしようって棚の一番目立つところに飾ったよ。

忙しい兄様からもしっかりとプレゼントをいただいてしまった。王都の母様の気に入っているケーキ屋さんのケーキといつもの水色のリボン、そして珍しく冬用のコートだった。

王都では今フードがついているコートが流行《はや》っているんだ。兄様もフードつきのキャメル色のコートをプレゼントしてくれた。してくれたんだけど……

「アル兄様、あの、本当にいいのでしょうか」

「うん？　エディが嫌でないならもらってくれると嬉しい」

兄様はそう言ってにっこりと笑った。

「い、嫌じゃないです。嬉しいです。でも」

「でも？」

僕は何も言えなくなってしまった。だってコートには兄様の色のピンブローチがついていたんだ。ピンブローチ自体は結構使う人も多くて、胸元のスカーフを留めたり、襟とかにワンポイントとしてつけたりするんだけどね。

兄様の色のリボンをいただいてつけているのも大丈夫かな？　まだいいのかな？　って心配しているのに、兄様の色が入ったピンブローチなんて、兄様は困らないのかな。

「リボンだけでもいいのかなって思っているのに、ピンブローチなんて、本当に使ってもいいのでしょうか？」

兄様の瞳の色の石が嵌《は》めこまれたピンブローチ。自分の色の石を贈るのは好きな相手にだけだって母様が言っていた。僕はいつまで兄様の色をつける事を許してもらえるのかな。

「使ってもらえると嬉しいんだけど、エディが嫌なら受け取るだけでも受け取って？　それも駄目だったら」

「駄目じゃないです！　嬉しいです。使います。だってすごく綺麗だから。ありがとうございます」

明るいブルーのアクアマリンを囲むように綺麗な細工が施されているピンブローチは、見ているだけでもため息が出てくるくらい美しい。そしてとても嬉しい。でもそれと同時に、僕の胸の中には以前聞いたリゼット様の言葉が甦《よみがえ》ってくるんだ。

『今はそうねぇ、やっぱり学園を卒業してから決めるっていうのが一番多いのかもしれないわね』

兄様は五の月に十八歳になっていて、卒業まではあと二カ月。そして、フィンレーの次期当主だ。

もしも……もしも、兄様の婚約が決まって、僕が兄様の色のリボンやピンブローチをつけていたら相手の人はどう思うだろう。弟の事を可愛がっているのは分かるけれどって複雑な気持ちになったりしないだろうか。

それに、それを使っている僕の事を非常識だって思うかもしれない。婚約者がいるのにどうして兄様の色をつけるのかって。

ああ、嫌だな。なんだかすごく嫌な気持ち。こんなの僕らしくないよね。

でもコートだけを着てピンブローチをつけなければ兄様はどう思うかな。兄様がくださったんだから、その時までは甘えてつけさせてもらってもいいのかな。そうしたいな。

ずっと、そう出来たらいいのに……

「エディ？　どうかしたの？」

「え？　……あ、あの、綺麗なピンブローチだから似合うかなって。ふふ、どこにつけて出かけようかって考えていました。学園だと兄様のご迷惑になるかもしれないから」

「迷惑になんてならないよ？」

「…………」

「迷惑なんて私は思わないけれど、エディがそう思うのなら」

「違います！　本当に嬉しいです。本当です。ちょっと考えちゃって。リボンも、バッグも、これもいつまで許してもらえるのかなって。せっかくの誕生日なのにごめんなさい。なんだかうまく言えないです。でももうすぐ、兄様が卒業しちゃうから淋しくて、困るんです」

「エディ？」

「僕にもよく分からないんです。嬉しくて、でも淋しくて。十三歳になったのに、駄目ですね。こんな素敵なものをくださったのに変な事を言ってすみませんでした。使わせてくださいね。大切にします。アル兄様、ありがとうございます」

「…………私は、期待してもいいのかな」

「え？」

「ふふ、なんでもない。大丈夫。ぜひ、使ってほしいな。出来ればずっと」

「兄様？」

うん？　あれ？　おかしいな。僕ずっとそう出来たらいいなって言っちゃったかな？　それともそう考えてしまった事が兄様に分かってしまったのかしら。だったらちょっと恥ずかしいな。

でも、兄様がそう言ってくださるなら、まだしばらくは甘えさせてもらおう。だってまだ、大丈夫だから。兄様がそう言ってくださるから。

「改めて、お誕生日おめでとう。エディ」

「ありがとうございます。アル兄様」

僕はお礼を口にしてから、少し季節は早いけれどいただいたばかりのコートを羽織ってみせた。

「ふふ、似合うかな」

「うん。よく似合っているよ、エディ」

兄様が笑いながら、久しぶりにギュッてしてくれたので、僕も嬉しくてギュッとした。なんだか子供みたいだけど、こんな事が出来るのも、きっともうちょっとだけだから。

だからもうちょっとだけ、甘えん坊の弟でいさせてくださいね。

◇◇◇

気になる事は色々あったけれど、父様は本当に忙しそうで、今日はいらっしゃるなと思っていると、すぐ見えなくなるという状態が続いている。でもそれはミッチェル君のお父様も同じらしく、さすがのミッチェル君も心配をしていた。

そして、レナード君のお父様も、エリック君のお父様も結構忙しいみたいだと言っていた。皆しっかりした騎士団を自領に持っているところだ。

だからきっとジェイムズ君のお父様も、そしてルシルを保護しているマーロウ伯爵家との橋渡し役を担《にな》っているハワード先生も忙しいのだろう。

学園に入ってからハワード先生の授業はなくなってしまったので、僕がハワード先生にお会いする事はほとんどなくなってしまった。そんな中で僕達の後期の試験が終わった。

後期は短いから十の月終わりくらいに試験がある講義と、十一の月に入ってから試験がある講義に分かれている。十一の月に試験があるのは主に実技だ。座学の方は十の月で、各自が出来ていないところを確認して、補講を受けて進級するという形を取るらしい。だからちょっと早いんだね。

それで十二の月になると半分は冬のお休みになっちゃうんだって。

でも卒業式は十二の月の二十四日。週末の月の日って決まっている。

お休みの日なのは家族が来られるようにっていう配慮なんだって。うん。やっぱり皆でお祝いしたいものね。

「十二の月の二十四日かぁ」

兄様の卒業式。家族は出席出来るから絶対に見に行くんだ。そしてお祝いする。

あ、でもフィンレーでは十二の月に入ると冬祭りがあるからね。補講が少なかったら行けるかな。ちょっと忙しいけれど、ウィルやハリー達との時間も大事にしたい。

僕が兄様にしてもらって嬉しかったから、二人も同じように感じてもらえたらなって思うんだ。

そんな先の事を考えていたら父様からの連絡がきた。やっと落ち着いてきたので話をしないかという内容だった。もちろん僕と兄様はお願いしますと返事をした。

そして十一の月のはじめ、僕達は応接室にいた。部屋にはしっかりと遮音の魔法がかけられている。学園の魔物騒ぎから、ううん。その前の街中での魔素溜まりと魔獣の騒ぎから約二カ月。

なんだかあんまりにも色々な事があって、ものすごく前の出来事のように感じてしまうけれど、父様の疲れ切った顔を見たら本当に大変だったんだなって思った。

「父様、お疲れ様です」

「ああ、うん。そうだねぇ。さすがにくたびれたね。まぁそれは私だけではないけれどね。とりあえず二人とはちゃんと話をしたいと思っていたんだ。これ以上後になると冬祭りの準備が入ってくるからね」

父様は紅茶を一口飲んでほぉと息をついた。

「ちゃんとお休みになっているのですか？」

「うん？　ああ、大丈夫だよ。とりあえずうるさいのが一人いなくなったからね。それだけでもだいぶ楽なんだ」

父様は嬉しそうに笑った。うん。誰だろう？　でもきっと聞いても分からないよね。

「えぇっと、どこから話そうか。まぁいいか。とにかく話が前後する事もあるかもしれないけれど分からなかったらその都度声をかけてほしい」

そう言って、父様はもう一度紅茶を飲んでから話し始めた。

「まずは街中に出てきた魔素と魔獣。ああ、もうずいぶん昔の事みたいに感じるね。あれは調べたんだが、結局どうしてあんな事が起きたのか分からなかったし、あれ以降は街の中に魔素溜まりが出るような事はない。こちらについては念のために街の自警団と王都の警ら隊に見回りは続けてもらっているよ。湧き出した魔素が魔素溜まりになって、それに触れた動物が魔獣になるだけでなく魔物が湧くような事になったら一大事だからね。そこはしっかりと決まった」

父様はそこで一度言葉を区切って、僕と兄様を見てから再び口を開いた。

「次に学園に現れたキマイラとヘルストーカーだが、フィンレーやハーヴィンなどに現れた魔物と同様に明らかに生息地が異なる魔物が湧くという状況は似ているといえば似ていた。だからもしかするとフィンレーやハーヴィンでも同じように魔素から湧き出したのではないかという話も出た。もっともその魔素がどうしていきなり湧き出したのかという話になると、もう誰も分からない。元々魔素溜まりがどこに出来るのか分からないしね。動物の死骸や魔物の死骸などに湧くとも言われてきたけれど、少なくとも学園の屋外実技場にはそんなものはなかったし、エドワードを含めて魔素がいきなり湧き出したという証言がある。これについても今のところはお手上げだ。調べようがないし、注意のしようもない」

「はい……」

確かにあの状況ではどうしようもないだろう。本当に何もないところからいきなり黒い魔素が現れて、さらにその魔素が作った魔素溜まりの中から、これもまたいきなり魔物が現れたとしか言いようがないのだから。

「魔素溜まりの中に空間の捻《ね》じれのようなものがあるのではないかと言う者もいたが、確証がない。魔素が出たら注意をして見守るしかないし、早めにそれぞれの領にある自警団や騎士団、そして警ら隊などに知らせるしか今のところ手立てがないんだ」

「けれど本当にそこから魔物が湧き出してしまったら騎士団はともかく、自警団や警ら隊などでは太刀打ちできないかもしれません。それについては王国に何か策はあるのですか？」

兄様がそう尋ねた。

「それぞれに戦う。自領にきちんとした騎士団を持つところは近隣の領に要請された場合は救援を出すが、それにも限界がある。全ての領を助ける事は出来ない。なので、各領に出来る限り自衛の備えを促す事になった。そして各領のギルドを活用し、冒険者達にも魔物を狩ってもらい報酬を出す。報酬についてはギルドと相談。ギルドごとに差が出ないように連携を取ってもらうようになった」

「…………では、自領のギルドに報酬が払えない場合はどうなるのでしょうか」

「出来る範囲の自衛をしてもらう以外ない。それが王室の決めた事だ」

「自衛の手段を持たないところを切り捨てるという事ですか？」

兄様が難しい表情で口を開く。

「魔物の発生が増えてくれば、そうなる可能性はある。出来る限り手を貸したいが、どの領も限界はある。自領の領民達を蔑《ないがし》ろにするわけにはいかない」

父様達がこれを決めるまでにどれだか大変だったのか、詳しくは分からないけれど、それでもほんの少し聞いただけでもものすごく時間をかけて話し合いをして決めたのだろうという事は理解出来た。でも理解出来る事と納得出来る事は違う。

「では、王室には王国内の領を守る義務はないのでしょうか」

「アルフレッド」

「私でさえそう思うのです。これでは王室に背を向ける領が出てくる可能性があるのではないかと。自衛の騎士達を育てるのに何年もかかるところもあるでしょう。そういったところはギルドと手を組み、それすら出来ないところは見殺しにしても仕方がないと王室は切り捨てた」

「まぁ、そう思うところもあるだろう」

「父上は、本当に納得されたのですか？」

「…………」

兄様の問いかけに父様が黙ってしまった。僕はそれをただ見つめる事しか出来なかった。

どうしたらいいんだろう。どうしてこんな事になっちゃったんだろう。

「もちろん……全面的に納得はしていない。だが、それぞれの領にも自衛を促していく必要はあると思う」

「……はい」

「それに……これは……」

父様は何かを言いかけて、眉間の辺りを押さえるようにして大きく息を吐いた。

「父様！」

僕は思わず椅子から立ち上がってしまった。

「ああ、大丈夫。アルフレッドの言いたい事は分かる。私も何度も言い合いをしたからね。けれど万が一、複数の場所で同じような事が起きたら、私は、自領を、フィンレーの領民を優先する。それは私がフィンレーの領主だからだ。これは譲れない。そして、もしも王室の誰かと私の家族が恐ろしい出来事に巻き込まれたら、王国に仕えている人間としては失格だけれど、私は私の家族を守りたい。人というのは勝手だね。それでも後悔をしながら生きるのは嫌だと思うようになってきたよ」

疲れたように笑う父様を僕は多分初めて見た気がした。

「父上……」

「父様、駄目ですよ！　ちゃんと休んでください。父様が神殿送りになったら皆が困るし、悲しくなります！」

「エドワード」

「嫌です。魔物は怖いけれど、皆が元気でいられないのはもっと怖くて嫌です！」

そう言って涙を流してしまった僕を、父様と兄様はビックリしたような表情で見つめた。そして次の瞬間、父様が僕の身体を抱き寄せた。

「ありがとう。ごめんよ。大丈夫だ。神殿送りになるような事はないよ。約束する」

「……はい。約束です」

「うん。約束だ」

そして父様は兄様を見た。

「アルフレッド」

「はい」

「私がこの案を受け入れたのは、もう一つの案がどうしても受け入れられなかったからだ」

「…………え？」

「王室と公爵家は【光の愛し子】に魔物を押し付けようとした」

え？　何？　どういう事？

「エドワードと同い年の彼に全てを投げて、使い捨てるような事は断じてあってはならない。私達の国は私達自身が守るべきだ。特別な加護を持つ一人が背負うものではない。それだけはあってはならないとやり合っていたんだよ。そんな事をしたら、本当にこの国は終わりだ。だから自衛の道を選択した。分かるね？」

父様は僕を抱きしめたまま兄様を見ていた。

そして兄様は、顔を強張らせて、それからギュッと目を閉じて……開いた。

「分かりました。守るべきものを間違えるような事はしないと誓います」

「うん。そうだ。使い捨てるという事は、次を据えるという事に繋がる」

「浅はかな意見を申し上げてすみませんでした」

「いや、アルフレッドがそう言ってくれて良かったよ。そして、理解してくれて良かった」

「はい」

分からないけれど、とにかく兄様は納得して、さっきみたいに父様と言い合いをする感じではなくなった。そして父様もさっきよりはちょっとだけ元気？　になったかな。

「エドワード」

「はい」

「大きな加護には、やはりそれに群がって頼ろうとするものが一定数いる。大神官が言っていた通り、その力をどのように使うのかは自分次第だ。ルシルにはルシルの、エドワードにはエドワードの、ハロルドにはハロルドの使い方がある。何が正しいのかは誰も分からないだろうけれど、それでも自分を信じる事が大事だよ。そして大切な者を作りなさい。きっとそれが力になる」

「はい」

大切な者。それがどういう事なのか僕にはよく分からなかった。だって、父様も、母様も、兄様も、ウィルやハリーも皆大切だもの。

「父様も、大切です」

そう答えると父様は笑って「そうか」と言った。

「兄様も、大切です」

「うん。ありがとう、エディ」

なんだか小さい子供みたいな言葉になってしまったけれど、二人が笑ってくれたので僕はホッとして椅子に戻った。

「お菓子を用意したんです。リンゴが美味しく出来たからシェフがパイを焼いてくれました」

「ああ、いいね。では、とりあえず今日の話はここまでにしよう」

父様は遮音を解いて新しいお茶を持ってくるようにロジャーに言った。

僕はマリーにリンゴのパイを持ってきてくれるように頼んだ。久しぶりに三人で食べたパイはとても甘くて、美味しかった。

◇◇◇

十一の月の終わりは十二の月のはじめにあるフィンレーの冬祭りの準備もあって、父様は相変わらず忙しくしていた。冬祭りは領内の一年の実りを神様に感謝する、フィンレーにとって大切な行事だ。

バタバタしているけれど、それでも父様は以前よりはずっとタウンハウスにいられるようになったし、フィンレーにも戻れるようになっていた。母様は僕に「倒れるところまでいかなくて良かったわ」って笑った。本当にそうだなって思ったよ。何も言わずに応援をしていた母様はすごいな。

王国内ではあれから大きな魔物の被害はなく、やはり揉めはしたものの、それぞれの領に自衛の騎士団を置く方向で話が進み始めたらしい。

もっともさすがにすぐに騎士達は増えないので、育成機関のようなものを作って王国で補助をする事になったんだって。平民や、領地を持たず官僚にもなれなかった下級貴族などが、自分の身一つで成り上がっていける場が出来たって言っていたけれど、僕にはあまりよく分からなかった。要するに騎士の学校みたいなものなのかな。

今まではそういった人達の大半が冒険者として各地を回って稼いでいたんだけど、試験に合格出来れば領の騎士として雇ってもらえるみたい。それが嫌な人はもちろん冒険者のまま。ギルドも変わらず存在するらしい。

色々な選択肢があるおかげで、各領だけでなくルフェリット王国全体として魔物に備える体制が出来ていく事になるって父様が言っていた。

それではじめのうちは、足りない人員を大きな領と王室および公爵家から出すんだって。切り捨てるわけではなく自立が出来るように支えていくという形は取れたって。

それに反発している筆頭がオルドリッジ公爵家だったそうなんだけど、公爵家は王室の守りの要《かなめ》の存在で、今回の事は王国全体に関わる一大事。有事の場合は王室からも騎士を出すと決まったのに公爵家が出せないというのはおかしいって周りから言われたらしい。

なんだか色々難しいけれど、王国全体の守りを固めて、この前父様が言っていたように、小説みたいにルシル達『チーム愛し子』の人達だけにそれを背負わせたりしない方がいいに決まっている。

だって、小説では『チーム愛し子』の人達はあちこちで湧く魔物を倒していたけれど、現実のこの世界では五人だけで戦い続けるなんて無理だ。そんな事をしていたら皆病気になっちゃうよ。

皆が住んでいる王国なんだから皆で守るやり方を考えていかないといけないよね。多分、この前父様が言っていたのはきっとそういう事なんだと思う。そのために僕も出来る事を考えて、増やしていけたらいいいな。あの命を奪い取る力は出来れば使わずにいられるように。

でももしも、父様が言っていたように大切な人が傷つけられる事があったらその時は……

そう考えて、そんな事にならないようにって心から祈った。この祈りがグランディス様に届くといいなって願いながら。

後期の試験の結果が良かった事もあり、補講はなくて残りの講義を受けるだけになった。というか、僕のお友達はほとんどが同じような状況で、すごいねって笑って、魔物騒ぎで開く事が出来なかったお茶会を開いて楽しんだ。

ちょうど温室の果物も色々実っていたし、皆には【緑の手】の事は話をするつもりでいたからフィンレーに来てもらった。

フィンレーはもう雪だらけだったけれど、それでも僕達がいつもお茶会を開く小サロンはお庭に積もっていた雪をサクッとマジックボックスに入れて、残りはウィルや火属性の魔法を使える使用人達がとかしてくれた。その上、張り出しの屋根がいつの間にか取り付けられていて、お茶会を開くのになんの問題もなかった。僕がマジックバックを使って雪を片付けたら、母様が「お祖父《じい》様に似てきたわね」って笑っていた。ふふふ、お祖父《じい》様に似てきたなんて僕にとっては誉め言葉以外の何物でもないよ。

学園に入る前のお茶会みたいに皆は転移でやってきた。冬のフィンレーは初めてだったからスティーブ君以外は雪の多さにびっくりしていたよ。隣領のクラウス君も「すごいな」って言っていた。やっぱり少しでも南側だと雪の量が違うのかな。

久しぶりのお茶会が終わりに近づいてきた頃、僕は【緑の手】の加護について話した。でも誰も驚かなかったんだよ。温室の中の植物が明らかにおかしな成長をしているって皆思っていたからだって。

【緑の手】でどんな事が出来るのか色々試しているって説明したら、また教えてって言ってもらえた。こんな風に話が出来るのがすごく嬉しかった。

【精霊王の祝福】の加護は、僕自身もまだよく分かっていなかったから説明しなかったよ。使わない方がいいと思うけれど、これもちゃんと自分の意思で使えるようにならないといけないね。

お土産は沢山の果物。ミッチェル君はちゃっかりと「食べたい果物があったらエディのところに苗を送ってもいい？」って尋ねてきた。

それくらいならいいよって笑って答えたらものすごく嬉しそうだった。なんだか沢山の苗が送られてきそうだ。そして、気が早いけれど来年もよろしくねって言ったんだ。皆「こちらこそ」って返してくれた。

ほら、大切な者はここにも沢山いる。皆、僕の大切なお友達だ。


十二の月に入って、講義がなくなった僕はそのまま休みに入った。

だから心置きなくウィルとハリーと一緒に冬祭りに参加したよ。さすがに兄様は卒業前に色々あるみたいで、行けなくて残念そうな顔をしていた。

フィンレーの冬祭りは例年通りに盛況のうちに幕を閉じた。心配していた魔物騒ぎもなかった。

だから僕達三人はめいっぱい冬祭りを楽しんだ。

二人はオークとかボアとかクラーケンとかの魔物の肉を食べてはしゃいでいたけれど、僕はにっこり笑ってガレットの新作を食べた。

お土産にいつものカラメリゼを買って帰ったら母様が喜んでいた。

ハリーは色々なお花の蜂蜜を買っていた。妖精さん達にお土産だって。

普通にしていても見えるし、話も前よりスムーズに出来るようになったって言っていた。ただずっと声が聞こえているのは困るから、その調整もうまくなってきたって笑っていた。

そしてなんと！　ウィルが可愛い雪の模様がついたリボンと、綺麗に包装されたメレンゲのお菓子を買っていたんだ！

「冬祭りに行くって言ったら、アンジェリカ様にお土産をお願いされたんだ。それだけだよ！」

なんでも母様は定期的にリゼット様のところに遊びに行っていて、ウィルも一緒の事が多いんだって。メルトス家のセドリック君が剣が得意だし、魔法の他属性の取り方を聞きたいと言われているから、ついていっているそう。ハリーはなんで行かないのって聞いたら、温室の手入れがあるのでって。うん。まぁ、それぞれやりたい事は違うものね。

そこで冬祭りの事を聞いたアンジェリカさんが行ってみたいってごねたんだけど、さすがにそれは難しいから何かお土産を買ってくるという話になったらしい。

そ、そうなんだ。えっと、なんだかすごく驚いたけれど「別に母様に言われたから買っているだけです」って言っていたから、そういう事にしておくね。

でもそうかー。アンジェリカさんか。マイペースでおっとりした感じだけど、リゼット様にとてもよく似ている気がするんだよね。

冬祭りの後は、タウンハウスとフィンレーとお祖父様《じい》のところを行ったり来たりしながら過ごした。

そうして十二の月の二十四日。

兄様の卒業の日が来た。

◇◇◇

その日は朝からチラチラと雪が降っていた。

だけどフィンレーみたいに馬車が通れなくなってしまうほどの雪ではないよ。それでも王都の人達は少し不自由そうに歩いている。石畳の上に降り積もったら、やっぱり滑りやすいし怖いものね。そうなりませんように。

「ふふふ、月日が経つのは早いわね。アルが学園を卒業するなんて。おめでとう」

「ありがとうございます。母上」

「証書をいただくところを絵師に描かせたいわね」

「……やめていただけますか」

「あら、そう？」

今日はフィンレーから母様もいらしている。そしてもちろん……

「学園はこの前馬車から見えました。中に入るのが楽しみです！」

「わぁ、ハリー見えたのを覚えているんだ？　僕は緊張していて全然記憶にないよ」

……うん？　鑑定したのはハリーだったのにな。そんなハリーとウィルの二人も参加する。

「さぁ。今日は混むだろうからね。少し早めに出発するよ。式の間は外に出る事は出来ないからね」

父様の声に皆で返事をして、僕達は馬車に乗り込んだ。さすがに今日は馬車二台で出発だ。

母様は僕が着ていたフードつきコートの襟元についているピンブローチに気付いたみたいだけど何も言わなかった。卒業式の最中はコートは着ないからいいよね。

二台目の馬車に子供達だけで乗り込んで、準備が出来たら出発。早めに出たから道もそれほど混んでいない。

「兄様は一度教室の方へ行かれるのですよね？」

「うん。そうだよ。入場の準備をして、それから全員で大講堂へ向かう」

「ふふふ、クラウスから聞きました。僕の入学式みたいに父兄席の真ん中を通って前に行くって。席は決まっていないっていうから出来る限り通路に近い席に座ります。あ、でも証書をいただくところもよく見えるように前の方の通路側がいいですね」

「うん。まぁ、無理をしないでね」

「はい」

にっこりと笑った僕に、兄様も笑った。

ほんとはね、卒業式は朝からものすごく泣いてしまうかもと思っていたんだ。だからマリーは僕にハンカチを三枚も持たせてくれた。でも実際はそうでもなかった。母様達が来ていたし、少し前に第二王子の側近になるかもしれないって聞いていたおかげかもしれない。それに以前マーティン君達が来た後に「エディを守る人がいないと困るから」って言われた事がすごく嬉しかったから。

兄様が学園を卒業してしまうのは淋しいけれど、実際学園の中でお会い出来たのは例の合同講義くらいだ。もしも本当にシルヴァン殿下の側近になって王都に残るなら、もう少し一緒にいられるんじゃないかな。そしてまだ、こうして兄様の色のものをつける事が許されるから……

そんな事を思いながら僕はコートの襟元にしているアクアマリンのピンブローチにそっと触れた。

「あ、見えてきました！　やっぱり大きくてカッコいい」

ハリーの嬉しそうな声にハッとして顔を上げると兄様と目が合った。

「どうしたの？　エディ。眠たくなってしまった？」

「いいえ。卒業したら乗馬の講義や魔道具の講義でお会い出来なくなって残念だなって思っていました」

「ああ、そうだね。でも乗馬は気晴らしになるから、エディは友達と一緒に続けてもいいかもしれないね」

「そうですね。魔道具の講義も」

「ふふふ、卒業までに作りたかったけれど無理だったなぁ」

兄様は少しだけ悔しそうにそう言った。でもきっと兄様はそれを絶対に完成させるんだろうなって思ったよ。楽しみだな。『写真』を撮《と》る『カメラ』だったっけ？　そんな事をつらつらと考えているうちに、馬車は中央の一番大きな馬車回しでゆっくりと止まった。

実は馬車回しは四カ所あるんだ。受付もあるこの中央の馬車回しの他に、初等部専用と高等部専用の少し小さめのもの。そして裏側にもう一つ。こちらは主に教職員が使っているみたいだけど学生も使えるらしい。僕はいつもこの中央を使っている。

「では後ほど」

「アル、楽しみにしていますね」

「はい」

兄様は小さくお辞儀をして高等部の校舎の方に向かった。僕達は卒業式への参加の手続きをして入学式で使った大講堂に向かって歩き始める。

初等部と高等部の真ん中の道を真っ直ぐ真っ直ぐ進んでいくと見えてくる大きな扉。

そしてこの建物の奥に広がっている中庭。ここを高等部の方に進めば、あの日避難をした聖堂が見えてくる。なんだかこの学園の中に強力な魔物が湧き出して、講師や兄様達が戦っていた事がずいぶん昔のように思えた。

「さぁ、エディ。前方の通路側を目指しましょう」

そう言って鮮《あざ》やかな笑みを浮かべた母様に、僕は「はい！」と元気良く返事をした。

高等部になると将来なりたいもの、やりたい事に細分化した講義を受けるようになるのは以前にも少しだけ聞いた事がある。騎士や魔導騎士を目指す者は騎士科。魔法全般を学びたい者は魔法科。その他の薬学、商売・交易、領地経営など専門的な知識を学びたい者は専学科。

大きな括《くく》りは三科だけれど、そこから選択する講義で自分の目指すものに沿って学べるようになっているって教えてもらった。

兄様は領主としての専門知識はすでに侯爵家で学んでいるため、騎士科の魔導騎士を選択していた。マーティン君と一緒らしい。ジェイムズ君は騎士科の近衛騎士専を選択し、そのままお父様の跡を継ぐ事を目指していた。そしてダニエル君は専学科で、興味のある講義を取りまくっていると聞いた。

どうしてそれが卒業式に関係しているのかといえば、着る服が違うんだよ。

騎士科の生徒は騎士のマントをつける。

魔法科の生徒は魔法師のローブを羽織る。

そして専学科の生徒はスリーピーススーツを着用する。

兄様の騎士姿。ワクワクするよね！

時間になって卒業式を始めるという声が響いた。そして卒業生の入場。

まずは騎士科の近衛騎士専の人達から。ここにジェイムズ君がいる筈。ちなみに近衛騎士専は講義を受けるために試験を受けないといけないんだって。その試験に受かって初めて近衛騎士専の講義が受けられる事になるし、どこの科よりも規律が厳しいってクラウス君が言っていた。

いよいよ入場が始まった。

「――――！」

すすすすごいよ！　近衛騎士専の人達は銀色のマントをつけている。ジェイムズ君はもう本物の騎士様みたいだ。一般の騎士の人達は黒いマントで模造の装飾剣を帯剣している。これもカッコいいな。

そして次は魔導騎士の人達。兄様の番だ、兄様は、兄様は……

「〜〜〜〜〜〜〜〜〜！」

カッコいいです！

「か、母様、やっぱり絵師が必要でしたね！」

コソコソとそう言うと母様が「そうね！」と答えてくれた。その奥で父様が苦笑している。

ハリー達も口を開いたまま眺めているよ。

濃紺のマントがすごく似合っている。歩くとビロードのマントが揺れるというか、ちょっとふわってなるんだ。中の服もすごくすごくカッコいい。少しくすんだ色味の水色のシャツと刺繍の入ったジレ。そしてオフホワイトの細身のスラックスにブーツ。もうカッコいいしか言えないよ。だってカッコいいんだもの！

屋敷でもう一度着てみせてくれないなぁ。僕達に気付いた兄様が少しだけ笑ってくれて、僕は「アル兄様カッコいいです！」って声に出さないように必死だったよ。

マーティン君もいた。どこかで一音だけ「マ」っていうミッチェル君の声が聞こえた気がした。うん。きっとつい声が出ちゃったんだよね。僕だって兄様が歩いている間、ハンカチを口に当てて押さえていなかったら絶対に声が出ちゃったもん。近くを通った時に小さく手を振ってくれた時は特に大変だった。ハンカチで押さえすぎて「グゥ……」ってちょっとだけ音が漏《も》れて、父様が可哀想な子を見るような目をしていた。

そんな事を考えていたら、最後の専学科の生徒達が出てきた。僕はすぐにその姿を見つけた。ダニエル君はきっちりとしたスーツを着こなしていた。こうして見るとやっぱりハワード先生にとても似ているなって思ったよ。

卒業生全員が真ん中の通路を通って前の方に席に座って、学長からお祝いの言葉が贈られる。

この後はいよいよ卒業証書を壇上で一人ずついただくんだ。

一年しか一緒に通えなかったけれど、それでも沢山の思い出を作る事が出来た。今日で兄様は学園からはいなくなってしまうけれど、大丈夫。きっとタウンハウスにはいてくださるから。多分これからも一緒にご飯を食べたり、お茶を飲んだり、分からない事があったらお勉強も教えてくださるし、お話もしてくださるから。だから大丈夫。もしも側近にならなかったら、僕が出来るだけ兄様に会いに行ったらいいよね。いつかが来てしまうまでは……

「アルフレッド・グランデス・フィンレー」

「はい！」

兄様の名前が呼ばれた！　兄様が歩いていく！　兄様が壇上に上がった！　兄様が証書をいただいた！　兄様が、兄様が……

「エディ……泣きすぎですよ」

「か、感動して。声を出さないように我慢をしたら、今度は涙が出てきて。そうしたらなんだか小さい頃の事まで思い出して……っ……」

母様がそっとハンカチを差し出してくれた。ちなみに僕の持っていたハンカチはすでに全部ぐしょぐしょだった。マリー、やっぱり三枚じゃ足りなかったよ。だって名前を呼ばれて立ち上がった瞬間から、僕の頭の中はフィンレーに来た時に遡《さかのぼ》って、次々に色々な事を思い出しちゃったんだもの。

「落ち着きなさい。学園を卒業するだけだからね。ああ、鼻をかんではいけないよ。とにかく声だけは出さないようにね」

父様もこそこそとそう言った。

「はい……わか……わかって……兄様カッコいい……です」

二人はもう何も言わなかった。

式が無事に終わって馬車回しにやってきた兄様は、僕の顔を見てびっくりして駆け寄ってきた。

「エディ!? どうしたの?」

「……色々な思い出が甦《よみがえ》ってきて大変だったようだよ」

「ええ?」

「いわ、言わないでください、父様」

どう見ても泣き腫《は》らした顔で、僕は六枚目のハンカチを握りしめていた。五枚目のハンカチは父様が、そしてこのハンカチはハリーが渡してくれたものだ。

「エディ兄様、大丈夫ですよ」

「皆で一緒に帰りましょうね。僕もハンカチを持っているので安心してくださいね」

「ふふふ、やっぱり絵師は必要だったわね。証書をいただくアルを見て泣くエディを……」

「母様！」

「さぁ、馬車が来たよ。帰ろう」

「エディ、タウンハウスに帰ったら目を冷やそうね」

「あり、ありがとうございます。兄様ご卒業おめでとうございます。誰よりもカッコよかったです」

「ありがとう、エディ」

目を腫《は》らし、鼻をグスグスさせながらそう言った僕に、兄様は本日一番綺麗な笑みを浮かべてギュッとしてくれた。皆はもう何も言わなかった。

こうして兄様の卒業式は無事に終わった。

◇◇◇

紛糾《ふんきゅう》していた王宮内もようやく静けさを取り戻しつつあった。

近年、王国の中では様々な現象が起こっていた。それは些細な変化に過ぎないような事もあれば、今までの常識を覆《くつがえ》すような事もあって、一体何が起きているのかと不安になる者も出てきた。

始まりはいつだったか。魔素溜まりが多く見られるようになったという報告があった頃だっただろうか。

その後は国内のあちこちで干ばつ被害が出たり、魔物が多く出ているという報告が上がってきたりして、そうこうしているうちに、フィンレー領主の屋敷の敷地内に想定外の魔物が現れた。子息達が巻き込まれて神殿送りになり、一命をとりとめたという噂もまことしやかに流れた。

なぜそんなところに災害級の魔物が現れたのか。思えば紛糾《ふんきゅう》し始めたのはこの辺りからかもしれない。とにかく分からない事だらけだった。

原因が不明である事でフィンレーの当主を責める者もいた。しかし自領の中できちんと騒ぎを収め、事後の処理と報告は素早く正確だった。おそらくフィンレーでなければ多大な被害が出ていた事は誰が見ても明らかで、不明点が残っていても結局それ以上何も言う事が出来なかった。

その後は王国内のあちこちになんの予兆もなく魔物が突然現れる事が続き、その対応について再び王宮での会議は紛糾《ふんきゅう》した。救援を出す領が偏《かたよ》る問題もあり、それをどう解決していくのかという点で意見が割れたのだ。

出せるところが出せばよいというなんともいい加減な意見が出ると、では助けが来ない場合はどうするのかとまた揉める。やがて、再び想定外の魔物が出現してハーヴィン領境の村が全滅した。

否《いな》、一人だけ生き残った少年がいて、それがどうやら聖属性の魔法を使える【光の愛し子】という加護を持っていると分かった。

そうこうしているうちに、今度は数年前に国王側妃を死に追いやった奇病が王国内に流行《はや》り始める。女性しか罹《かか》らない病。治る見込みのない死病。なぜ罹《かか》るのか、何が原因なのか、どうしていきなり起き上がる事が出来なくなり、そのまま息絶えてしまうのか。

何も分からなかった病は【光の愛し子】の予見を聞いた、フィンレーの老獪《ろうかい》と呼ばれる元領主が薬草を見つけ出して収束に向かった。元々フィンレーには精霊が宿る森があり、神聖な場所として人の立ち入りを禁止している。その近くで見つけたという。しかしこれもまたその薬草の取り扱いで紛糾《ふんきゅう》した。

そして極めつけが王都の街に魔素溜まりが出来て、魔素に触れた獣が魔獣化した事と、王国貴族の子息子女が通う学園内でも魔素溜まりが出来、そこから想定外の魔物が湧き出した事だ。しかもそれを例の【光の愛し子】が浄化をして消してしまったのだ。これによって王宮はまたしても紛糾《ふんきゅう》した。

浄化が出来るのであれば全て【愛し子】に浄化をさせればよいと言う者。

学園に入ったばかりの子供に全てを背負わせて使い捨てにするつもりかと言う者。

フィンレーをはじめ、自領にきちんとした自衛手段を持つ領の領主達はそれはあってはならない事だと、まずは王国の貴族として自分達が戦うべきだと主張した。だが自衛手段が薄いところや、王家を支えるべき公爵家の多くが、こういう時だから神が【愛し子】を遣わされたのだと言い放った。

「では万が一、【愛し子】が亡くなった場合はどうするおつもりか。【愛し子】とて人の子。加護があれど傷つけば命が終わる事もありましょう。その時に任せきりにしてきた罪をどのようにして贖《あがな》うのか。子供の背中に大人が隠れるのも大概になさい！」

「出来る事を積み上げて備える事こそ大事。共に戦うというのならばいざ知らず、やってもらえばよいというのはあまりにも情けない」

「では、皆様はきちんとした自衛手段を持てないところは消えてしまえと。王国には力の弱い者は不要ゆえ切り捨てていくと仰《おっしゃ》るのですか？」

「ならば一度に複数の場所に湧いた場合はどうされますか？　自分のところから浄化してくれと乞うのですか？」

「騎士などはすぐに育てられるものではありません。それは皆様とてご存じの筈でしょう」

「そのために騎士を派遣すると共に、育てる仕組みを話し合っているのです。もう少し長い目で」

「魔物はいつ現れるか分かりません！」

怒り、呆れ、憎しみ……様々な感情が渦を巻いた。

もしかしたら、このままこの王国は瓦解してしまうのではないかと思う者達もいた。

それでもこれはやらなければならない作業なのだと腹をくくる者達もいた。

こんなにも様々な事件に揺れる王国に何が起きているのかを知るために。そして信じられる、共に歩む者達を見極めるために――……

篩《ふるい》にかけたのだ、そう言ったらここにいる者達は盛大に顔を顰《しか》めるだろう。そんな事を考えながら、ルフェリット王国国王グレアム・オスボーン・ルフェリットは優雅な仕草で紅茶のカップをソーサーへと戻してゆっくりと口を開いた。

「なんとか、形になるものだね」

飄々《ひょうひょう》としたその言葉にデイヴィットは心の中で「このタヌキは……」と思いつつ、心底嫌そうな顔をした。

急な呼び出しに何事かと思ってやってくれば、第二王子の側近となった者の親達が集まっていてまずはとお茶会が始まったのだ。

「あはは、ひどい顔だね、デイヴィット。ちゃんと君達が言っていた形になってきたじゃないか。各領に自衛を促し、騎士達を育てるための場を設《もう》け、それを王室がきちんと補助をする。今まで家を飛び出したら冒険者にしかなれなかった者達にも日の光が当たり始める。そして【光の愛し子】に直接手出し出来ないようにシルヴァンの側近候補として王室が抱え、周りに盾にも仲間にもなりえる側近達を置く」

微笑みながらそう言うグレアムに、デイヴィットはゆっくりと口を開いた。

「恐れながら、私は私の跡取りを【愛し子】やシルヴァン殿下の盾にしたつもりはございません」

「私もです」

「同じく」

「さようですな」

「公爵家としては、同意をした方がよろしいとは思いますが、あえて子供達は戦わせるために集められたわけではないと申し上げます」

フィンレー侯爵、メイソン子爵、レイモンド伯爵、スタンリー侯爵、そして、ニールデン公爵は口々にそう言った。

「まぁ、そう言うな。戦うような事があればもちろんシルヴァンも一緒だ。第二王子に【愛し子】

を貸してくれと言うのはなかなか出来るものではないだろうからね。少しは歯止めになると思う。もっともそうも言っていられなくなる時もあるかもしれないが、その時には彼らだけで行かせる事は絶対にないと誓おう。私とて人の親だからね」

「魔物と戦いながら王子をお守りするような事態にならない事を、親として願っております」

「分かった。分かった。そう睨むな」

グレアムはそう言って五人の重臣達を見た。

「この年の瀬に集まってもらったのはそなた達の苦言を聞くためではない。とりあえず伝えておきたい事があってね。ベウィックの件だ」

グレアムがそう言うと、重臣達の顔つきが硬いものに変わる。

そう。それは新たな厄災にもなりかねない事案だった。

「ハーヴィンの余波がここに来るとは少し予想外だった」

「…………さようでございますな」

グレアムの言葉にニールデン公爵が重く頷いた。

領境の村の全滅後もたびたび魔物が出現し、領主不在のまま相続争いをしているハーヴィン伯爵家は、ここ数年王国への納税も滞《とどこお》っており、領を治める事が難しいと判断された。

領地は半年の猶予《ゆうよ》をもって召し上げとなり、爵位も強制返上。つまりは剥奪である。ハーヴィン家は事実上消滅し、一族は離散。

元当主夫人は実家であるディンチ伯爵家を頼ったが受け入れられず、なんとか口利きをしてもらえないかと遠縁のベウィック公爵家を頼ったが、そこに家督を争っていた元伯爵の弟がいきなりやってきて言い合いになったらしい。それが十二の月の半《なか》ばだという。

らしいというのは、その時の状況が全く分からないせいだ。詳しい報告もなく、ベウィック公爵自身は神殿送り、ハーヴィン元伯爵夫人は死亡、現れた伯爵の弟は行方不明、公爵家の嫡男は自失となっており、ベウィック公爵家自体の存続があやぶまれているという話がいきなり上がってきた。

王室からはベウィック公爵家へ公爵自身の現状と、何が起きたのか報告をするように促しているが一向に埒《らち》が明かない状況が続いている。

だがここにきて「アンデッド」「呪詛」という噂が聞こえてきた。単なる噂だとしても放っておける類《たぐい》のものではない。

「王室として再度詳細な報告を促しているが返答はまだない」

グレアムの言葉を聞きながらデイヴィットはチラリと仲間達の顔を見た。もちろんこの噂は少し前から共有をしている情報だった。だが間者を入れてもなぜか報告が上がってこないのだ。間者自身の消息が分からなくなってしまう事例も出ている。

「確かにアンデッドや呪詛などというのは穏やかではありませんな」

「噂が本当であれば、ただちに神殿の関係者を向かわせなければなりません」

レイモンド伯爵とメイソン子爵が口を開き、グレアムはうんうんと頷いて目の前の紅茶に手を伸ばした。

「ああ、もうしばらく静けさを楽しみたかったんだけれどね」

そう言ったグレアムに、五人は黙ったまま剣呑な表情を向けた。

そして、その年の終わり。神殿で治療を受けていたとされるベウィック公爵の死亡が、本来神殿で治療する事が出来ない筈の『病死』として届けられ、公爵家から公爵位を返上したいという申し出があった。嫡男は公爵が亡くなる前に自死したという。

次男がいた筈なのにどうして公爵家をたたむ選択をしたのか、様々な憶測が飛び交う中、真相は誰も分からないまま、オルドリッジ公爵家と同様に栄華を誇っていたベウィック公爵家は静かに離散したのである。

◇◇◇

卒業式が無事に終わって、その後はフィンレーの温室の手入れや、久しぶりにブライトン先生との魔法の授業をして、お祖父《じい》様と今年最後のお勉強会もした。

それから新年度に向けて学園から言われていた準備の確認もしたよ。ちなみに制服はネクタイの色が変わるだけなんだ。

そんな感じでなんとなくバタバタと動いているうちに、もうすぐ一年が終わろうとしている。

コンコンコンとノックの音がして、「はい」って返事をするとドアが開いた。覗いた顔は思っていた通りに兄様だった。

「エディ、ちょっといいかな」

「はい、アル兄様」

僕は兄様を部屋の中に招き入れた。

「何かやらなければならない急ぎの事はない？」

「いいえ、大丈夫です。もう少しで一年が終わるなって、色々な事があった一年だったなってぼんやり考えていただけです」

僕がそう答えると、兄様はちょっとだけ苦笑して「そうだね。色々あった」と言った。

振り返ってみれば本当に色々な事があった一年だった。学園に入学をして、小説の中の【愛し子】に会って、『悪役令息』じゃなかったってお祝いをして……

その後はハリーの加護が分かったり、女性しか罹《かか》らない病気の薬が見つかったり、魔素溜まりが変化して街中や学園内に魔獣や魔物が現れたり、そして兄様が学園を卒業したり……

「卒業してからの事なんだけどね」

部屋の中にある応接セットの椅子に腰を下ろすと、兄様はそう話し始めた。

「はい」

ドキンとする胸。

「父上とも色々相談した結果、シルヴァン第二王子の側近としてこちらに残る事になったよ」

僕は頭の中で「やったー！」って声を上げていた。

「ご友人の皆様もご一緒ですか？」

「うん。ダニーとマーティとジムとあともう一人の五名」

「いつまでと決まっているのですか？」

「それはまだ分からないかな。父上の手伝いをしながら城勤めをするようになる」

それを聞いて僕の気持ちは少しだけ下がる。領主としての父様のお手伝いをしつつ、お城で側近としてのお仕事もするなんて大丈夫なのかしら。

「父様のように忙しくなってしまうのでしょうか？」

「どうなんだろうね。一応成人をしたので王宮で会議がある時は出る事もあるかもしれない。だけど領主しか出られない会議もあるからね、多分父上の方が忙しいよ。それにフィンレーについても領主にしか出来ない事が沢山あるからね」

苦笑をしている兄様に僕は「そうですか。でもアル兄様もお身体に気を付けてくださいね」と言った。すると兄様はそのまま言葉を繋げた。

「ありがとう。それともう一つ。父上から改めてきちんとした説明があるかもしれないけれど、先日の学園の魔物騒ぎの後に王宮の方で色々と揉めた話は聞いたね。その後ルシルが正式にシルヴァン王子の側近候補に決まった」

「側近候補ですか？」

僕の頭の中に、【愛し子】を守るように戦うマーティン君達三人とシルヴァン王子の姿が浮かんできた。そこに兄様の姿はなかったけれど、兄様が第二王子の側近になるという事は兄様もルシルを守るんだろうか。以前【愛し子】を守る役に就くつもりはないって言っていたけど、側近になったとしたら、それもお仕事のうちになるかもしれないよね。そう思った途端、自分でもびっくりするくらい胸が痛くなった。

「…………アル兄様も、ルシルを守るのですか？」

「エディ？」

「小説の中の皆と同じように、兄様もルシル達と一緒に戦う事になるのでしょうか。そして【光の愛し子】のルシルを皆と一緒に守るのでしょうか。以前は守る役に就くつもりはないって仰《おっしゃ》っていたけど、お仕事ならやっぱりそういう事もありますよね」

どうしてなのかな。どうして僕はこんな風に悲しいような苦しいような気持ちになっているんだろう。どうしてこんなにも兄様がルシルを守るのは嫌だって思っちゃうんだろう。

「エディ、ルシルが側近候補になったのは牽制《けんせい》のためだよ」

「牽制《けんせい》？」

「そう。父上が言っていただろう？　ルシルの力に頼って使い捨てようとする者達もいるって。それはエディの力に対しても同じ事が言えるんだよ。それは分かるね？」

「……はい」

それについては以前、囲い込みとか攫《さら》うとか色々な事を聞いた覚えがある。だから僕は加護の力を公《おおやけ》にはしていないんだ。

「特別な加護を持つ一人に全てを背負わるのは間違っている。けれどその力がある事を知ってしまったら、なんとしてもそれを手に入れて使おうとする者も出るだろう。それを牽制《けんせい》するためにシルヴァン王子の側近候補という形にして、王室が囲い込んだように見せるんだ。王子の側近候補を魔物退治に貸してくれと言いに来る人間はあまりいないからね。それに王室は今のところ、ルシルの力を積極的に使わせるつもりはないらしい」

「そう、なのですか？」

「うん。危機的な状況になればまた分からないけれど。小説のようにあちこちに出向いて王子を含めた五人で魔物退治をするというのは現実的ではないしね、それに一度聖魔法での浄化が出来たからといって、次も必ずそうなるとは限らない」

僕の『命の魔法』のようだと思った。もう一度同じ事をしろと言われても出来るかどうか分からない。

「それにね、エディ」

兄様は真っ直ぐに僕を見た。

「はい」

「側近というのは王子の公務の手助けや助言をしたりする事が仕事で、騎士や護衛や侍従とは違うんだよ。私は王子を守るのではなく支える立場になるんだ。そしてルシルは候補といえども、私と同じ立場の人間になる。だから私がルシルを守るという仕事はないんだよ」

どうしてだろう。どうして痛かった胸の痛みが消えていくんだろう。どうして兄様の顔が僕の視界の中で滲《にじ》んでいくんだろう。

「はい。分かりました」

「うん。だから今までと何も変わらないんだ。ただ、学園に通っていたのが王宮になるだけだ」

兄様は立ち上がって傍に来て、僕の顔を見ながらそう言った。

『『世界バランスの崩壊』がこれからどういう形で現れるのかは分からないけれど。私はエディの傍にいるから、大丈夫」

「……っ……！」

笑った顔。大丈夫という言葉は魔法みたいだと思った。

「お茶でも飲もうか」

兄様はそう言ってそのまま立ち上がると、扉の向こうに控えていたらしいマリーに声をかけた。

そうして再び僕の前の椅子に腰かける。

「……勘違いをして慌ててしまってすみません」

小さな声で謝ると兄様はふわりと笑って首を横に振った。

「ううん。話しにきて良かったよ」

そう思ってくださったなら良かった。でも本当に僕はどうしてしまったんだろう。いきなりモヤモヤしたり胸が痛くなったり、ルシルを守らないでほしいなんて思ったり。

控えめなノックの音がしてマリーがお茶を持ってきてくれた。兄様には香りの良い紅茶。僕にはミルクティーだ。温かくて甘いそれを一口飲んで、僕は再び口を開いた。

「来年はもう少し穏やかな一年になるといいですね」

「ああ、まったくだよ。だけど魔素の変化の事や、少し気になる高位の貴族の動きもある。出来る限り巻き込まれないようにと願っているよ」

「はい」

「とりあえずは残り少ないこの年に、もう何もない事を祈ろう」

にっこりと笑った兄様に、僕は改めて「はい」って返事をした。

「ああ、それから年の終わりはフィンレーに帰るからね、母上へのお土産にいつもの店で新作のケーキを頼んでいるんだ。明日はそれを受け取りに行くつもりだけれどエディも行く？　せっかくだから紅茶のお店も覗いてこようかと思っているよ」

「！　はい。お願いします」

わぁ！　兄様とお買い物だ。嬉しいな。

「本当はあの魔道具屋にも行きたかったけれど、それは来年かな。なんとしても『写真』を撮《と》る『カメラ』を作りたいと思っているよ」

兄様が楽しそうに来年の話をする。

新しい年が穏やかで、恐ろしい事が起こらない年であってほしい。そして願わくば……

「アル兄様」

「うん？」

「来年もよろしくお願いします」

「うん。もちろん。勉強の事で分からない事があったら聞いてほしいし、その他の事でも何か困った事があれば一番に話をしてほしい。私はね……」

兄様が言葉を切った。

「アル兄様？」

「私はいつでもエディの一番でいたいと思っている。一番はじめに話をしてほしいし、一番傍にいたいと思っている。嬉しい事も、悲しい事も、困った事も、楽しい事も全部知っていたいよ？」

僕は、なんて答えたらいいのか分からなかった。でもそれを嬉しいと思う気持ちが、確かに僕の中にある。

「ねぇエディ、私は期待してもいいのかな」

「え……」

それは前にも聞いた覚えのある言葉だった。兄様は、何を期待しているんだろう。

「卒業式の日、あのコートを着てくれて、ピンブローチもしてくれて、嬉しかったな」

「は、はい。あの、ありがとうございます。温かくて軽くて、すごく気に入っているんです。ピンブローチも……とても綺麗で、嬉しいです」

なんだか変な返事になってしまったけれど、兄様は「それなら良かった」と紅茶を口にした。

静かで、穏やかで、優しい時間が流れていく。

「明日は楽しみです。新作のケーキ、ワクワクしますね」

「ふふふ、そうだね。ああ、そういえば、この前父上から赤い魔石をいただいたんだ。確か夏の空だったかな。まだ眠らないならこれから見てみる？」

「！」

「母上達と見る前にどんなものか確かめておくのもいいと思わない？」

兄様は楽しい事を思いつく天才だ。そして僕を喜ばせる天才でもある。

「見たいです！　アル兄様、大好き！」

「うん。私も、エディが大好きだ」

小さい頃のように兄様にしがみつくと、兄様は笑って僕の身体を受け止めてくれた。

だからもう少し。そう。僕が約束をしたあのカクテルを一緒に飲むくらいまではこのままでいる事を許してほしい。そんな事を考えながら僕達は兄様の部屋に『星見のランプ』を取りに行った。

こんな穏やかな日が出来るだけ長く続く事を願って見た夏の夜空は、とても美しかった。

ハッピーエンドのその先へ ー
ファンタジックなボーイズラブ小説レーベル

&arche NOVELS

アンダルシュノベルズ

賠償金代わり……むしろ嫁ぎ先!?

出来損ないの次男は冷酷公爵様に溺愛される1〜2

栄円ろく／著

秋ら／イラスト

子爵家の次男坊であるジル・シャルマン。実は彼は前世の記憶を持つ転生者で、怠ける使用人の代わりに家の財務管理を行っている。ある日妹が勝手にダルトン公爵家との婚約を解消し、国の第一王子と婚約を結んでしまう。一方的な婚約解消に怒る公爵家から『違約金を払うか、算学ができる有能な者を差し出せ』と条件が出され、出来損ないと冷遇されていたジルは父親から「お前が公爵家に行け」と命じられる。こうしてジルは有能だが冷酷と噂される、ライア・ダルトン公爵に身一つで売られたのだが——!?

詳しくは公式サイトにてご確認ください。
https://andarche.alphapolis.co.jp

異世界BLサイト“アンダルシュ”

新刊、既刊情報、投稿漫画、X(旧Twitter)など、BL情報が満載!

この作品に対する皆様のご意見・ご感想をお待ちしております。

おハガキ・お手紙は以下の宛先にお送りください。

【宛先】

〒150-6019 東京都渋谷区恵比寿4-20-3 恵比寿ｶﾞｰﾃﾞﾝﾌﾟﾚｲｽﾀﾜｰ 19F
（株）アルファポリス　書籍感想係

メールフォームでのご意見・ご感想は右のＱＲコードから、
あるいは以下のワードで検索をかけてください。

アルファポリス　書籍の感想　検索

ご感想はこちらから

本書は、「アルファポリス」（https://www.alphapolis.co.jp/）に掲載されていたものを、
改稿、加筆のうえ、書籍化したものです。

悪役令息《あくやくれいそく》になんかなりません！僕《ぼく》は兄様《にいさま》と幸《しあわ》せになります！３

tamura-k（たむらけー）

2024年 5月 20日初版発行

編集－反田理美・森 順子
編集長－倉持真理
発行者－梶本雄介
発行所－株式会社アルファポリス
〒150-6019 東京都渋谷区恵比寿4-20-3 恵比寿ｶﾞｰﾃﾞﾝﾌﾟﾚｲｽﾀﾜｰ19F
TEL 03-6277-1601（営業） 03-6277-1602（編集）
URL https://www.alphapolis.co.jp/
発売元－株式会社星雲社（共同出版社・流通責任出版社）
〒112-0005 東京都文京区水道1-3-30
TEL 03-3868-3275
装丁・本文イラスト－松本テマリ
装丁デザイン－おおの蛍（ムシカゴグラフィクス）
（レーベルフォーマットデザイン―円と球）
印刷－中央精版印刷株式会社

価格はカバーに表示されてあります。

落丁乱丁の場合はアルファポリスまでご連絡ください。

送料は小社負担でお取り替えします。


ISBN978-4-434-33891-5 C0093